Ullstein Krimi

Ullstein Krimi
Ullstein Buch Nr. 10255
im Verlag Ullstein GmbH,
Frankfurt/M – Berlin – Wien
Titel der amerikanischen
Originalausgabe:
Fletch and Widow Bradley
Übersetzt von Sigrid Gent

Umschlagentwurf:
Atelier Noth & Hauer, Berlin
Foto-Graphik:
Welfhard Kraiker & Karin Szekessy
Printed in Germany 1984
Gesamtherstellung:
Ebner Ulm
ISBN 3 548 10255 7

Juni 1984

CIP-Kurztitelaufnahme
der Deutschen Bibliothek

**Macdonald, Gregory:**
Fletch und die Witwe / Gregory
Macdonald. [Übers. von Sigrid Gent]. –
Frankfurt/M; Berlin; Wien: Ullstein,
1984.
(Ullstein-Buch; Nr. 10255:
Ullstein-Krimi)
Einheitssacht.: Fletch and widow
Bradley <dt.>
ISBN 3-548-10255-7
NE: GT

Vom selben Autor
in der Reihe der
Ullstein Bücher

Toby ist verschwunden (10138)
Fletch (10238)
Gestehen Sie, Fletch! (10247)

Gregory
Mcdonald

# FLETCH
# und die Witwe

Herausgegeben von
Martin Compart

Mit einem Nachwort
von Rudi Kost

Ullstein Krimi

»Hallo«, sagte Fletch. »Mein Name ist Armistad.«

Der Direktor des Park Worth Hotels, der in seinem Büro hinter dem Schreibtisch saß, machte weder Anstalten, sich zu erheben noch zu antworten. Seine Augen signalisierten äußerstes Mißfallen über Fletchs Sweater, unter dem er kein Hemd trug, über seine Jeans und seine Turnschuhe. Der Blick des Direktors ließ keinen Zweifel daran, daß sich ihm Fletch nicht als Gast des Park Worth Hotels oder als würdiger Kandidat für einen Job empfahl. So wie Fletch gekleidet war, hieß man ihn in der Hotelhalle nicht gerade herzlich willkommen.

»Und Ihr Name ist Cavalier?« fragte Fletch. Ein dreieckiges Holzschild auf dem Schreibtisch verkündete, daß der Besucher, wenn er seine Augen ein klein wenig erhob, in das Antlitz von Jacques Cavalier blickte. Neben dem Olivenholzschreibtisch stand ein wuchtiger Safe mit geöffneter Tür, auf einem mit diversen Bänden des *National Social Registers** vollgestopften Regal thronten etliche Stapel mit Fotokopien und eine Büste von Donatellos *David*.

Der Direktor zuckte mit dem Kopf, als müsse er sich von einem Nasenstüber erholen. »Ja?«

Fletch ließ sich auf einem der beiden Stühle mit halbrunder Lehne nieder. In der linken Hand hielt er die Brieftasche. »Wie ich bereits erwähnte, heiße ich Armistad.« Er deutete mit der Brieftasche auf den Notizblock neben dem Telefon. »Sie dürfen sich das gern notieren.«

»Sie sind kein Gast des Hauses«, stellte der Direktor fest.

»Geoffrey Armistad mit G«, sagte Fletch. »Eins Drei Vier Nimble Road, Santa Monica.«

Er verfolgte aufmerksam, wie sich der Direktor Name und Adresse notierte.

»Ich bedauere zutiefst«, sagte der Direktor, während er die I's tüpfelte. »Sie fegen hier zwar wie ein Orkan herein, aber wir haben leider keinen Bedarf an Pikkolos oder Pagen, und sollten Sie in der Küche arbeiten wollen, müßten Sie sich an den Küchenchef wenden.«

»James Saint E. Crandall«, sagte Fletch.

»Wie bitte?«

»James Crandall. Habe heute morgen seine Brieftasche neben meinem Wagen gefunden. Keine gewöhnliche Brieftasche.« Fletch klappte sie wie ein Taschenbuch auf und zeigte auf das Plastikschild

* Verzeichnis der amerikanischen Prominenz

über dem Ausweisfach. »Hier steht James Saint E. Crandall drauf. Mehr nicht. Keine Adresse. Keine Kreditkarten, kein Fotos und so weiter.«

Cavalier betrachtete die Brieftasche. »Die ist für den Reisepaß.«

»So ist es.«

»Und Sie vermuten, daß dieser Mr. – äh – Crandall ein Gast des Park Worth Hotels ist?«

»Ja und nein. In dieser kleinen Tasche hier steckt ein Schlüssel.« Fletch zog ihn heraus und hielt ihn hoch. »Auf dem Schlüssel steht Park Worth Hotel, Zimmer 2019.«

»Aaah«, machte Jacques Cavalier. »Sie sind also auf einen Finderlohn erpicht.«

»Ich bin darauf erpicht«, sagte Fletch, »die Brieftasche ihrem Besitzer zurückzugeben.«

»Das dürfte kein Problem sein«, meinte der Direktor. »Ich werde der Sache nachgehen und feststellen lassen, ob Mister Crandall bei uns als Gast geführt wird. Wenn ja, können Sie die Brieftasche bei mir hinterlegen, und ich werde dafür sorgen, daß er sie erhält.«

»Scheint ja wirklich kein Problem zu sein, nicht wahr?« Fletch starrte über den Kopf des Direktors hinweg die Wand an. »Sie haben mich noch gar nicht gefragt, was in der Brieftasche ist.«

Cavalier zuckte wieder mit dem Kopf. »Ein Reisepaß?«

Fletch klappte die Brieftasche noch einmal auf. »Zehn Eintausenddollarscheine auf dieser Seite...« Er fächerte die Scheine wie ein Kartenspiel auf. »... Fünfzehn Eintausenddollarscheine auf der anderen Seite.«

»Ach, du meine Güte.« Der Direktor betrachtete Fletch mit jäh erwachtem Respekt. »Ich bin sicher, daß Mister Crandall Ihnen sehr zu Dank verpflichtet sein wird.«

»Glauben Sie wirklich?«

»Aber gewiß doch.«

»Er ist es nicht.«

»Sie meinen...« Cavalier räusperte sich. »Er lehnt es ab, sich mit Ihnen über einen Finderlohn zu unterhalten.«

Fletch beugte sich vor und stützte seine Ellbogen auf den Schreibtisch.

»Ich kam vor ungefähr fünfundvierzig Minuten in Ihr Hotel«, sagte er. »Rief im Zimmer 2019 an. Ein Mann meldete sich. Ich fragte ihn, ob er James Saint E. Crandall wäre, und er sagte, ja, das wäre er. Ich teilte ihm mit, daß ich seine Brieftasche gefunden hätte. Er schien sich zu freuen. Er bat mich, in der Kaffeebar zu warten, er käme in fünf Minuten herunter. Ich sagte ihm, daß ich einen dunkelblauen Sweater trüge. Ich wartete eine halbe Stunde in der Kaffeebar. Zwei Tassen Kaffee. Kein schlechter Kaffee übrigens.«

»Vielen Dank.«

»Er tauchte nicht auf. Nach einer halben Stunde rief ich nochmals in seinem Zimmer an. Kein Antwort. Ich fuhr hinauf und klopfte an seine Zimmertür. Keine Antwort.«

»Sie müssen ihn verpaßt haben. Wenn die Leute fünf Minuten sagen...«

»Selbst dann, wenn ein Unbekannter wartet, um Ihnen Ihre fünfundzwanzigtausend Dollar Bargeld wiederzugeben?«

»Nun, ich weiß nicht.«

»Wie auch immer, jedenfalls habe ich bei Ihrem Empfang nachgefragt. In der Zeit zwischen meinem ersten Anruf bei Crandall und meiner Rückfrage beim Empfang hat er bezahlt und das Hotel verlassen.«

»Ach, du meine Güte«, sagte der Direktor. »Das ist ja äußerst seltsam.«

»Kann man wohl sagen.«

Der Direktor griff nach dem Telefonhörer. »Ich werde Mister Smith verständigen. Er ist unser Hoteldetektiv. Wollen mal sehen, was er herausfinden kann.«

»Gut.« Fletch stand auf. »Hätten Sie etwas dagegen, wenn ich in der Zwischenzeit mal telefoniere? Ich muß meinen Boss anrufen.«

»Selbstverständlich.« Der Direktor deutete auf ein zweites kleines Büro. »Dort steht ein Telefon.«

»Vielen Dank.«

»Mister Armistad?«

»Ja?«

»Finden Sie es nicht auch lustig, daß unser Hoteldetektiv Smith heißt?«

Fletch grinste ihn an.

»Ich amüsiere mich häufig über die Namen der Leute«, sagte Jacques Cavalier.

»Hallo, Jan. Frank will mich sprechen?«

»Wer ist am Apparat?«

»Kaum zwei Tage weg und schon erkennst du meine Stimme nicht mehr.«

»Oh, hallo, Fletch. Was tut sich denn so im Norden?«

»Sensationelles. Kannst du dir vorstellen, daß ich letzte Nacht in einem Lokal war, in dem ein glatzköpfiger Nackttänzer auftritt?«

»Männlich oder weiblich?«

»Was soll denn an einem nackten, glatzköpfigen Mann so Sensationelles sein?«

»Ich verstehe nicht, was das mit einer Glatze zu tun hat.«

»Wo ist Frank?«

»Er hat mir nichts davon gesagt, daß er dich sprechen will.«

»Die Nachricht erwartete mich heute morgen im Reiseterminal. *Rufen Sie sofort Chefredakteur Frank Jaffe an. Äußerst dringend.*«

»Ach, du weißt doch, daß er nach ein paar Drinks alles für ›äußerst dringend‹ hält.«

»Deswegen ist er ja auch ein guter Chefredakteur.«

»Ich werde mich mal erkundigen, ob er sich erinnert, warum er dich sprechen wollte.«

Während er wartete, mußte sich Fletch neun Takte des Donauwalzers anhören. Eine neue Telefoneinrichtung, die die Verwaltungsleute für große Klasse, die Reporter jedoch für großen Käse hielten. Es mochte zwar sein, daß ein Anrufer, der auf eine Verbindung mit der Anzeigenaufnahme wartete, von der Musik besänftigt wurde. Entgegengesetzt reagierte jedoch, wer die Redaktion anrief, um eine heiße Story loszuwerden – wie zum Beispiel *Das Parlamentsgebäude steht in Flammen* oder *Der Gouverneur ist gerade mit der Frau des Senators durchgebrannt* – und sich dabei ertappt, wie er sich in der Telefonzelle im Dreivierteltakt wiegt. Es ist äußerst schwierig, über aktuelle Sensationen und minder wichtige Eheverfehlungen zu berichten, wenn einem noch die Violinen im Ohr klingen, die sich durch die *Schiwago-Melodie* fiedeln.

»Hallo, Fletch, wo bist du?« knurrte Frank Jaffe. Der Whisky, mit dem er sich seit Jahren behandelte, hatte seine Spuren auf den Stimmbändern des Chefredakteurs hinterlassen.

»Guten Morgen, verehrungswürdiger Häuptling. Ich befinde mich in der Buchhaltung des Park Worth Hotels.«

»Was hast du denn da zu suchen?«

»Hab' gestern von hier 'ne Reportage durchgegeben. Irre Aufmacherstory von der Eröffnung des neuen Rennbahn-Clubhauses. Sag bloß, du hättest sie heute morgen nicht sofort gelesen?«

»Aber klar. Stand auf Seite 39.«

»Kann aus Schweinshaxen schließlich keinen Kaviar zaubern.«

»Himmel, du hast doch nicht etwa im Park Worth übernachtet?«

»Nein. Hab' nur mal eben reingeschaut, um fünfundzwanzig Mille loszuwerden.«

»Na, Gott sei Dank. Im Park Worth darf nämlich nur der Verleger absteigen. Und selbst der tut's nicht.«

»Deine Nachricht lautete, ich sollte dich anrufen. Dringend.«

»O ja, richtig.«

Fletch wartete. Frank Jaffe schwieg.

»Hallo, Frank? Soll ich eine andere Story an Land ziehen, solange ich hier bin? Worum geht's?«

Frank seufzte. »Ich schätze, die Kurzfassung dieser Story lautet: Du bist entlassen.«

Fletch sagte nichts, holte tief Luft und fragte dann: »Sonst noch was Neues? Wie geht's der Familie?«

»Bock geschossen. Du hast einen Bock geschossen, Fletcher. Einen kapitalen Bock geschossen.«

»Wie kommt das denn?«

»Das weiß der Himmel. Ich weiß es jedenfalls nicht.«

»Was hab' ich denn getan?«

»Du hast jemanden zitiert, der seit zwei Jahren unter der Erde liegt.«

»Hab' ich nicht.«

»Tom Bradley.«

»Ach der. Verwaltungsratsvorsitzender von Wagnall-Phipps.«

»Ist vor zwei Jahren gestorben.«

»Das ist doch totaler Quatsch. Erstens, Frank, habe ich Bradley nicht persönlich zitiert – ich habe nie mit ihm gesprochen.«

»Wie tröstlich.«

»Ich habe aus von ihm verfaßten Aktennotizen zitiert.«

»Neueren Datums?«

»Neueren Datums. Sehr neu sogar. Ich habe die Daten in meinem Artikel aufgeführt.«

»Tote schicken keine Aktennotizen, Fletch.«

»Wer behauptet, daß er tot ist?«

»Die leitenden Angestellten von Wagnall-Phipps. Die Frau des Knaben. Du hast die Tribune ganz schön lächerlich gemacht, Fletch. Als unzuverlässig hingestellt, verstehst du?«

Fletch wurde plötzlich bewußt, daß er auf dem Bürostuhl saß. Er konnte sich nicht erinnern, daß er sich hingesetzt hatte.

»Frank, dafür muß es doch eine Erklärung geben.«

»Die gibt es bereits. Du hast das Verfahren abgekürzt. Erheblich abgekürzt, Fletcher. Kommt bei Anfängern in der Zeitungsbranche manchmal vor. Diesmal hat's dich eben erwischt.«

»Frank, ich habe aus neueren, datierten, mit den Initialen ›T. B.‹ unterzeichneten Aktennotizen zitiert. Sie lagen mir vor.«

»Dann muß es wohl irgendein anderer ›T. B.‹ gewesen sein. Trotzdem geht kein Weg daran vorbei, daß du diese schlampige, stümperhafte Story über die Wagnall-Phipps Aktiengesellschaft geschrieben hast, dich darin pausenlos auf Tom Bradley als den Leithammel des Unternehmens beziehst und ihn pausenlos zitierst, obwohl er vor zwei Jahren gestorben ist. Offen gesagt, Fletch, ich finde das äußerst peinlich. Wie soll die Öffentlichkeit denn noch an unsere Wetterberichte glauben können, wenn wir uns solche Sachen leisten? Ich meine, ich weiß ja, daß du kein Wirtschaftsreporter bist, Fletch, man hätte dich nie mit dieser Geschichte beauftragen dürfen. Aber ein guter Reporter sollte in der Lage sein, über alle Themen zu berichten.«

Fletch legte die Brieftasche auf den Schreibtisch und rieb seine schweißnasse linke Hand am Oberschenkel ab.

»Wir wollen das mal als eine Suspendierung betrachten, Fletch. Schließlich hast du ja auch ein paar gute Sachen gemacht. Du bist noch jung.«

»Eine Suspendierung für wie lange?«

»Drei Monate?« Der Chefredakteur hörte sich an, als wolle er Fletchs Reaktion auf diese Idee einmal testen.

»Drei Monate, Frank, drei Monate überlebe ich nicht. Ich muß Alimente zahlen. Die Raten fürs Auto. Ich bin völlig blank.«

»Vielleicht findet sich irgendwo ein neuer Job für dich. Vielleicht ist eine Suspendierung nicht gerade die beste Idee. Noch habe ich nichts vom Verleger gehört. Möglicherweise gefällt ihm die Idee, dich nur zu suspendieren, gar nicht.«

»Menschenskind, Frank. Das ist eine Katastrophe.«

»Du sagst es. Die gesamte Mannschaft hier lacht über dich. Wird schwer werden, diese Geschichte auszubügeln.«

»Frank. Ich fühle mich unschuldig. Du weißt doch, was ich damit meine?«

»Du bist aber nicht die Jungfrau von Orléans.«

»Dann gib mir wenigstens die Chance, meine Informanten zu überprüfen.«

»Wen denn zum Beispiel?« Frank Jaffe kicherte. »Den heiligen Petrus? Sobald du ihn an der Strippe hast, sag mir Bescheid.«

»Okay, Frank. Bin ich nun suspendiert oder gefeuert oder was?«

»Laß mich's mal mit der Suspendierung versuchen und sehen, woher der Wind weht. Der Verleger ist mit seiner Frau in Santa Fé. Der Wirtschaftsredakteur will deinen Kopf auf einem Silbertablett serviert haben. Wahrscheinlich bist du gefeuert. Ruf mich nächste Woche an.«

»Danke, Frank.«

»He, Fletch, soll ich dir deinen Gehaltsscheck schicken? Janey kann das erledigen.«

»Nein, danke.«

»Ich dachte bloß, daß es dir vielleicht etwas peinlich ist, ins Büro zu kommen.«

»Nein danke. Ich komme vorbei.«

»Mumm hast du ja, Fletch, das muß man dir lassen. Na schön, wenn du wirklich ins Büro kommen willst, dann schnalle vorher wenigstens deinen Sturzhelm und deinen stählernen Eierschutz um.«

»Wagnall-Phipps. Guten Morgen.«

»Mister Charles Blaine bitte.«

Fletch, der sich immer noch in der Buchhaltung des Park Worth Hotels aufhielt, gelang es, seine Stimme unter Kontrolle zu halten. Er hatte zunächst bei der Fernsprechauskunft angerufen und dann mit Hilfe seiner Zeitungskreditkarte bei Wagnall-Phipps. Mit spitzen Fingern zupfte er seinen Sweater von seiner verschwitzten Haut.

»Sekretariat Mister Blaine.«

»Ist er da?«

»Tut mir leid, Mister Blaine ist bereits außer Haus.«

Fletch warf einen Blick auf seine Uhr. »Es ist doch erst halb zwölf.«

»Ich weiß«, sagte die Sekretärin. »Mister Blaine hat Grippe.«

»Ich muß ihn aber unbedingt erreichen. Hier spricht Jay Russell. Ich bin mit Mister Blaine in einem Wohltätigkeitskomitee – dem Komitee zur Erhaltung antiker Silver Clouds.«

»Silberwolken?« fragte die Sekretärin nach langer Pause. »Wie kann man die denn erhalten?«

»Das ist ein Autotyp«, erklärte Fletch. »Eine Art Rolls-Royce.«

»Oh«, sagte die Sekretärin. »Eine Minute lang habe ich doch geglaubt, Sie wären wirklich an so was dran.«

»Könnte ich die Privatnummer von Mister Blaine haben?«

»Nein, tut mir leid. Das verstößt gegen die Firmenvorschrift.«

»Es ist aber ungeheuer wichtig.«

»Das ist aber nun mal Vorschrift. Wenigstens für mich. Sie werden ja wohl nicht wünschen, daß man mich hinauswirft.«

»Das würde ich keinem Menschen wünschen, glauben Sie mir. Mister Blaine wird sehr erfreut sein, von mir zu hören. Und ich kann Ihnen versichern, daß man Ihnen keinerlei Vorwürfe machen wird, wenn Sie mir seine Nummer geben.«

»Ich weiß, daß man mir keinerlei Vorwürfe machen wird – weil ich Ihnen nämlich die Nummer erst gar nicht gebe.«

Fletch legte auf.

Seine Hand immer noch auf dem Hörer sagte er: »Verdammt, verdammt, verdammt!«

Er überprüfte sein eigenes Portemonnaie. Er besaß noch zwei Zwanzig-, einen Zehn-, einen Fünf- und zwei Eindollarscheine plus einen Blankoscheck und versuchte sich zu erinnern, ob er die hundertzwanzig Dollar noch auf seinem Girokonte hatte oder ob das im letzten oder sogar schon im vorletzten Monat gewesen war. Irgendwann hatte er jedenfalls einmal ein Guthaben von einhundertzwanzig Dollar gehabt. Bestenfalls besaß er also weniger als zweihundert Dollar in bar, einen fälligen Gehaltsscheck und keinen Job.

Er hob den Telefonhörer ab und wählte die Ortsnummer. Es klingelte fünfmal.

»Hallo?« sagte Moxie mit schläfriger Stimme.

»Bist du gerade aufgewacht?«

»Ich weiß nicht. Warum bist du am Telefon? Warum liegst du nicht neben mir im Bett?«

»Immer wieder eine gute Frage.«

»Wo bist du?«

»Im Park Worth Hotel.«

»Warum?«

»Weiß nicht. Bin zum Auto gegangen, um nachzusehen, ob im Computerterminal eine Nachricht ist, und fand eine Brieftasche. Und die führte mich zum Park Worth Hotel. Ist eine lange Geschichte.«

»Bei dir gibt's immer nur lange Geschichten, Fletch.«

»An manchen Tagen sollte man eben morgens nicht aufstehen.«

»An den meisten Tagen sollte man morgens nicht aufstehen. Ist etwas nicht in Ordnung, Fletch?«

»Haha«, lachte er da vergnügt, »was sollte denn nicht in Ordnung sein?«

»Was stimmt nicht?«

»Nur ein oder zwei Kleinigkeiten. Ich werd's dir später erklären. Hast du immer noch Lust, mit mir heute an der Küste entlangzufahren?«

»Klar. Wann mußt du wieder im Büro sein?«

»In drei Monaten ungefähr.«

»Was?«

»Wir haben massenhaft Zeit. Warum stehst du nicht auf, packst, machst uns ein Picknick-Mittagessen, ein Picknick-Abendessen, ein Picknick-Frühstück –«

»Können wir denn unterwegs nicht mal anhalten?«

»Nicht zum Essen.«

»Außer einem Glas Erdnußbutter habe ich nichts zu Hause. Ich hab' mich nicht um Nachschub gekümmert.«

»Nimm das ganze Glas mit. Ich besorge Brot und Orangensaft.«

»Mit dir zu verreisen, scheint ja eine wahre Wonne zu sein.«

»Immer nur fünfter Klasse. Ich bin in etwa einer Stunde da.«

»Anderthalb Stunden.«

»Es dürfte ja wohl kaum so lange dauern, ein Glas Erdnußbutter einzupacken.«

»Doch. Ich habe nämlich vor sechs Wochen den Deckel für das Erdnußbutterglas verloren.«

»Wie kann man den Deckel eines Erdnußbutterglases verlieren?«

»Wahrscheinlich hab' ich ihn mit einem Elefanten verwechselt, und du weißt ja, diese Elefanten –«

»Jaja«, sagte Fletch. »Die gehen immer verloren. Mach nicht zu lange. Dachte, wir könnten unterwegs schwimmen gehen, ich kenne mich an der Küste aus.«

»Hast du denn überhaupt soviel freie Zeit?«

»Ich habe Zeit, und sie ist völlig frei.«

»Tut mir leid«, sagte Fletch. »Ich hatte nicht damit gerechnet, daß mein Telefongespräch so lange dauert.«

Jacques Cavalier saß wieder hinter seinem Olivenholzschreibtisch, allerdings war der Stuhl, auf dem Fletch zuvor gesessen hatte, jetzt von einem kleinwüchsigen, engelsgesichtigen Mann mittleren Alters belegt, der Fletch neugierig musterte. Cavalier dagegen sah Fletch mit besorgter Miene entgegen.

»Geht es Ihnen gut, Mr. Armistad?« fragte Cavalier.

»Sicher, sicher«, sagte Fletch. »War nur ziemlich heiß in dem anderen Zimmer.«

»Mister Armistad«, insistierte Cavalier. »Sie sind aber ganz blaß. Hat Sie etwas erschreckt?«

»Ach, das«, antwortete Fletch leichthin. »Mein Boss hat mir nur gerade erzählt, daß ein Freund ... von mir entlassen worden ist.«

»Wie überaus betrüblich«, sagte Cavalier. »Sagen Sie, Mister Armistad, womit verdienen Sie eigentlich Ihren Lebensunterhalt?«

»Ich parke Autos.«

»Ein recht anspruchsloser Job.« Cavalier lächelte. »Warum hat man Ihren Freund denn entlassen?«

»Er hat versucht, zwei Wagen in einer Lücke zu parken. Wäre ihm auch beinahe gelungen. Chuck hat noch nie ein gutes Gedächtnis gehabt.«

»Dies ist Mister Smith, unser Hausdetektiv.« Cavalier zog seinen Notizblock zu Rate. »Mister Geoffrey mit G. Armistad – unser ehrlicher Freund, der sich mit Autoparken seinen Lebensunterhalt verdient.«

»Hey«, sagte der engelsgesichtige Mann mittleren Alters.

Fletch setzte sich auf den freien Stuhl

»Ich habe Mister Smith Ihre bemerkenswerte Geschichte wiederholt, Mister Armistad. Er ist, so könnte man sagen, skeptisch.«

»Lassense mal die Brieftasche sehn«, sagte Smith.

Fletch reichte sie ihm. Der Detektiv zählte jeden einzelnen der fünfundzwanzig Scheine.

»Okay.« Smith legte die Brieftasche auf den Schreibtisch. »Hab's nachgeprüft. Ein Mann, der sich James St. E. Crandall nannte, trug sich vor drei Tagen um sechzehn Uhr beim Empfang ein. Er reiste heute morgen ab, kurz bevor mich Jacques anrief. Bezahlte bar.« Smith las aus der detaillierten Rechnung vor, die er in der Hand hielt. »Hatte zweimal Zimmerservice für je eine Portion Frühstück. Gestern hat er eine Hose aufbügeln lassen. Am Abend seiner Ankunft hat er ein Bier bestellt, das ihm um zehn Uhr dreißig aufs Zimmer gebracht wurde, woraus wir schließen können, daß er früh zu Bett gegangen ist. Ansonsten keine weiteren Bar- oder Restaurantrechnungen im Hotel.

Führte insgesamt sechs Ortsgespräche, keine Ferngespräche. Als Adresse gab er 47907 Courier Drive, Wramrud, an. Die Spalte für Firmennamen, Beruf hat er nicht ausgefüllt.«

Fletch hatte Cavalier mit Handzeichen um einen Zettel und einen Stift gebeten und notierte sich die Adresse.

»Ich habe in seinem Zimmer nachgesehen«, fuhr Smith fort. »Nichts Ungewöhnliches. Zerknautschte Laken und Handtücher wie üblich.«

»War er Ihren Leuten am Empfang bekannt?«

»Ich bat den Kassierer, der mit Crandall abgerechnet hat, um eine Beschreibung«, antwortete Smith. »Er sagte, der Bursche wäre entweder fünfzig und kahl oder siebzig und krumm gewesen. Schätzungsweise sind zwei Personen zur gleichen Zeit abgereist.«

»Aber irgend jemand an der Rezeption muß ihn kennen.«

»Wie kommen Sie denn da drauf?« fragte Smith.

»Sie sagten, Crandall hätte bar bezahlt, als er abreiste. Am Empfang läßt man sich doch immer gern eine Kreditkarte zeigen, wenn sich jemand einträgt – hab' ich recht?«

Smith schielte zu Cavalier hinüber.

»Dies ist ein First-Class-Hotel, Mister Armistad.«

»Und haben Sie keine First-Class-Betrüger?«

»Wir bemühen uns, unsere Gäste so wenig wie möglich zu behelligen. Selbstverständlich werden wir manchmal hintergangen...« Cavalier hob achselzuckend die Hände. »... aber wir erachten es der Mühe wert, nicht jedem zu mißtrauen. Unsere Gäste haben Vertrauen zu uns, also müssen auch wir Vertrauen zu ihnen haben.«

»Wie viele Gäste bezahlen ihre Hotelrechnungen bar?« fragte Fletch.

»Ziemlich viele«, sagte Cavalier. »In diesem Hotel jedenfalls. Bei uns, wissen Sie, gibt es noch jene kleinen alten Damen in Tennisschuhen – und nicht alle sind klein und alt –, die sich nicht der Situation aussetzen, von irgend jemandem auf der Straße oder von einem Kreditkartenunternehmen ausgeraubt zu werden.«

»Wir haben auch andere Gäste, die bar bezahlen. In jedem Hotel gibt's welche von Crandalls Sorte«, kicherte Smith, »in Privatgeschäften unterwegs, nennen wir das.«

»Frühstück für eine Person«, sagte Fletch, »an jedem der beiden Tage. Sieht nicht so aus, als ob Crandall sein Zimmer mit jemand geteilt hätte.«

»Das muß nicht unbedingt etwas zu bedeuten haben«, sagte Smith. »So 'n Tag hat ja schließlich noch 'ne Menge anderer Stunden.«

»Schön, aber wieviel Prozent Ihrer Gäste bezahlen bar?«

»Ungefähr zehn Prozent«, antwortete Cavalier.

»Eher fünfzehn«, meinte Smith.

»Mister Smith ist verpflichtet, auch die Kehrseite der Dinge zu berücksichtigen«, erläuterte Cavalier.

»Also war eigentlich nichts Ungewöhnliches an diesem Gast, diesem James St. E. Crandall.«

»Nun ja«, lachte Smith. »Er läuft vor jemandem davon, der ihm fünfundzwanzigtausend Dollar in bar zurückzugeben versucht. Das ist allerdings eine neue Erfahrung für uns.«

Cavalier hatte Fletch die ganze Zeit über nicht aus den Augen gelassen. »Hoffentlich nehmen Sie es mir nicht übel, Mister Armistad, aber einen Parkwächter stelle ich mir irgendwie anders vor.«

»Haben Sie schon viele Parkwächter kennengelernt?«

Cavalier grinste dümmlich. »Nicht näher.«

Fletch nahm die Brieftasche vom Schreibtisch und stand auf. »Ich danke Ihnen beiden für Ihre Hilfe«, sagte er.

»Sie nehmen die Brieftasche mit?« fragte Cavalier.

»Was denn sonst?«

»Nun ja, ich weiß nicht so recht.« Cavalier sah Smith an. »Ich habe wirklich keine Ahnung, was man da machen soll. Hier handelt es sich ja wohl nicht um eine gewöhnliche Fundsache. Ich hatte eigentlich daran gedacht, ob wir als nächstes nicht vielleicht die Polizei verständigen sollten.«

»Oh, ich bin auf dem Weg zur Polizei«, sagte Fletch.

»Bestimmt«, sagte Smith.

»Bin ich hierhergekommen oder nicht?«

»Gewiß, Sie sind hierhergekommen.« Cavalier fuhr sich mit dem Mittelfinger über die gerunzelte Augenbraue. »Und Sie haben das Geld gefunden. Und nicht auf Hotelgelände ... wie Sie sagten.«

»Über zwanzig Häuserblocks von hier entfernt.«

»Und der Mann ist vor Ihnen davongelaufen ... sind Sie sicher, daß Sie die richtige Zimmernummer angerufen haben?«

»Nein«, antwortete Fletch. »Jeder Mensch erwischt irgendwann einmal eine falsche Nummer. Allerdings schien der Hotelgast, mit dem ich sprach, keineswegs überrascht zu sein, als ich ihm den Verlust seiner Brieftasche mitteilte.«

Fletch steckte die Brieftasche in die Gesäßtasche seiner Jeans.

»Also, ich weiß wirklich nicht«, sagte Cavalier. »Ich vermute, wir werden die Polizei wohl auf alle Fälle verständigen müssen.« Er lächelte Fletch zu. »Nur um uns selbst abzusichern, verstehen Sie.«

»Da spaziert so 'n Knabe mit fünfundzwanzigtausend Dollar munter hier rein«, murmelte Smith vor sich hin, »und spaziert mit fünfundzwanzigtausend Dollar munter wieder raus.«

»Ich erwarte sogar von Ihnen, daß Sie die Polizei anrufen«, sagte Fletch. »Meinen Namen habe ich Ihnen ja genannt, nicht wahr?« Er deutete auf den Notizblock auf Cavaliers Schreibtisch. »Und auch meine Adresse?«

»Ja, Mister Armistad, das haben Sie«, sagte Jacques Cavalier. »Gewiß haben Sie das.«

»Ein Glas Erdnußbutter, ein Laib Brot, ein Kanister Orangensaft und du«, sagte Fletch.

Noch naß vom Schwimmen lagen sie Kopf an Kopf, nur in leichtem Winkel von einander getrennt, bäuchlings im Sand. Außer ihnen war kein Mensch in der kleinen Bucht.

»Ungemein romantisch«, sagte Moxie.

»Ungemein romantisch.«

»Nicht übermäßig.« Die Spätnachmittagssonne glitzerte in den Salzwassertropfen auf ihrem Rücken, ihren Armen und Beinen. »Erdnußbutter, Brot und Orangensaft.«

»Und du.«

»Und Supermann. Keine geriebenen Karotten und kein Bohnenpüree, aber dadurch wird die Supershow immer noch nicht romantisch, Fletch.« Moxie richtete sich gerade soweit auf, um den Sand von ihrem nackten Busen wischen zu können, bettete dann ihre Wange auf den Unterarm und seufzte. »Keine besonders romantischen Zeiten.«

»Ach, meinst du?«

»Es gibt keine Romantik mehr im Leben. Gehört der Vergangenheit an.«

»Schluchz.«

»Ist mit den Krinolinen und Schnürkorsetts dahingeschieden.«

»Ich habe mich eigentlich immer für ungemein romantisch gehalten.«

»Ungemein. Gabelst mich um halb zwei auf, scherst dich keinen Deut darum, daß ich im Café Mondrian einen Tisch für zwei Personen bestellt habe, rast wie ein Rennbobkapitän hier zu dieser öden Küste runter, ignorierst etliche gute Lokale, wo man hätte zu Mittag essen können –«

»Haste Hunger?«

» – schleuderst mich in der Brandung herum wie einen – wie einen . . .«

»Wie einen was?«

»Wie einen von deinesgleichen.« Sie robbte auf ihren Ellbogen vorwärts und küßte ihn auf die Wange. »Treibst es mit mir im Sand, einfach so, ohne Decke, Handtuch oder sonst irgendwas.«

»Gleichberechtigung muß sein. Wir lagen beide auf der Seite.«

»Nicht übermäßig romantisch.« Moxie blies ihm ins Gesicht.

»Romantik ist eine Erfindung von Weinbauern und Kerzendrehern.«

»Und Riechsalzfabrikanten.«

Sie leckte an seiner Wange.

»Was könnte romantischer sein als Erdnußbutter und Orangensaft? Du machst dich über Proteine und Vitamin C lustig, mein Kind. Bestes Kraftfutter, verstehst du.«

»Wirst du etwa schon wieder kräftig, Fletcher?«

»Klar«, sagte er. »Ist ja schon volle fünf Minuten her.«

Beim ersten Mal hatten sie die Abhänge über ihnen genau erkundet. Außer einem die Bucht überblickenden Haus, das zudem noch weit zurücklag und schmutzigblinde Fenster zu haben schien, war dort oben nichts zu entdecken gewesen.

Sie saßen im Sand und spülten Erdnußbutterbrote mit Orangensaft hinunter.

»Also?« fragte Moxie.

»Also nahm ich die fünfundzwanzigtausend Dollar . . .« Er nahm ihr den Orangensaftbeutel aus der Hand und trank. »Was willst du wissen?«

»Wenn ich mich recht erinnere, hast du gestern nacht ungeheuer wichtigtuerisch und pflichtbewußt getan und unaufhörlich getönt, daß du heute rechtzeitig in der Redaktion sein müßtest, um die Nachtschicht zu übernehmen, und daß ich noch vor dem Aufstehen aus dem Bett sein und samt Gepäck gestiefelt und gespornt bereitstehen müßte, falls ich Wert darauf legte, mit dir einen Ausflug zu machen . . .«

»Wichtigtuerisch?«

»Schon verdammt nah am Größenwahn.«

»Du bist nicht gerade für frühes Aufstehen berühmt, Moxie.«

»Ich bin für gar nichts berühmt. Noch nicht. Lange schlafen war das erste, was ich in der Schauspielschule gelernt habe.«

»Tatsächlich?«

»Tatsächlich. Der Unterricht fand nämlich immer nachmittags statt.«

»Ihr Theaterleute müßt schon ein besonderes Völkchen sein.«

»Ich weiß zwar nicht, wann in einer Zeitung die Nachtschicht beginnt, Fletch, aber der rote Frosch, der da hinten aufs Meer kackt, ist die untergehende Sonne. Und ich nehme an, daß wir gut sieben Autostunden von deiner kostbaren Zeitung entfernt sind.«

»Ich bin ein veränderter Mensch.«

»Und was hat dich verändert?«

»Man hat mich rausgeschmissen.«

Fletch beobachtete, wie sich ihr flacher Bauch ein paarmal hob und senkte. »Oh«, sagte sie, und dann: »Aha.« Und dann kaute sie weiter. »Dir hat dieser Job doch Spaß gemacht.«

»Hat Gehaltsschecks, eingebracht, unter anderem.«

»Du kannst doch bei einer anderen Zeitung arbeiten. Oder?«

»Das möchte ich stark bezweifeln.«

»Was ist passiert?«

»Lange Geschichte. Bißchen kompliziert.«

»Dann vereinfache sie. Wenn ich etwas nicht gleich verstehe, kann ich ja fragen. Einverstanden?«

»Also gut. Ich hatte den Auftrag, eine unbedeutende Story über eine unbedeutende Firma zu schreiben, und wie ich die Sache einschätze, hat man mir eine faustdicke Lüge aufgetischt.« Fletch sprach hastig. »Mein Hauptinformant war ein Typ namens Blaine. Charles Blaine. Vizepräsident und Finanzdirektor. Er überließ mir einen Ordner mit Aktennotizen, die zwischen ihm und dem Verwaltungsratsvorsitzenden der Firma, einem Typen namens Tom Bradley, hin und her gegangen waren, und sagte, daraus könnte ich zitieren. Was ich auch getan habe.«

»Was ist denn dann schiefgelaufen?«

»Tom Bradley starb vor zwei Jahren.«

»Starb?«

»Starb.«

»So richtig tot?«

»Noch toter als die Romantik.«

»Du hast also einen toten Mann zitiert?«

»Haargenau.«

Moxie kicherte. »Himmel, das ist ja ein toller Hammer, Fletch.«

»Ich hätte noch wesentlich Schlimmeres anstellen können«, sagte Fletch. »Ich hätte ja zum Beispiel jemanden zitieren können, der nie gelebt hat.«

»Tut mir leid.« Moxie rieb sich die Nase.

»Was tut dir leid?«

»Daß ich gelacht habe.«

»Ist ja auch lustig. Weck mich morgen früh.«

»Waren diese Aktennotizen, die du da zitiert hast, neueren Datums? Das konnten sie doch eigentlich gar nicht sein.«

»Sie waren aber neueren Datums. Ich habe die Daten in meiner Story genannt.«

»Das kapiere ich nicht.«

»Womit wir wenigstens schon zu zweit wären.«

Ihr Blick schweifte ziellos über das Meer. Die untergehende Sonne färbte ihre Augen purpurrot und sprenkelte sie mit gelben Tupfen. »Sollte das vielleicht irgend so 'n übler Scherz sein?«

»Ein ziemlich übler. Meiner Meinung nach hat da jemand vorgehabt, Unheil zu stiften.«

»Aber wer? Und warum?«

»Blaine, vermute ich. Er mußte ja wohl wissen, was er tat, als er mir die Aktennotizen eines Toten gab. Vielleicht spinnt er.«

»Bist du noch mal zu ihm hingegangen? Hast du versucht, Kontakt mit ihm aufzunehmen?«

»Heute morgen. Hatte sein Büro schon verlassen. An Grippe erkrankt.«

»Nein.« Moxie schüttelte den Kopf. »Das ist zu verrückt. Kein Mensch würde so etwas tun. Einfach so aus Jux.«

»Nicht aus Jux«, sagte Fletch. »Vielleicht hast du schon mal davon gehört, daß manche amerikanischen Firmen raffinierte Rachefeldzüge gegen die Presse starten, mit denen sie Zeitungen und Fernsehanstalten in aller Öffentlichkeit lächerlich machen wollen.«

»Wie soll denn ausgerechnet ich davon gehört haben?«

»Kommt immer mehr in Mode. Sie sagen, daß es in der Presse zu viele Liberale gäbe. Unternehmerfeindliche Liberale.«

»Und gibt's die?«

»Wahrscheinlich. Genauer gesagt, die *News-Trib* hat gerade diese spezielle Gesellschaft, Wagnall-Phipps, vor zwei oder drei Jahren mal ziemlich in die Mangel genommen.«

»Weswegen?«

»Kaufbeeinflussung. Haben Kongreßabgeordnete, Bürgermeister und andere, die auf der öffentlichen Gehaltsliste stehen, solange den Magen vollgestopft, bis sie ihre Schaufeln und Zahnstocher bei Wagnall-Phipps gekauft haben.«

»Hast du solche Sachen geschrieben?«

»Damals habe ich noch gar nicht für die *News-Trib* gearbeitet. Da war ich noch in Chicago.«

»Und jetzt bist du der Sündenbock.«

»Meine eigene Schuld. Hat mich nicht interessiert, diese Wagnall-Phipps-Story. Zur gleichen Zeit arbeitete ich nämlich gerade an dieser Football-Story, weißt du. Die hat mich viel mehr interessiert. Ich habe die Zeitungsausschnitte über Wagnall-Phipps nur überflogen, festgestellt, daß es hauptsächlich um die Frage ging, ob die Gesellschaft immer noch diese große Skihütte in Aspen besaß, die sie Kongreßabgeordneten und deren Familien früher mal zur Verfügung gestellt hatte, und machte mich auf den Weg, um Blaine zu interviewen. Ich erinnere mich, daß ich kaum die Augen offenhalten konnte, während ich ihm zuhörte. Schließlich verfrachtete er mich in irgendein Büro, ließ mich dort allein, und ich durfte aus diesem Bündel Aktennotizen abschreiben.«

»Dann kannst du selbst diese Aktennotizen oder Kopien davon gar nicht vorweisen?«

»Nein. Eben nicht. Eine so simple, dämliche, unbedeutende Story, daß ich nicht mal geglaubt habe, die Zeitung würde so einen langweiligen Kram überhaupt drucken. Wer interessiert sich denn schon für Wagnall-Phipps?«

»Wagnall-Phipps schätzungsweise.«

»Ich habe die Story nur bekommen, weil der ursprünglich damit beauftragte Reporter, Tom Jeffries, sich beim Drachenfliegen das Kreuz gebrochen hat.«

»Das ist ja schrecklich.«

»Du sagst es. Ich bin kein Wirtschaftsjournalist. Scheiß', ich weiß ja noch nicht einmal, wie man Börsenberichte liest. Und Wagnall-Phipps war mir bis dahin völlig unbekannt.«

»Aber warum stellen sie dann ausgerechnet dir ein Bein?«

»Das ist nicht persönlich gemeint. Sie haben nicht mir persönlich ein Bein gestellt, sondern wollten die Zeitung lächerlich machen. Und das ist ihnen verdammt gut gelungen.«

»Sie haben deine Unwissenheit ausgenutzt.«

»Sicher. Da kommt dieser Peter Rabbit mit seinem buschigen

Schwanz und seinem gierig geöffneten Mäulchen angehoppelt, und sie stopfen ihn mit faulen Karotten voll. Sie beziehen sich auf den Vorsitzenden ihres Verwaltungsrates, zeigen mir Aktennotizen von ihm, und ich notiere: *In einer Aktennotiz vom 16. April ordnete der Vorsitzende des Verwaltungsrates, Thomas Bradley, an etc., etc.* Ich meine, würdest du etwa dem Vizepräsidenten und Finanzdirektor einer Aktiengesellschaft mißtrauen, wenn es um den Verwaltungsratsvorsitzenden jener Aktiengesellschaft geht?«

Moxie schüttelte den Kopf. »Armer Peter Rabbit.«

»Von wegen armer Peter Rabbit. Ein ausgemachter Trottel ist er.«

»Du bist also entlassen.«

»Nun ja, der Chefredakteur hat's mir schonend beigebracht. Er hat von einer dreimonatigen Suspendierung gesprochen, aber auch das nur, damit er später beteuern kann, er hätte schließlich alles versucht, mir meinen Job zu retten.«

»Keine Chance?«

»Ich selbst würde mich ja nicht hinauswerfen. Du etwa?«

»Noch Orangensaft? Ist noch ein knapper Liter da.«

»Den werden wir morgen früh brauchen.«

»Was hast du denn heute morgen im Park Worth Hotel gemacht?«

»Oh, das ist eine andere Geschichte. Deswegen müssen wir morgen mal eben in Wramrud bei einem Burschen vorbeischauen. Hab' seine Brieftasche gefunden.«

»Fletch, mir ist kalt. Wenn du deinen Blick mal nach Westen lenkst, wirst du bemerken, daß selbst die Sonne ein besseres Plätzchen gefunden hat.«

»Ich werde Feuer machen.«

Sie starrte ihn ungläubig an. »Soll das heißen, du willst hier übernachten?«

»Natürlich. Romantisch.«

»Am Strand?«

»Wieviel Geld hast du noch, Moxie?«

»Keine Ahnung. Fünfzig Dollar vielleicht.«

»Dachte ich mir. Du beginnst am Montag mit den Proben für das neue Stück. Wann bekommst du deinen ersten Gehaltsscheck?«

»Ende nächster Woche.«

»Also mußt du eine Woche lang mit fünfzig Mäusen auskommen

und ich mit etwa dem gleichen Betrag für den Rest meines Lebens. Kapiert?«

»Kreditkarten, Fletch. Du hast gestern abend eine benutzt. Beim Essen. Sogar ich habe eine Kreditkarte.«

»Ich habe einen Schlafsack im Wagen.«

»Du willst mich also zwingen, mit dir die Nacht am Strand zu verbringen.«

»Ich habe dir doch gesagt, daß ich sehr romantisch veranlagt bin.« Fletch war aufgestanden und wischte sich den Sand von der Haut.

»Und ich habe dir gesagt, daß es keine Romantik mehr gibt.«

»Reines Wunschdenken. Ich hole jetzt den Schlafsack.«

»Bin auf der Suche nach meinem Onkel«, sagte Fletch.

Der knorrige alte Polizist hatte eine ganze Weile gebraucht, um sich aus seinem kissengepolsterten Drehstuhl zu erheben und durch den Hauptraum des Wramruder Polizeireviers bis zum Schalter zu kommen. In seinem linken Ohr steckte ein Hörgerät.

»Sein Name ist James Crandall.« Fletch sprach langsam und deutlich.

»Lebt hier in der Stadt?«

»Sollte er.«

»Was heißt ›sollte er‹? Niemand ›sollte‹ irgendwo leben. Haben Sie noch nichts davon gehört, daß dies ein freies Land ist?«

»Meine Mutter gab mir diese Adresse.« Fletch reichte dem Polizist den Zettel, den er von Jacques Cavaliers Notizblock hatte.

»Ich kann den Courier Drive nicht finden«, sagte Fletch.

»47907 Courier Drive, Wramrud«, las der alte Polizist laut vor.

»Der Mann im Drugstore schien nicht zu wissen, wo das ist.«

Der Polizist sah Fletch durchdringend an. »Bob weiß nicht, wo das ist?«

»Ich vermute nein.«

»Dieser Bursche, Crandall, Bruder Ihrer Mutter?«

»Ja«, sagte Fletch.

»Wissen Sie, daß Ihr Gesicht voller Sand ist?«

Fletch wischte sich mit der Hand übers Gesicht.

»Warum ist Ihr Gesicht voller Sand?«

Fletch zuckte die Achseln. »Ich habe in einem Sandkasten gespielt.«

»Sie sollten sich rasieren, bevor Sie Ihren Onkel besuchen.«

»Tja, sollte ich wohl.«

Der Polizist schaute noch einmal auf das Stück Papier in seiner Hand. »Bob weiß nicht, wo der Courier Drive in Wramrud ist, weil es in Wramrud keinen Courier Drive gibt.«

»Es gibt keinen?«

»Lügt Ihre Mutter Sie öfter an, mein Sohn?«

»Zum allerersten Mal.«

»Soweit Ihnen bekannt ist. Nee. Kein Courier Drive. Tatsache ist, daß wir hier überhaupt nichts mit Drive haben. 'ne Menge Roads und Streets, aber nicht so was Ausgefallenes wie Drive.«

»Haben Sie irgendeine Street wie Courier?«

»Woher sollen wir das wissen?

»Ich meine eine Straße, die wie Courier klingt oder ähnlich wie Courier geschrieben wird.«

Die wäßrigen Augen des Mannes stierten aus dem Fenster. »Century Street. Cold Water Road. Bei uns gibt's auch keine so hohen Hausnummern. Siebenundvierzigtausendundnochwas. In der ganzen Stadt gibt's überhaupt nur neunzehnhundert Haushalte.«

»Kennen Sie einen Mann, der Crandall heißt?«

»Sie meinen Ihren Onkel?«

»Ja.«

»Ne . . . Nur einen, der Cranshaw heißt. Nicht Ihr Onkel.«

Fletch lächelte. »Woher wollen Sie das wissen?«

»Weil ich Cranshaw bin und meine Schwester nicht lügt.«

»Okay«, sagte Fletch. »Ich gebe auf. Sie haben also noch nie von einem Mann in dieser Stadt gehört, der Crandall heißt.«

»Nee. Und wir sind auch die einzige Stadt, soweit ich weiß, die Wramrud heißt. Oder haben Sie schon mal was von einer anderen Stadt gehört, die Wramrud heißt?«

»Nein.«

Der Polizist betrachtete prüfend Fletchs Hals und Sweater. »Sie sind ja überall voller Sand, Junge. Wollen Sie duschen?«

»Was?«

»Ob Sie sich duschen wollen? Rasieren?«

»Wo?«

»Hinten in den Zellen. Kann Ihnen einen frischen Rasierer geben.«

»Riesig nett von Ihnen.«

»Na ja, scheint so, als ob Sie noch einen weiten Weg vor sich hätten, bis Sie Ihren Onkel finden.« Der Polizist klappte ein Brett im Schalter hoch, um Fletch durchzulassen. »Bei Jungens, deren Mütter so faustdicke Lügen verbreiten wie Ihre – da weiß man ja nie, wo die mal landen.«

Fletch folgte dem Polizist zur Tür, die zu den Gefängniszellen führte.

»Was glauben Sie, warum Ihre Mutter Ihnen so eine Lüge erzählt hat?« fragte der alte Polizist. »Sind Sie sicher, daß Sie überhaupt einen Onkel haben? Wahrscheinlich hat sie Ihnen erzählt, daß er reich ist...«

»Dein Haar ist ja ganz feucht«, sagte Moxi, die neben dem Wagen wartete. »Und du bist rasiert.«

»Man hat mich fein gemacht.«

»Wo?«

»Im Gefängnis. Willst du duschen? Netter alter Polizist.«

»Wie hat's da gerochen?«

»Fürchterlich.«

»Nein, danke. Ich dusche lieber bei dir zu Hause.«

Fletch ließ den Wagen an und fuhr in Richtung Autobahn zurück. »In Wramrud gibt es keinen James St. E. Crandall. Hat nie einen gegeben.«

Moxie scheuerte ihren Hals an der Rückenlehne ihres Sitzes und kratzte sich anschließend am Ellbogen. »Mich juckt's überall. Wir fahren doch direkt zu dir nach Hause, ja?«

»Nein.«

»O Gott, Fletch, ich kann ja verstehen, daß du eine natürliche Abneigung dagegen hast, in die Stadt zurückzukehren – das allgemeine Gelächter kann man ja schon von hier hören –, aber ich brauche unbedingt ein anständiges Essen und eine anständige Dusche.«

»Dachte, daß wir erst mal bei Frank Jaffe vorbeifahren.«

»Wer ist das? Lebt der noch oder ist der schon gestorben?«

»Das ist mein Chefredakteur. Mein ehemaliger Chefredakteur.«

»Und du meinst, daß du sein Haus finden wirst?«

»Ich weiß, wo er wohnt. Wir steuern direkt darauf zu.«

»Mensch, Fletch. Irgend jemand hat mir erzählt, du wärst ein großer Reporter. Bist aber nicht mal fähig, eine Person in einer Kleinstadt wie Wramrud zu finden oder wie das Nest auch heißen mag, wo wir gerade waren.«

»Wer hat dir erzählt, daß ich ein guter Reporter sei?«

»Du selbst.«

Als sie auf der Autobahn waren, trat Fletch voll aufs Gaspedal. »Hab' mich anscheinend geirrt.«

»Mein Gott.« Moxie stand auf dem Weg, der zur Vordertür führte, und betrachtete die erleuchtete Fassade. Sie gehörte zu einem von dichten Büschen umsäumten Haus im englischen Tudorstil. »Hier wohnt der Chefredakteur der *News-Tribune*?«

»So ist es.«

»Möchte wetten, daß diese Holzbalken nicht echt sind.«

Fletch läutete an der Haustür.

»Moxie, wohin willst du?«

Clara Snow öffnete die Tür, in der Hand ein zur Hälfte geleertes Glas Martini.

»Fletch!«

»'n Abend, Clara. Hätte dich nicht hier erwartet.«

Clara verzog keine Miene. »Wußte gar nicht, daß du erwartet wirst, Fletcher.«

»Weißt du, wenn Frank eine Hausparty für seine Mitarbeiter veranstaltet –«

»Das ist keine Hausparty.«

»Na ja, da Frank zu Hause sein muß und du bei ihm zu Hause bist und zu seinen Mitarbeitern zählst ...«

»Komm herein, Fletch.«

»Warte einen Moment. Ich habe eine Freundin dabei.«

Fletch sah nach rechts an der Hauswand entlang, wo Moxie gerade aus dem dichten Buschwerk heraustrat.

»Guten Abend.« Moxie schüttelte Clara die Hand. »Sehr erfreut, Sie kennenzulernen, Mrs. Jaffe.«

»Das ist nicht Mrs. Jaffe«, erklärte Fletch.

Während sie hinter ihnen die Tür schloß, sagte Clara: »Fletch, du hast ja wohl 'ne Meise.«

»Ich habe Moxie«, sagte Fletch.

Frank war im Wohnzimmer. Er trug einen Skipullover und legte gerade ein Holzscheit aufs Feuer. Fletch spürte, daß die Klimaanlage lief.

»'n Abend, Frank.«

Frank sah Fletch über den Rand seiner Brille hinweg an. »Du bist gefeuert, Fletcher. Wenn du's nicht schon vorher gewesen wärst, dann ganz bestimmt jetzt.«

»Warum?«

»Weil es Freitagabend ist und dies mein Haus ist und weil gefeuerte Angestellte an Freitagabenden nicht unaufgefordert im Haus ihres Chefs zu erscheinen haben. Oder überhaupt nicht. Ist nicht gerade höflich.«

»Auch dann nicht, wenn ich hinter einer Story her bin?«

»Welcher Story?«

»Das sollst du mir ja gerade verraten.«

Frank stierte Moxie an. »Sie sind ein wunderschönes Mädchen.«

»Danke, mein Herr«, sagte Moxie artig.

»Wirklich wunderschön.«

Clara Snow umrundete den Couchtisch und ließ sich auf dem Sofa nieder.

»Das ist Moxie Mooney«, stellte Fletch vor. »Sie ist Schauspielerin. Beginnt Montag mit den Proben für ein Stück im Colloquial Theater.«

»Da ihr nun mal da seid«, sagte Frank, »könnt ihr ruhig auch was trinken. Ich weiß wenigstens noch, was sich gehört.«

»Danke, Frank. Wo ist Betty?«

Während er sich über den Bartisch beugte, zwei weitere Martini einschenkte und sein eigenes Glas noch einmal füllte, antwortete Frank: »Meine Frau ist übers Wochenende in San Francisco. Will dort einkaufen und die Familie ihres Bruders besuchen. Sonst noch Fragen, Fletch?«

»Gewiß.« Fletch sah Clara Snow an.

»Clara ist hier, weil wir zusammen essen und einige redaktionelle Dinge besprechen wollen.«

»Redaktionelle Dinge mit einer State-House-Reporterin besprechen. Verstehe.«

Clara hatte das Küchenressort betreut, bis die Beschwerdebriefe überhandnahmen. Die Leute beklagten sich, daß sie von ihren Rezepten krank würden. Die Clara-Snow-Grippe war eine beliebte Ausrede in der Lokalredaktion. Reporter, die schwer verkatert waren, pflegten der Redaktion telefonisch mitzuteilen, daß sie eine von Clara Snows Kochempfehlungen ausprobiert hätten und nun so krank wären, daß sie nicht arbeiten könnten. Alle hatten sich völlig verblüfft gefragt, wie und warum Clara dann von diesem Job in die höchst angesehene Position eines State-House-Korrespondenten aufrückte.

»Politische Angelegenheiten«, sagte Frank. »Nun, wie ist's, Fletch, willst du nun etwas zu trinken oder willst du, daß ich dich mit einem Tritt in deinen Hintern durch die geschlossene Haustür hinausbefördere?«

Das Gesicht Clara Snow zugewandt, setzte sich Fletch auf das Sofa. »Sicher, Frank. Ich mag Martinis. Entschuldige, daß ich deine Konferenz mit Clara unterbreche.«

Frank reichte Moxie einen Martini, Fletchs Glas stellte er auf den Couchtisch. »Setzen Sie sich, setzen Sie sich doch«, forderte er Moxie auf. »Fühlen Sie sich ruhig wie zu Hause. Fletch tut's ja bereits.«

Moxie setzte sich neben Fletch, und Frank ließ sich mit seinem frischen Drink auf einem Sessel nieder.

»Wie heißt das Stück, in dem Sie mitspielen?« fragte Frank Moxie.

»*In Love*, so eine Art romantisches Lustspiel.«

»Wußte gar nicht, daß heute noch romantische Lustspiele inszeniert werden«, sagte Frank. »Würde mir gern mal eins ansehen.«

»Spielen Sie die Naive?« fragte Clara, die mit ihren dreißig Jahren in der vollen Blüte ihrer Weiblichkeit stand.

»Ja«, antwortete Moxie. »Es ist ein Lustspiel über Vergewaltigung.«

»Sicherlich sehr amüsant«, sagte Clara.

»Keine richtige Vergewaltigung«, sagte Moxie. »Wissen Sie, es geht da um ein junges Mädchen, das sehr streng erzogen wurde und jedesmal, wenn ihr junger Ehemann sie berührt, glaubt, er wolle sie vergewaltigen. Daher läßt sie ihn jedesmal, wenn er mit ihr schlafen will, verhaften. Verstehen Sie?«

»Könnte ich mir durchaus amüsant vorstellen«, sagte Frank Jaffe.

»Aber Ehemänner können doch ihre Frauen vergewaltigen«, sagte Fletch.

»Das Komische daran ist«, sagte Moxie und schaute dabei in ihr Glas Martini, »daß sich das junge Paar wirklich liebt. Sie sind nur schrecklich verwirrt, wissen Sie, was ihre gegenseitigen Rechte und sie selbst betrifft.«

»Einen Rechtsanwalt für jedes Schlafzimmer«, sagte Frank. »Genau das brauchen wir.«

»Wagnall-Phipps«, sagte Fletch.

Frank sah ihn an. »Was?«

»Kannst ja wohl schlecht behaupten, daß du heute abend keine dienstlichen Gespräche führst, Frank. Schließlich haben wir ja eine dienstliche Besprechung zwischen dir und Clara unterbrochen.«

»Ich bin jederzeit bereit, über Zeitungsangelegenheiten zu sprechen«, sagte Frank. »Allerdings bin ich mir nicht ganz sicher, ob ich Lust habe, mit dir über Wagnall-Phipps zu sprechen. Ein Stümper bleibt ein Stümper, Fletch. Schwer einzusehen, aber das bist du nun mal.«

»Und eine Story bleibt eine Story, Frank.«

»Kann dir nicht folgen.«

»Der Vizepräsident und Finanzdirektor von Wagnall-Phipps beruft sich auf den Verwaltungsratsvorsitzenden seiner Firma, einen gewissen Thomas Bradley, zeigt mir Aktennotizen von ihm – jüngeren Datums –, und dann erzählt dir irgend jemand anderes, daß Thomas Bradley tot sei. Ich brauche ein paar Fakten.«

»Du hättest ein paar Fakten gebraucht, bevor du die Story geschrieben hast«, sagte Clara.

»Okay.« Frank blickte von einem seiner Mitarbeiter zum anderen. »Ich habe wie gewöhnlich hier beim Frühstück die Frühausgabe gelesen. Deine Story habe ich nur überflogen, mich dabei allerdings gefragt, wer, zum Teufel, ausgerechnet dir den Auftrag für eine Wirtschaftsreportage gegeben hat. Dir mit deinen ausgefransten Jeans und nackten Füßen –«

»Barfüßiger Rotzbengel«, sagte Clara leise.

»Ich habe dich nie für einen Wirtschaftsreporter gehalten«, sagte Frank lächelnd zu Fletch.

»Tom Jeffries hat sich beim Drachenfliegen verletzt.«

»Ich weiß. Ich gehe also ins Büro, und da erwartet mich ein Anruf von einer gewissen Enid Bradley. Sie sagt, sei sei die Verwaltungsratsvorsitzende von Wagnall-Phipps, und zwar seit dem Tod ihres Mannes. Während ich ihrer sanften Telefonstimme lausche, schlage ich die Seite mit deinem Artikel auf, überfliege ihn ein zweites Mal und stelle fest, daß du dauernd Zitate von ihrem Mann, Thomas Bradley, anführst. Zitate jüngeren Datums.«

»Aus Aktennotizen«, ergänzte Fletch.

»Hast du Kopien von all diesen Aktennotizen?« fragte Frank.

»Nein.«

»Also rief ich Jack Carradine an, den Leiter des Wirtschaftsressorts, der gerade erst von einer Reise nach New York zurückgekommen war –«

»Es ist mir bekannt, daß Jack der Leiter des Wirtschaftsressorts ist«, warf Fletch ein.

» – und er scheint nicht genau zu wissen, ob Bradley nun tot oder noch lebendig ist. Offensichtlich ist Wagnall-Phipps keine allzu bedeutende Firma. Er ruft den Präsidenten von Wagnall-Phipps an und erfährt dasselbe: Bradley ist tot. Hab' ich dir das nicht schon alles am Telefon erzählt?«

»Nein. Du hast mir weder erzählt, daß dich Mrs. Bradley persönlich angerufen hat, noch, daß sie jetzt Verwaltungsratsvorsitzende von Wagnall-Phipps ist, und du hast gesagt, daß du die Bestätigung von ›leitenden Angestellten‹ von Wagnall-Phipps erhalten hast und nicht nur von einem einzigen Burschen – dem Präsidenten.«

Clara seufzte und sah Fletch von der Seite her an.

»Tot bleibt tot«, sagte Frank.

»Es geht mich natürlich nichts an«, mischte sich Moxie ein, »aber meiner Meinung nach hat diese Wagnall-Phipps-Firma Fletch einen Streich gespielt. Die *News-Tribune* hat vor einigen Jahren etwas über Wagnall-Phipps enthüllt –«

»Reportern werden ständig irgendwelche Streiche gespielt«, sagte Frank. »Kein Mensch erzählt jemals die Wahrheit. Jeder erzählt einem Reporter immer nur das, was den eigenen Interessen am meisten nützt. Gute Reporter wissen das und fallen nicht darauf herein.«

»Fletch ist darauf hereingefallen«, sagte Clara. »Und das ist das Ende der Geschichte.«

»Frank, wirst du mir mein Gehalt weiterzahlen, bis ich diese Sache geklärt habe?«

»Was gibt's da zu klären?« fragte Frank. »Mrs. Phipps – ich meine, Mrs. Bradley sagte, daß sie nicht wünscht, daß ihre Kinder in der Zeitung Dinge lesen, die ihr Mann vor kurzem gesagt haben soll. Kannst du ihr das verübeln? Sie wären gerade erst über seinen Tod hinweg, sagte sie.«

Fletch schüttelte den Kopf. »Da stimmt etwas nicht, Frank.«

»Völlig richtig.« Clara ging zur Bar hinüber und schenkte sich einen neuen Drink ein. »Irwin Maurice Fletcher und seine schlampigen Reportagen. Das ist es, was nicht stimmt.«

Frank lehnte sich vor und stützte die Ellbogen auf die Knie. »Sieh mal, Fletch, Carradine hat Mrs. Wagnall – ich meine, Mrs. Bradley zurückgerufen und ihr allen möglichen Schmus erzählt. Er ist gestern abend sogar zu ihr nach Hause gefahren und hat eine Stunde lang mit den Bradley-Sprößlingen gesprochen, hat ihnen erzählt, daß Zeitungen manchmal eben Fehler machen. Niemand klagt uns an. Aber die Geschichte, daß wir einen Toten zitiert haben, ist mittlerweile überall herum, und das tut weh, Fletch. Das tut der Zeitung weh. Unser Verleger hat's draußen in Santa Fé aufgeschnappt und rief mich an.

Ich mußte abwarten, bis er zurückkam.«

»Was hat er gesagt?« fragte Fletch.

Frank lehnte sich wieder in seinem Sessel zurück. »Ich habe um eine Suspendierung gebeten. Ehrlich, Fletch, das habe ich getan.«

»Und er lehnte ab?«

»Was glaubst du wohl?«

»Er lehnte ab.« Fletch stand auf.

»Du hast ja deinen Drink gar nicht angerührt«, sagte Frank.

»Ich habe meinen getrunken«, sagte Moxie.

Frank lächelte sie an. »Jemand, der so hinreißend ist wie Sie, sollte nicht trinken.«

Clara wandte sich langsam von der Bar um und starrte ihn an.

»Nur noch eine Frage, Frank«, sagte Fletch.

»Was?«

»Kocht Clara für dich?«

»Ja. Warum?«

»Ich werde im Büro anrufen«, sagte Fletch, »und Janey ausrichten, daß du am Montag nicht erscheinst.«

»Dürfen Sie eigentlich hierherkommen?« Der Hilfsbibliothekar der *News-Tribune* stand in der Türöffnung und funkelte Fletch böse an.

Es war viertel vor acht am Samstagmorgen.

Fletch schaute vom Mikrofilmgerät auf. »Ich kann hierherkommen.«

»Ich hörte, daß diese Zeitung Ihre Dienste nicht länger in Anspruch nimmt.«

»Das hab' ich auch gehört.«

»Demnach sollten Ihnen auch die hervorragenden Dienstleistungen dieser Zeitung nicht mehr zur Verfügung stehen. Wie zum Beispiel unser Mikrofilm-Archiv.«

Fletch schaltete das Mikrofilm-Gerät ab und sammelte seine Notizen zusammen. »Na, kommen Sie schon, Jack. Drücken Sie mal 'n Auge zu.«

»Augenblick mal.« Der beleibte Mann pflanzte sich vor Fletch auf und streckte seine Hand aus. »Lassen Sie mich mal sehen, was Sie hier mit herausnehmen.«

»Nur ein paar Notizen.«

»Worüber? Na los schon, ich will das sehen.«

Fletch reichte Jack seine Notizen und wartete, während dieser sie überflog.

»James Saint Edward Crandall. Adresse Newtowne. Wer ist das?«

»Keine Ahnung.«

In Jacks Augen flackerte Schadenfreude auf.

»Charles Blaine. Adresse Bel Monte. Sie haben ihn in Ihrer großartigen Story vom Mittwoch zitiert. Alle hier haben sich noch mal eingehend mit dieser Geschichte beschäftigt, wie Sie sich ja vielleicht denken können.«

»Kann ich.«

»Thomas Bradley. Verwaltungsratsvorsitzender der Aktiengesellschaft Wagnall-Phipps. Verheiratet mit Enid Riordan. Zwei Kinder. Adresse Southworth. Den haben Sie auch in diesem Artikel zitiert, stimmt's?« Er grinste Fletch an. »Sie geben nicht so schnell auf, was?«

»Sollte ich?«

Jack gab Fletch die Notizen zurück. »Sollte wohl jeder das Recht haben, sein eigenes Fell zu retten – auch wenn man's ihm schon längst über die Ohren gezogen hat.«

»Darf ich mal telefonieren, Jack?«

»Machen Sie, daß Sie jetzt hier rauskommen, sonst laß ich Sie wegen Hausfriedensbruch festnehmen.«

»Schon gut, schon gut.« An der Tür drehte sich Fletch noch einmal um. »Jack?«

»Ich seh' Sie ja immer noch, Sie Hausfriedensbrecher.«

»Soll ich Ihnen mal was Interessantes erzählen?«

»Yeah. Wer wird heute nachmittag das dritte Rennen gewinnen? Verraten Sie's mir, damit ich auf's Osborne setzen kann. Wie ich Sie kenne, werden Sie wahrscheinlich auf Trigger tippen.«

»Kein Nachruf.«

»Trigger hatte einen schönen Nachruf. Kurz bevor Roy Rogers ihn ausstopfen ließ.«

»Yeah.« Fletch deutete auf das Gerät. »Aber da ist kein Nachruf für Tom Bradley drin.«

»Sterben 'ne Menge Leute, ohne daß wir einen Nachruf bringen. Wir wurden nicht entsprechend informiert. Bradley war kein amerikanischer Industriekapitän.«

»Ich find's halt nur interessant.«

»Schreiben Sie doch 'ne nette Geschichte darüber, wie sie Tom Bradley ausgestopft haben. Müssen nur die Konkurrenz dazu bringen, sie gleich zu drucken. Na, wie wär's, Fletch?«

Fletch stand an seinem Schreibtisch in der Lokalredaktion und wählte seine Privatnummer. Das Telefon läutete siebenmal.

In seiner Nähe saßen vier Reporter und ein Fotograf und tranken Kaffee. Sie hatten sich um Als Schreibtisch geschart. Al saß zurückgelehnt in seinem Stuhl und hatte die Füße auf den Schreibtisch gelegt. Er war ein Reporter in mittleren Jahren, der über Fuß- und Rückenbeschwerden klagte und es immer irgendwie fertigbrachte, als letzter mit einem Auftrag losgeschickt zu werden. Meistens hielt er Hof und verbreitete Gerüchte und Klatsch in der Lokalredaktion.

Sie hatten sich vielsagend angegrinst, als Fletch aus der Bibliothek in die Redaktion gekommen war.

»Morgen, Irwin«, posaunte Al Fletch entgegen. »Kann mich nicht erinnern, dich jemals so früh an einem Samstagmorgen hier gesehen zu haben. Was ist denn passiert? Hat man dich vielleicht auch aus dem Bett geworfen?«

»Telefon«, sagte Moxie. »Ich meine, hallo?«

»Guten Morgen, Sonnenschein.« Fletch drehte den Reportern den Rücken zu.

»Fletch? Warum mußt du mich immer morgens aufwecken?«

»Weil man um diese Tageszeit gewöhnlich aufsteht, fröhlich aus dem Bett hüpft und seine Gymnastik verrichtet.«

»Ich habe heute nacht schlecht geschlafen.«

»Als ich wegging, hast du fest geschlafen.«

Moxie gähnte ins Telefon. »Als du schon längst geschlafen hast, habe ich noch ewig wachgelegen. Habe über das Stück nachgedacht. Habe dir beim Schlafen zugesehen. Habe mir über die großen Schwierigkeiten Gedanken gemacht, in denen du jetzt steckst. Fletch, du bist erledigt.«

»Am Boden, aber noch nicht ausgeschieden, altbekannte Sache.«

»Diese Leute da gestern abend, dein Chefredakteur Frank und diese grauenvolle Frau, wie hieß sie noch –«

»Clara Snow.«

»Die hätten dich doch gar nicht ins Haus gelassen, wenn ich nicht dabei gewesen wäre. Frank hätte dich hochkant aus der Tür geschmissen, und diese Person, diese Clara, hätte dir mit ihren hochhackigen Schuhen auch noch auf dem Kopf herumgetrampelt.«

»Falls das als Frage gemeint war, heißt die Antwort: Ja, ich habe dich als Köder benutzt. Macht dir das was aus?«

»'türlich nicht.«

»Frank hat ein Auge für schöne Frauen. Das linke, glaube ich.«

»Übrigens hatte ich recht.«

»Womit?«

»Du erinnerst dich doch an diese Holzbalken außen am Haus? Sie sind aus Plastik.«

»Nicht möglich! Und hier hält man den Herrn Chefredakteur für so eine Art Geschmacksguru, einen Vorreiter für stilvolle Lebensart, einen Spürhund für modische Trends.«

»Irgendwas Synthetisches. Innendrin hohl. Ich hab' dagegengeklopft.«

»Du hast das Zeug zum Reporter, Moxie. Wünschte, ich könnte das auch von mir sagen.«

»Nur Mut, Fletch.«

»Hör mal, ich muß heute eine Menge in der Gegend herumfahren. Willst du mitkommen?«

»Wohin?«

»Nichts Sehenswertes. Vororte. Muß verschiedene Leute aufsuchen.«

»Ich habe gerade zwei Tage mit dir im Auto verbracht. Zwei Tage im Wagen und eine Nacht am Strand. Sechs Erdnußbutterbrote, drei Liter Orangensaft und dann zu Hause bei dir verkochte Spaghetti, die obendrein noch in Tomatensuppe schwammen.«

»Dinner bei Kerzenschein.«

»O ja. War lieb von dir, deine Sturmlaterne herauszukramen. Echt romantisch. Wie auf einem sinkenden Schiff. Aber wenigstens konnte ich mich duschen. Mußte mich zu Hause bei Frank höllisch beherrschen, daß ich mich nicht gekratzt habe.«

»Du hast dich toll gehalten. Hast kaum gezuckt.«

»Ich wollte mich unter gar keinen Umständen vor diesem Weibsstück Clara kratzen.«

»Du willst also nicht mitkommen?«

»Nein. Ich werde noch ein paar Minuten weiterschlafen. Muß mich ins Textbuch vertiefen.«

»Wahrscheinlich komme ich erst spät zurück.«

»Wenn mir langweilig wird, gehe ich spazieren.«

»So ist's recht. Gönne der Nachbarschaft auch mal ein bißchen Vergnügen. Bis später.«

»He, gibt's in diesem Haus irgendwas Eßbares?«

»Bis später.«

Fletch drehte sich herum und entdeckte, daß ihn die gesamte Reportermeute lauernd beobachtete. Natürlich hatten sie versucht mitzuhören.

»Hab' gerade versucht, einen *Harakiri*-Säbel aufzutreiben«, sagte Fletch. »Einschließlich Gebrauchsanweisung.«

»He, Fletch?« blökte Al.

»Ja, Al?«

»Tust du mir einen Gefallen, Fletch?«

»Klar, Al. Für dich tu' ich doch alles. Soll ich mich bei Frank für dich einsetzen? Dir eine Gehaltserhöhung verschaffen?«

»Ich möchte gern, daß du jemanden für mich interviewst.« Al zwinkerte den um seinen Schreibtisch herumsitzenden Männern zu.

»Klar, Al. Wen denn?«

»Dwight Eisenhower. Könnte mir vorstellen, daß der gute alte Ike noch ein paar Dinge zu sagen hätte.«

»Klar, Al. Wird noch vor dem Mittagessen erledigt.«

»Napoleon?« schlug der Fotograf vor.

»Hab' ich mir schon letzten Monat vorgeknöpft«, sagte Fletch. »Lieb von euch, daß ihr die *News-Tribune* lest.«

»Hast du Napoleon ein paar richtig tolle Zitate rauslocken können?« fragte Al.

»Er hat mal so richtig über Josephine hergezogen.«

»Tatsächlich? Was hat er denn über Josephine gesagt?«

»Daß sie mit Lockenwicklern ins Bett ging und er deshalb soviel Zeit auf dem Schlachtfeld verbrachte.«

»Ehrlich, Fletch«, sagte einer der Reporter, der Terry hieß, »du könntest bei einem von diesen Gruselmagazinen mitmachen. Verstehste? ›Was mir Abraham Lincoln erzählte‹, irgend so was in der Richtung.«

»Oder beim Verbandsblättchen der Leichenbestatter«, sagte der Fotograf. »Könntest aus der Welt ihrer Kundschaft berichten.«

»Laßt euch nur nicht den Spaß verderben, Jungs.«

»Oder du könntest Thomas Bradley noch einmal zitieren«, sagte ein alter Reporter, der nicht grinste.

Fletch schielte zu der großen Wanduhr hinüber. »Sollte mich wohl besser beeilen, wenn ich diese Besprechung mit der *New York Times* nicht verpassen will. Sollte sie nicht zu lange warten lassen. Sie suchen einen neuen Chefredakteur, wißt ihr.«

»Sag bloß, Fletch. Davon ist uns ja gar nichts bekannt«, sagte der Fotograf.

»Den Job müßte eigentlich Ernie Pyle kriegen. Vielleicht auch H. L. Mencken.«

Als Fletch sich anschickte, die Redaktion zu verlassen, rief Al hinter ihm her: »Räumst du denn deinen Schreibtisch nicht aus?«

»Teufel, nein«, antwortete Fletch. »Ich komme ja wieder.«

»Yeah«, sagte der nicht grinsende Reporter. »Vielleicht in deinem nächsten Leben.«

»Mein Gott, wie ich das hasse«, sagte Tom Jeffries. Er lag bäuchlings auf einem hohen Metallbett mit Rädern in dem winzigen Patio hinter seinem Haus. Außer Shorts sowie Gipspflastern und Metallklammern, die von der Taille bis zum Kinn reichten, hatte er nichts an. Seine Freundin Tina saß neben ihm auf einem Stuhl und fütterte ihn mit Rührei. Sie trug ein helles, weitgeschnittenes Kleid. »Alles, was man ißt, bleibt einem in der Kehle stecken. Gib mir bitte noch etwas Orangensaft, Tina.«

Sie hielt ihm ein Glas Orangensaft vors Gesicht und schob ihm den beweglichen Strohhalm in den Mund.

»Drachenfliegen sieht bestimmt toll aus«, sagte Fletch. Er saß auf einem Campingtisch, seine nackten Füße standen auf einer Bank.

»Ist auch 'ne tolle Sache«, sagte Tom. »Tolles Gefühl. Einfach toll. Schwebst wie ein Vogel.«

»Brechen sich Vögel auch so oft das Kreuz?« fragte Fletch.

»Manchmal landest du verdammt hart«, sagte Tina. »Es sollte Toms letzter Flug sein vor unserer Hochzeit am nächsten Samstag.«

»Tja«, sagte Tom. »Ich wollte es aufgeben, weil Tina mich darum gebeten hat. Sie meinte, ich könnte mich verletzen. Da kannst du mal sehen, wie klug sie ist.« Tom grinste sie an.

»Habt ihr die Hochzeit verschoben?« fragte Fletch.

»Nein«, antwortete Tom. »Statt Smoking wird mir Tina eine große rote Schleife um den Hintern binden.«

»Das sieht bestimmt hübsch aus«, sagte Fletch. »Zumindest wird sie dann wissen, was sie heiratet. Wie lange mußt du so eingepackt bleiben, in Gips und Aluminium?«

»Wochen«, stöhnte Tom. »Monate.«

»Wir werden eine ganze Weile verheiratet sein«, sagte Tina gelassen. »Da kommt es auf ein paar Monate auch nicht an.«

Das Frühstück, das sie Fletch angeboten hatte, hatte er, obwohl er hungrig war, abgelehnt. Seiner Meinung nach machte ihr Tom schon genug Arbeit.

»Hast du gehört, was ich angestellt habe?« fragte Fletch.

»Ja«, sagte Tom. »Jack Carradine rief mich an. Erst dachte ich, er macht Witze. Aber dann merkte ich, daß er das ganz und gar nicht witzig meinte. Irgendwer hat deinen Artikel auf seinen Seiten abgefahren, als er gerade nicht in der Stadt war. Du hast einen Toten zitiert, Fletch.«

»Und wurde dafür gefeuert.«

»Und wurdest dafür gefeuert. Und ich steh' jetzt um so besser da.« Tom lächelte Fletch an. »Wogegen ich, unter den augenblicklichen Umständen, absolut nichts einzuwenden habe. Die einzige Garantie für meinen Arbeitsplatz. Du hast eine Story vermasselt, die ich ursprünglich schreiben sollte.«

»Tom, kannst du mir irgendeinen Grund dafür nennen, warum mir Charles Blaine erst kürzlich verfaßte Aktennotizen zeigt, die, wie er behauptet, von Thomas Bradley stammen, und mich daraus zitieren läßt?«

»Klar«, sagte Tom. »Weil er ein Schweinehund ist. Bei Wagnall-Phipps gibt's nur Schweinehunde. Tom Bradley war auch ein Schweinehund.«

»In welcher Beziehung?«

»Das weiß ich nicht. Bradley lebte irgendwo auf dem Mond, völlig in sich selbst zurückgezogen – irgendwo in der Nähe seines Steißbeins. Mir kam er nie ganz echt vor, wenn du verstehst, was ich meine. Jedes Wort, jede Geste schien einstudiert zu sein. Reiner Selbstschutz. Man wurde nie das Gefühl los, daß er irgendwas verbirgt – darum haben wir ja auch vor einigen Jahren die Finanzgeschäfte von Wagnall-Phipps unter die Lupe genommen. Ziemlich mysteriös das Ganze. Machte uns mißtrauisch. Und richtig, wir erwischten ihn. Mit Schmiergeldern, Korruption, der Skihütte in Aspen, die weder er noch einer seiner leitenden Mitarbeiter, seiner Angestellten jemals benutzten. Er war selbst sein schlimmster Feind.«

»Möchtest du Kaffee, Tom?« fragte Tina.

»Lauwarmer, koffeinfreier Kaffee durch ein Glasröhrchen«, sagte Tom. »Nein, danke.«

»Sie, Fletch?«

»Nein, herzlichen Dank, Tina.«

»Dann werde ich jetzt das Frühstücksgeschirr abwaschen.« Sie trug die schmutzigen Teller und Tassen ins Haus.

»Bradley hat das Haus in Aspen nie selbst benutzt?« fragte Fletch.

»Nee. War keine große Sportskanone.«

»Woher weißt du das?«

»Wir haben ziemlich gründlich recherchiert, wer diese Skihütte benutzte und wer nicht. Ausschließlich Politiker und Einkäufer von Firmen. Bradley selbst war nie dort. Hat auch seine Kinder nie hingeschickt. Ab und zu ist sein Verkaufsdirektor mal hingefahren und hat den Gastgeber für ein Saufwochenende gemimt. Wenn du Ski läufst und eine Skihütte zur Verfügung hast, dann nutzt du das doch aus, oder?«

»Ich nehm's an.«

»Bradleys Hobby war Mosaiklegen, weißt du? Mosaiken zusammensetzen aus winzigen, farbigen Keramikplättchen. Recht hübsch. Ein paar von denen, die er gemacht hat, waren in seinem Büro.«

»Wie hat er's geschafft, Verwaltungsratsvorsitzender einer Firma zu werden, die Wagnall-Phipps heißt? Familie?«

»Nee. Wagnall-Phipps war eine stillgelegte Firma für Artikel des täglichen Bedarfs. Wahrscheinlich haben die keine krummen Dinger gedreht und sind deshalb Pleite gegangen. Bradley hat sie für die Schuldensumme gekauft. Bezweifele, daß er viel hinblättern mußte. Und dann hat er den Lagerbestand verkauft. Ich bin überzeugt, daß er bei jedem Stück den Preis erhöht hat, aber dafür sorgte, daß jeder Käufer gleichzeitig eine Provision erhielt, die er in der eigenen Tasche verschwinden lassen konnte. Auf diese Weise nahm er viel mehr Geld ein, als er in das Unternehmen gesteckt hatte, kaufte weitere Bedarfsartikel, weitere Warenlager auf – und war ein gemachter Mann.«

»Wann war das?«

»Oh – vor zwanzig Jahren, würde ich schätzen. Im Laufe der Zeit kaufte er dann diejenigen seiner Zulieferfirmen, die in Schwierigkeiten geraten waren, auf, entweder ganz oder teilweise. Deshalb besitzt Wagnall-Phipps als eine Holdinggesellschaft heute eine Menge unabhängiger Kleinunternehmen, die so Sachen wie Mülltonnen, Straßenbesen, Nägel und ähnliches Zeug produzieren. Ein schlauer Fuchs, das hat nie jemand bestritten. Und natürlich verkauft die Firma immer noch Bedarfsartikel aller Art. Das solltest du eigentlich alles wissen, Fletch. Du hast letzte Woche eine Story über die Firma geschrieben. Erinnerst du dich?«

»Ob ich das wohl jemals vergessen werde?«

»Blaine ist 'ne ziemliche Flasche. Ich hab' mit ihm geredet. Macht immer so'n verwirrten, abwesenden Eindruck. Ist Finanzdirektor des

Unternehmens. Einer von diesen Typen, weißt du, die am liebsten nur von neun bis fünf arbeiten und dann nach Hause gehen möchten. Corcoran ist in Ordnung. Wenigstens guckt der einem in die Augen und redet einen direkt an.«

»Alexander Corcoran, Präsident.«

»Bravo, Fletch. Hast du mit ihm gesprochen?«

»Nein. Blaine sagte, er wäre irgendwo auf einem Golfturnier.«

»Dann war Blaine also der einzige, mit dem du gesprochen hast?«

»Fürchte ja.«

»Mann, Fletch. Du darfst nie 'ne Story mit nur einem Informanten machen.«

»Wem erzählst du das?«

»Entschuldige, Fletch. Ich muß ja nicht auch noch in der Wunde bohren. Irgendwann werde ich dir mal von ein paar Fehlern erzählen, die ich mir geleistet habe.«

»Soweit mir bekannt war, sollte ich die wirtschaftlichen Daten einer kleinen Gesellschaft, der die *News-Tribune* schon mal mächtig eingeheizt hatte, auf den neuesten Stand bringen. Warum hätte ich mit jemand anderem als dem Vizepräsidenten und Finanzdirektor sprechen sollen? Ich wußte doch, daß alle Fakten und Zahlen, die er mir geben würde, irgendwo registriert sein mußten – bei der Staatlichen Handelsbehörde oder so was ähnlichem. Ich fühlte mich sicher. Warum sollte er mich anlügen?«

»Weiße lügen«, sagte Tom Jeffries. »Und Schwarze auch.«

»Himmel, ich verstehe das alles nicht. Tom, hat dir jemals irgendwer erzählt, daß Thomas Bradley tot ist?«

»Ich weiß es nicht. Kann mich nicht erinnern. Und wenn's mir irgendwer erzählt hätte, hätt's mich vermutlich völlig kalt gelassen. Ich meine damit, daß dieses Unternehmen maximal zwei- bis dreitausend Leute beschäftigt. Es ist keine Publikumsgesellschaft. Wagnall-Phipps rangiert unter ›ferner liefen‹. Daß wir vor ein paar Jahren – wann immer das war – diese Sache über die Gesellschaft aufgedeckt haben, hatte nur einen einzigen Grund, nämlich zu demonstrieren, daß nicht immer nur die Wirtschaftsgiganten Gelder illegal unters Volk bringen.«

»Wenn Wagnall-Phipps keine Publikumsgesellschaft ist, wem gehört sie denn dann?«

»Soweit ich weiß, ist sie voll im Besitz von Bradley. Von Bradley und seiner Frau. Vielleicht hält Corcoran ein paar Geschäftsanteile, aber das bezweifle ich. Wagnall-Phipps zählte nicht zu dieser Art von

Unternehmen, verstehst du? Ich hab' nie viel von Familiensinn gemerkt, von diesem Wir-gehören-hier-alle-zusammen-Gefühl, das einige kleine Firmen demonstrieren. Bradley war für so was zu rückständig, zu sehr Einzelgänger. Und Corcoran – nenne ihn von mir aus Präsident oder Hauptgeschäftsführer – war in Wirklichkeit nur Verkaufsdirektor. Er hat die Firma nicht einen Moment geleitet. Das machte Bradley als Verwaltungsratsvorsitzender. Ich nehme an, daß er Corcoran den Titel eines Präsidenten nur verliehen hat, damit er als Verkaufsdirektor mehr leistete.«

»Und wie steht's mit dem restlichen Leben von Bradley?«

»Was meinst du damit?«

»Ich meine, wie konnte er sterben, ohne daß irgend jemand davon Notiz nahm?«

»So sterben 'ne Menge Leute.«

»Hat er denn keinem Menschen etwas bedeutet?«

»Seiner Frau. Seinen Kindern. Seiner Firma. Warum sollte sich sonst noch jemand um ihn scheren?«

»Wohltätigkeitsvereine. Klubs. Du zum Beispiel gehst zum Drachenfliegen.«

»Bin gegangen.«

»Bist gegangen. Hat Bradley nicht Golf gespielt? Oder Tennis? Du hast gesagt, er wäre keine Sportskanone gewesen.«

»Nun ja, so genau weiß ich das nicht, aber er kam mir irgendwie verweichlicht vor. Keiner von den Typen, die joggen oder so was. Vielleicht war er ja nicht gesund.«

»Politik. Hat er denn nur für die Firma gelebt?«

»So gut hab' ich ihn nun auch wieder nicht gekannt. Traf ihn in seinem Büro. Hat nicht viel gesprochen. Machte diese Mosaike, von denen ich dir erzählt habe. Waren hübsch, aber ich kann mir nicht vorstellen, daß sich allzu viele Leute dafür begeistert haben. Mir ist nicht klar, worauf du hinauswillst, Fletch.«

»Ich versuche an diesen Burschen 'ranzukommen.«

»Versuch's mal auf dem Friedhof.«

»Sehr witzig. Ich möchte wissen, warum Blaine so von Bradley sprach, als wäre er noch am Leben und nicht tot.«

»Frag Blaine.«

»Das werde ich auch.«

»Hör mal, Fletch, die Presse zu bescheißen, uns absichtlich mit falschen Informationen zu füttern, damit man später alles dementieren und uns den Schwarzen Peter in die Schuhe schieben kann, das ist wahrhaftig kein neues Spielchen. Das wird laufend gemacht. Wie du ja wohl selbst weißt.«

»Auch von einem Toten so zu reden, als ob er noch am Leben sei?«

»Das ist, zugegeben, eine exotische Variante.«

»Da waren Kinder betroffen. Bradleys Kinder. Die werden von Leuten angesprochen: ›Ich hab' neulich den Namen eures Daddys in der Zeitung gelesen. Muß ja ein netter Mensch sein!‹ Scheiße, Tom, das ist grausam.«

»Das ist makaber.«

»Makaber und grausam. Warum könnte jemand so etwas tun?«

»Geh und frag den Burschen, der's getan hat.«

»Werde ich.« Fletch sprang vom Tisch herunter. »Dann heirate mal schön.«

»Mach' ich«, sagte Tom. »Ich habe zu Tina gesagt, daß sie später immer erzählen kann, ich hätte diese Hochzeit widerstandslos über mich ergehen lassen.«

»Brauchst du noch etwas, bevor ich gehe?«

»Ja. Sag Tina, ich brauchte ihre schwarzen Händchen hier draußen, damit sie mich abreiben. Fange an zu schwitzen.«

James St. E. Crandall war siebzig und krumm.

Die Hände in den Taschen seiner dunkelgrünen, ausgebeulten Arbeitshose vergraben stand er auf der Veranda seines heruntergekommenen Hauses in Newtowne. Seit Fletch in die verschmutzte Einfahrt eingebogen war, hatte er ihn keinen Moment aus den Augen gelassen.

»Morgen.« Fletch näherte sich lächelnd den Stufen zur Veranda.

»Will nix«, sagte Crandall.

»Nix wovon?«

»Nix von dem, was Sie da haben.«

»Sie wissen ja gar nicht, was ich habe.«

»Will's auch nicht wissen.«

»Sind Sie sicher?«

»Absolut sicher. Sie können diese alte Blechbüchse gleich wieder 'rumdrehn, raus auf die Straße fahrn und abzischen.«

»Sind Sie James St. E. Crandall?«

»Geht Sie nix an.«

»Sind Sie James St. E. Crandall oder nicht?«
»Soll wohl die Bullen rufen, was?«
»Klar«, sagte Fletch. »Ich werde solange warten.«
Die verwitterte Haut rund um Crandalls Augen kräuselte sich. »Wie kommen Sie denn drauf, daß Sie 'n Recht drauf hätten, irgendwas zu erfahrn.«
»Ich habe ein Recht darauf, alles zu erfahren.«
»Wer behauptet das?«
Fletch feixte. »Warum fragen Sie?«
»Sie sind 'n junger Rumtreiber.«
»Das ist möglich.«
»Ham nich mal Schuhe an. Stehn da im Dreck rum wie 'n elendes Bleichgesicht. Wo kommen Sie eigentlich her? Gehn Sie in die Kirche? Wo haben Sie meinen Namen her?«
»Dann sind Sie also James St. E. Crandall?«
»Möglich.«
»Wenn Sie's sind, dann habe ich Ihre Brieftasche gefunden.«
»Hab' meine Brieftasche nich verlorn.«
»Ihre Reisepaßmappe.«
»Nie 'n Reisepaß gehabt. Nie 'ne Reisepaßmappe gehabt.«
»Haben Sie kürzlich im Park Worth Hotel gewohnt?«
»Hab' nirgendwo gewohnt, nur zu Hause.«
Fletch ließ seinen Blick über den Bungalow schweifen. Der Farbanstrich war so dünn geworden, daß das Holz darunter ausgetrocknet war. Auf der Veranda stand ein Schaukelstuhl, auf dem ein zerschlissenes Kissen lag.
»Sie haben vermutlich noch nie im Park Worth Hotel gewohnt.«
»Noch nie was von gehört.«
»Haben Sie einen Sohn, einen Enkel, der James St. E. Crandall heißt?«
»Geht Sie nix an.«
»Hören Sie, Mister. Ich habe diese Brieftasche gefunden, ja? Da ist Geld drin. Und der Name James St. E. Crandall steht drin. Ich versuche, die Brieftasche ihrem Besitzer zurückzugeben.«
»Is nich meine. Hab' ich schon gesagt.«
»Die Ihres Sohnes vielleicht?«
»Hab' nie Kinder gehabt. Meine dämliche Alte is vor dreißig Jahren gestorben, hol' der Teufel ihre Seele. Wüßt' auch nich, daß ich irgendwelche Neffen hätt', und wenn doch, dann verrecken se hoffentlich im Knast.«

»Sie sind ja ein reizender Mensch. Gehen Sie denn in die Kirche?«
»'türlich.«
»Haben Sie jemals was davon gehört, daß es irgendwo auf der Welt noch jemanden gibt, der James St. E. Crandall heißt?«
»Und wenn, wär's mir schnuppe.«
»Tut mir leid, daß ich Sie belästigt habe«, sagte Fletch. »Hat Spaß gemacht, mit Ihnen zu plaudern.«

»Zeigen Sie mir mal Ihren Führerschein und die Zulassung.«
Fletch hatte sich immer noch innerhalb des Ortsbereichs von Newtowne aufgehalten, als hinter ihm der Polizeiwagen aufgetaucht war, ihn mit seiner Sirene angejault und zum Anhalten gezwungen hatte.
Er reichte dem Beamten seine Papiere.
»Irwin Maurice Fletcher«, las der Polizist vor. »Was ist denn das für ein Name?«
»Ein stinkiger Name. Meine Eltern hatten eigentlich ein Stinktier erwartet.«
»Und haben sie eins gekriegt?«
»Nein, sie bekamen einen reizenden Knaben.«
»Und welchen Hokuspokus veranstaltet dieser reizende Knabe gerade?«
»Ich kann Ihnen nicht folgen«, sagte Fletch.
Der Polizist behielt Fletchs Papiere in der Hand. »Nun, Sie tauchen vor der Tür eines Mannes auf und erzählen ihm, daß Sie seine Brieftasche gefunden hätten und Geld drin wäre. Da steckt doch sicher irgendeine Gaunerei dahinter, oder?«
»Ach, du lieber Himmel. Da hat Crandall also tatsächlich die Bullen gerufen.«
»Spielt keine Rolle, wer angerufen hat.«
»So ein Spielverderber.«
»Möchten Sie vielleicht zur Wache mitkommen und sich dort erklären?«
»Ich werde mich hier erklären, Officer.«
»Ich bin ganz Ohr.«
»Ich fand eine Brieftasche auf den Namen James St. E. Crandall. Ohne Adresse. Ich versuche, den James St. E. Crandall zu finden, dem sie gehört. Ich fragte jenen, den Sie hier in Ihrer Stadt beherbergen, und der schmeißt mich um ein Haar raus. Und ruft Sie.«
»Zeigen Sie mir mal diese Brieftasche.«
»Warum sollte ich?«

»Um sich davor zu bewahren, wegen Fahrens ohne Schuhe verhaftet zu werden.«

»Dafür können Sie mir lediglich einen Strafzettel verpassen.«

Anhand von Fletchs Führerschein stellte der Polizist den Strafzettel aus. »Macht fünfundzwanzig Dollar«, sagte er.

»Sie dürfen gern noch hierbleiben, bis Sie meinen Scheck erhalten haben.«

Der Polizist reichte Fletch den Strafzettel. »Zeigen Sie mir die Brieftasche.«

»Nein.«

»Sind Sie gerade im Begriff, die Stadt zu verlassen?«

»Versuche es.«

Der Polizist händigte Fletch seinen Führerschein und die Zulassung aus. »Dann lassen Sie sich nur nicht aufhalten, Irwin.«

»Ja, Sir.«

»Übrigens«, sagte der Polizist, »Ihre Eltern haben doch ein Stinktier als Kind gehabt. Oder wie würden Sie wohl jemanden rufen, der alte Mitbürger übers Ohr zu hauen versucht?«

»Ich würde ihn nicht rufen«, sagte Fletch. »Ich würde darauf warten, daß er mich ruft.«

Der Duft gebratener Hamburger wehte durch die Gittertür. Außer Kaffee hatte Fletch an diesem Morgen noch nichts in den Magen bekommen.

»Hallo, mein Hübscher«, begrüßte ihn die Frau durch die Gittertür der Blaines. Sie schaute durch die Tür auf Fletchs nackte Füße hinunter, lächelte und ließ ihren Blick wieder nach oben wandern. »Was kann ich für Sie tun?«

Die Frau war vollbusig, Mitte Sechzig und trug einen gelben Rollkragenpullover, enge lange Hosen und Turnschuhe.

»Wie geht's Mister Blaine heute?« fragte Fletch.

»Woher soll ich das wissen?« Sie hatte lebhafte braune Augen.

»Ist das denn nicht das Haus von Charles Blaine?«

»Doch.«

»Hat er denn nicht die Grippe?«

»Hoffentlich nicht. Würde ihm den Urlaub verderben.«

»Er ist in Urlaub?«

»In San Orlando. Irgendwo da unten an der mexikanischen Küste. Sie waren früher schon mal in Mexiko, vor zwei Jahren ungefähr.«

»Entschuldigen Sie«, sagte Fletch, »daß ich mich so undeutlich ausdrücke. Ich bin einfach überrascht. Man hat mir nämlich gesagt, er hätte Grippe. Mein Name ist Fletcher. *News-Tribune*. Mister Blaine war mir vergangene Woche bei einer Story über Wagnall-Phipps behilflich. Es gab ein paar Unstimmigkeiten wegen dieser Story. Und da dachte ich mir, daß es sicher nicht schaden könnte, wenn ich Mister Blaine noch mal aufsuchte und mit ihm redete.«

»Fletcher, Fletcher, Fletcher«, überlegte die Frau. »Haben Sie nicht diesen Artikel darüber geschrieben, was manche Leichenbestatter für Schlitzohren sind?«

»Nein.«

»Ihr Name kam mir irgendwie bekannt vor. Haben Sie Hunger?«

»Klar.«

»Das hört man gern. Richtige Männer sind immer hungrig.« Sie hielt ihm die Gittertür auf. »Ich werde Ihnen einen Hamburger braten.«

»Wau.«

»Damit wollen Sie wohl sagen, daß das richtig nett von mir ist.«

»Yeah.«

»Nicht nötig. Macht dieser Frau riesigen Spaß, wenn sie einen hungrigen Mann abfüttern kann.« Die Gittertür fiel hinter Fletch ins Schloß. »Ich heiße Happy Franscatti«, sagte sie.

»Sie heißen offensichtlich nicht nur so, Sie sind wohl auch ein glücklicher Mensch.«

»Und ob ich das bin.« Sie führte ihn durch das Wohnzimmer und den Speiseraum in die Küche. »Ich habe einen Ehemann und zwei Kinder bei drei verschiedenen Unfällen verloren.«

»Wie schrecklich.«

»Das kann man wohl sagen. Aber ich bin immer noch ein glücklicher Mensch. Ich bin einfach fröhlich auf die Welt gekommen, vermute ich.« Sie klatschte drei Hamburger auf den Grill. »Vermutlich hat das was mit der chemischen Zusammensetzung des Körpers zu tun. Sitzt in den Drüsen oder so ähnlich. Ich kenne Leute, die keine besonderen Probleme haben und trotzdem die ganze Zeit mit Leichenbittermiene herumlaufen.« Sie sprach laut, um das Brutzeln der Hamburger zu übertönen. »Die sind einfach nicht in der Lage, glücklich zu sein. Wenn ich morgens um halb sechs aufwache, dann singt der Tag bereits in meinem Herzen. Und dann laufe ich zum

Fenster und spähe in die Welt hinaus, um zu sehen, was der neue Tag wohl so bringen wird. Warum setzen Sie sich denn nicht?«

Fletch setzte sich an den kleinen Küchentisch.

»Ich bin Mary Blaines Tante«, sagte Happy. »Kennen Sie Mary? Mrs. Blaine?«

»Nein. Ich habe nur ihn kennengelernt. In seinem Büro.«

»Ich hüte gerade das Haus.« Sie drehte die Hamburger um. »Man muß sie rasch umdrehen, dann bleibt der Saft drin. Sie riefen mich am Donnerstagmittag an und sagten, daß sich ihnen eine Möglichkeit geboten hätte, nach Mexiko zu reisen, und ob ich gleich herkommen könnte. Hab' mich riesig darüber gefreut. Sie sollten nämlich mal meine Wohnung sehen. Ach nein, lieber nicht. Sie ist so winzig, daß ich mich mit zwanzig Pfund mehr drauf nicht einmal selbst besuchen könnte.«

»Wußten sie denn nicht schon vorher, daß sie verreisen würden.«

»Glaube kaum. Am Samstag habe ich mit ihnen zu Abend gegessen, und da wurde nichts davon erwähnt. Sieht Charley überhaupt nicht ähnlich. Der fährt sonst nicht mal zum Supermarkt, ohne sich anderthalb Stunden darauf vorzubereiten, indem er eine Liste schreibt, sie zweimal überprüft, sein Geld zählt, sich zweimal umzieht. Bis man nah' dran ist, ihn anzubrüllen. Ich bin am Donnerstag rübergekommen und hab' sie zum Flughafen gefahren. Hatten für den Drei-Uhr-dreißig-Flug gebucht.«

»Okay«, sagte Fletch. »Sein Sekretärin hat mir am Donnerstag erzählt, daß er Grippe hätte.«

»Schon möglich. Er sah blaß aus und war nicht sehr gesprächig, obwohl er das eigentlich nie ist.«

»Wie lange wollen die beiden wegbleiben?«

»Zwei Wochen. Vielleicht auch drei. Wollen mir Bescheid geben. Hat was nicht gestimmt mit dem Artikel, den Sie für die Zeitung geschrieben haben?«

»Meine Schuld. Ich habe etwas, was mir klar zu sein schien, nicht nachgeprüft.«

»Hatten Sie Ärger deswegen?«

»Nein«, antwortete Fletch. »Man hat mich rausgeworfen.«

Happy verteilte die Hamburger auf drei halbe Brötchen, stülpte die anderen Brötchenhälften darüber und legte alle zusammen auf einen Teller. »Wenn Sie jemand reingelegt hat, dann bestimmt nicht Charley. Dazu ist er gar nicht fähig. Ich kenne ihn jetzt schon zwanzig Jahre. Der ist viel zu pedantisch, um zu lügen.« Sie stellte den Teller vor Fletch hin. »Er bringt einen auf die Palme mit seiner Manie, immer alles ganz genau wissen zu müssen: Wieviel hat dies gekostet, wieviel hat jenes gekostet, in welchem Geschäft wurde das gekauft, wen genau habt ihr getroffen und was genau haben die gesagt. Macht Mary und mich rasend. Ehrlich, wir können uns an alle diese Einzelheiten doch gar nicht mehr erinnern. In welchem Laden wir was gekauft haben? Wen außer Charley interessiert das denn schon?«

Fletch betrachtete die Hamburger. »Sind die alle für mich?«

»Schaffen Sie die nicht?«

»Klar.«

»Ich habe schon gegessen. Wollen Sie Milch?«

»Ja. Bitte.«

Happy ging mit einem Glas zum Kühlschrank und füllte es mit Milch. »Mary ist mehr wie ich. Unbekümmerter. Allerdings wirkt neben Charley sogar die Freiheitsstatue noch wie ein ausgemachter Spaßvogel.«

»Die schmecken prima«, sagte Fletch kauend. »Arbeitet Charley schon zwanzig Jahre bei Wagnall-Phipps?«

»Nein. Erst die letzten vier. Vorher war er bei IBM.« Happy trug das Glas Milch zum Tisch und setzte sich Fletch gegenüber. »Sie kennen Charley nicht besonders gut.«

»Ich kenne Charley überhaupt nicht«, entgegnete Fletch.

»Er gehört zu jenen Leuten, wissen Sie, die anstatt über einen Witz, den man ihnen erzählt, zu lachen, ihn analysieren. Und dann erklären sie der Person, die den Witz gerade erzählt hat, den Witz. Ich mag Charley. Er verblüfft mich. Ich glaube, sein Körper hat die chemische Zusammensetzung von Glimmerschiefer.«

»Was für 'n Schiffer?«

»So 'ne Art Gestein. Hätte Basalt sagen sollen. Genug Ketchup?«

»Danke. Kennen Sie die Bradleys, Happy?«

»Charleys Boss? Na ja, ich bin ihnen zwei- oder dreimal begegnet, als Charley bei Wagnall-Phipps anfing, ist jetzt aber auch schon wieder zwei oder drei Jahre her, daß ich sie gesehen hab'. Die sind, glaube ich, nicht besonders gesellig. So wie ich das beurteile, haben sich Mary und Charley und Tom und Enid zuerst gegenseitig zum Dinner eingeladen, damals als Charley gerade bei Wagnall-Phipps anfing – Sie wissen schon, diese unvermeidlichen Hinundher-Einladungen zwischen Chef und neuem Mitarbeiter –, und danach hat sich jeder von ihnen wieder in sein eigenes Mauseloch verkrochen. Alles trübe Tassen. Außer Mary.«

»Waren Sie bei Tom Bradleys Beerdigung?«

»Wenn so 'n Knabe gestorben ist? Das wäre ja noch schöner!« Happy lachte. »Das soll nicht heißen, daß ich unhöflich bin. Aber ich hab' erst vor anderthalb Jahren meine jüngere Tochter begraben. Ich wußte, daß Tom Bradley krank gewesen ist – rein in die Klinik, raus aus der Klinik –, hatte im Osten irgendwelche Spezialisten aufgesucht. Er war sogar so krank, daß seine Frau, Enid Bradley, die Firma leitete. Hätte ich ihr gar nicht zugetraut, nicht mal mit der Hilfe von Charley und Alex. Alex Corcoran meine ich, den Präsidenten von Wagnall-Phipps. Der ist nicht ganz so langweilig. Sehn Sie mal – wie war noch gleich Ihre Name – Fletch? –, wenn man, wie ich, drei Todesfälle in der eigenen Familie überstehen muß, dann kommen die Leute gewöhnlich nicht mit jeder Todesnachricht von anderen Leuten zu einem gerannt, laden einen nicht zu jedem Begräbnis ein, verstehen Sie?«

Fletch biß in seinen dritten Hamburger. »Prima.«

Ihre Augen lächelten ihn an. »Es ist herrlich, einem Mann beim Essen zuzusehen.«

»Wäre erfreulich, wenn sich diese Meinung herumspräche.«

»Noch nicht verheiratet, Fletch?«

»Geschieden.«

»In Ihrem Alter? Was ist passiert? Hat Ihre Frau nicht kapiert, wie der Verschluß Ihrer Windel funktioniert?«

»So was Ähnliches.«

»Sie hat Ihnen nichts zu essen gegeben. Diese jungen Dinger heutzutage. Ist unter ihrer Würde, einem Mann was zu kochen. Ist aber auch unter ihrer Würde, daß ein Mann die Restaurantrechnung bezahlt. Und die Folge davon ist, daß alle verhungern.«

»Erzählen Sie mir etwas über Enid und Tom Bradley, Happy.«

»Was meinen Sie?«

»Sie sagen doch, er sei krank gewesen. Was hatte er?«

»Hab' ich vergessen. Eine von diesen langwierigen Geschichten. Was könnte das sein?«

»Keine Ahnung.«

»Kein besonders großer Mann. Nicht größer als seine Frau. Hat immer dreckige Witze erzählt, die gefielen mir. Wenn er die erzählte, dann klangen die immer besonders unanständig. Weiß nicht warum. Wahrscheinlich, weil er der Boss war. Und ich hatte immer das Gefühl, daß Enid diese dreckigen Witze irgendwie peinlich waren. Sie lachte zwar mit, aber das hörte sich reichlich gezwungen an.«

»Vielleicht kannte sie die Witze schon?«

»Könnte ich mir auch denken. Ich hab' sie wirklich nicht sehr gut gekannt.« Happy sah zur Wanduhr. »Ich muß mich auf die Socken machen.«

»Oh. Okay.« Fletch trank seine Milch aus. »Kann ich Ihnen irgendwie behilflich sein, Happy? Kann ich Sie irgendwohin mitnehmen?«

»Nein, danke.« Sie trug den leeren Teller und das leere Glas zum Spülbecken. »Ich brauche nur meine Gitarre zu holen und bin schon auf dem Weg.«

»Gitarre?«

»Ja, die nehm' ich immer mit, wenn ich ins Altersheim gehe. Ich spiele den alten Leuten was vor, und wir singen zusammen. Ein paar von ihnen singen gar nicht schlecht. Die Singstimme von alten Menschen kann sehr schön klingen. Leider wird das von der Umwelt nicht zur Kenntnis genommen.«

Sie ging in ein Schlafzimmer. Fletch wartete in der Diele.

»Hier sind wir schon«, sagte Happy. Sie kam mit einem Gitarrenkasten und fünf oder sechs Ausgaben der *National Review* aus dem Schlafzimmer. Fletch öffnete ihr die Gittertür. »Werfen Sie die Tür einfach hinter sich zu.«

»Happy, tausend Dank für das Mittagessen.«

»War mir ein Vergnügen.«

»Viel Spaß heute nachmittag im Altersheim.«

»Sicher«, sagte Happy. »Muß den alten Leutchen doch was von meiner guten Laune andrehen. Hab' zuviel davon abbekommen, kann nicht alles für mich behalten.«

Fletch fuhr am Haus der Bradleys in Southworth vorbei, sah den Cadillac in der Auffahrt stehen, sah einen Mann zwei Häuser weiter, der in der Zufahrt ein aufgebocktes Neun-Meter-Segelboot anpinselte, fuhr weiter durch das Leitende-Angestellte-Wohnviertel, bis er wieder die Hauptstraße erreichte, bog dann nach links ab, hielt an einer Tankstelle an, nahm Hose, Jackett, Hemd, Slipper und Socken aus dem Kofferraum seines MG, ging in die Toilette und zog sich um.

Dann fuhr er zu der Straße zurück, in der das Haus der Bradleys stand, und parkte drei Häuser weiter.

Er ging zu der Auffahrt zurück, wo der Mann das Boot anpinselte, schlenderte den Weg hinauf und stellte sich neben den Mann, der Shorts und ein farbenbespritztes T-Shirt trug. »Hallo«, sagte Fletch. »Das ist ja ein Holzboot.«

Der Mann lächelte ihn an. »Klar ist sie das.« Der Mann war Ende Dreißig und hatte immer noch Sommersprossen auf der Nase. »Sie ist mein Holzboot und wird niemals Ihr Holzboot sein. Unverkäuflich.«

Grüne Müllbeutel schützten die Auffahrt gegen Farbspritzer. Allerdings war nicht viel heruntergelaufen.

»Ich habe mit Immobilien zu tun«, sagte Fletch. »Und die Frage, die ich Ihnen stellen muß, ist mir wirklich äußerst unangenehm.«

»Mein Haus ist auch unverkäuflich.«

»Nicht Ihres«, erklärte Fletch. »Das von Bradleys.«

»Oh, von denen.« Der Mann sah kurz in die Richtung, in der das Bradleysche Haus stand.

»Wenn wir erfahren, daß das Oberhaupt einer Familie gestorben ist, müssen wir uns in der Gegend umhören, ob das Haus möglicherweise auf den Markt kommt. Zumindest ist mein Boss der Meinung, daß ich mich umhören müßte.«

»Bei welcher Firma arbeiten Sie denn?«

»South Southwork Realty.« Fletch sprach den Namen so aus, als stottere er.

»Sie arbeiten für Paul Krantz?«

»Ja.«

»Ich kenne Paul. Hat mal vor ein paar Jahren geholfen, ein Immobiliengeschäft für meinen Vater abzuwickeln.«

»Netter Mensch, der Paul«, sagte Fletch.

»Sie wollen also lieber einen Nachbarn über die Pläne einer Witwe ausfragen als die Witwe selbst.«

»Würden Sie das nicht auch tun?«

»Doch. Es sei denn, daß der Nachbar vielleicht gar nichts weiß.«

»Selbst mit einer Vermutung wäre mir schon gedient.«

Der Mann trug die kremige weiße Farbe dick auf das Holz auf. »Ist Tom Bradley denn tot?« fragte er.

»Soweit wir erfahren haben, ja.«

»Das dachte ich bisher auch. Genaugenommen könnte ich sogar sagen, daß ich es wußte. Aber dann las ich vor ein paar Tagen einen Artikel in der *News-Tribune*, der den Eindruck erweckte, als wäre er noch recht lebendig. Traute meinen Augen nicht. Hab' den

Artikel zweimal gelesen und ihn dann meiner Frau gezeigt, weil ich unbedingt wissen mußte, ob ich vielleicht spinne.«

»Hm.« Fletch trat von einem Bein aufs andere.

»Haben Sie den Artikel gelesen?«

»Ich lese nie den Wirtschaftsteil«, sagte Fletch. »Sollte ich vielleicht tun.«

»Na ja, der Wirtschaftsteil der *News-Tribune* ist nicht so berühmt. Der Sportteil ist besser.«

Fletch schaute zu den blanken, mit Vorhängen verhüllten Fenstern des Hauses hinauf. »Ist Tom Bradley nun tot oder nicht?«

»Enid Bradley sagte es jedenfalls.«

»Wann?«

»Auf einer Weihnachtsparty, zu der wir eingeladen hatten. Wir geben jedes Jahr eine, nur für die Leute aus der Nachbarschaft. Und jedes Jahr laden wir auch die Bradleys ein – weil sie eben hier wohnen. Sie kamen aber nie. Bis in diesem Jahr plötzlich Enid erschien. Irgendwann im Verlauf der Party kam meine Frau zu mir und sagte: ›Wußtest du, daß Tom Bradley tot ist? Enid hat es gerade erwähnt.‹ Ich ging zu Enid und sprach mit ihr. War das erste Mal, daß wir davon hörten. Wir pflegten hier zwar keine so engen nachbarschaftlichen Kontakte, aber, Mann, wenn nur zwei Häuser weiter jemand stirbt, sollte man ja eigentlich was davon erfahren.«

»Enid Bradley erzählte Ihnen, daß Thomas Bradley tot sei?«

Der Mann blinzelte Fletch durch das Sonnenlicht an. »Enid Bradley sagte mir, daß Thomas Bradley tot ist«, antwortete er betont deutlich. »Sie sagte es mir vergangene Weihnachten. Dann sah ich kürzlich seinen Namen in der Zeitung. Können Sie sich das erklären?«

»Ach«, sagte Fletch, »meiner Meinung nach wäre es nicht das erste Mal, daß sich die Presse irrt.«

»Na, hören Sie mal. Zitate von einem toten Mann?«

»Könnte doch mal passieren«, sagte Fletch.

»Und wie, wenn Sie mir das vielleicht mal verraten wollten?«

»Ich wünschte, ich könnte das. Da Mrs. Bradley sagte, daß ihr Mann tot ist...«

»... dann muß er ja wohl tot sein. Richtig?«

»Die Bradleys haben zwei Kinder, nicht wahr?«

»Richtig.«

Fletch wartete auf eine Fortsetzung, doch die blieb aus, was die Vermutung nahelegte, daß die Bradley-Sprößlinge in der Nachbarschaft keine allzu große Sympathie genossen. Länger als gewöhnlich beschäftigte sich der Mann damit, den Pinsel mit Farbe zu tränken.

»Hübsches Boot«, sagte Fletch. »Wird prima von Ihnen gepflegt.«

»Da Sie für Paul Krantz arbeiten«, sagte der Mann, »und ich ihn für einen Freund halte, kann ich Ihnen ja wohl ruhig verraten, daß die Bradleys nicht gerade die beliebtesten Nachbarn sind.«

»Verstehe.«

»Um es höflich auszudrücken: Sie waren laut.«

»Laut?«

»Vermutlich hatten sie Probleme. Laut – Sie wissen schon, was ich damit meine – nächtliche Schreie, lautes Rufen, Türenknallen, die Kinder, die mit qualmenden Reifen um zwei, drei Uhr morgens von zu Hause wegfuhren. Hin und wieder splitternde Fensterscheiben.«

Fletch schaute sich um. Alle Häuser standen ein gutes Stück von der Straße und voneinander entfernt. »So was hören Sie hier?«

»Kaum zu glauben, was? Und wenn man mit Enid Bradley spricht, sie ansieht, könnte man meinen, sie sei das friedfertigste, sittsamste Frauchen, das man je kennengelernt hat. Aber manchmal haben wir sie nachts wie ein angestochenes Schwein brüllen hören. Hysterisches Schreien und Gekreische. Seine Stimme haben wir nicht ein einziges Mal gehört.« Wieder rührte der Mann die Farbe sorgfältig mit dem Pinsel, ehe er ihn heraushob. »Tom Bradley hat vor zwei oder drei Jahren versucht, sich das Leben zu nehmen.«

»Das wissen Sie?«

»Der Rettungswagen kam am frühen Sonntagmorgen. Wir sahen, wie sie die Magenpumpe ins Haus brachten und ihn dann auf eine Trage geschnallt hinaustrugen. Das sah die gesamte Nachbarschaft. Und er hatte nicht aus Versehen zuviele Pillen geschluckt. Das war nämlich nach einer dieser allnächtlichen Schreiereien, wissen Sie.«

»Vielleicht war er krank«, sagte Fletch. »Vielleicht hatte man ihm gesagt, daß er unheilbar krank wäre oder so was. Verstehen Sie? Ich meine, er ist ja dann auch gestorben.«

»Ich weiß es ja auch nicht. Aber eins weiß ich genau, daß nämlich das Gebrülle und Gezetere in diesem Haus in all den Jahren, die wir hier schon wohnen, nicht verstummte. Fünf oder sechs Jahre lang. Schwere seelische Probleme, von den Slums angefangen bis in eine Gegend wie diese, einer für die Neureichen. Sie tut mir ja leid, aber was, zum Teufel, können wir denn dagegen tun?«

»Hat das dann alles aufgehört? Der Krach, meine ich, und die splitternden Fensterscheiben, nachdem Tom Bradley tot war?«

»Ja. Es ist ein sehr ruhiges Haus geworden. Die Kinder kommen und gehen, aber es gibt kein Türenknallen und keine qualmenden Reifen mehr. Sicher, sie – ich meine Enid – geht ja jetzt fast jeden Tag zur Arbeit. Jedenfalls erzählt mir das meine Frau. Irgendwer hat mir, glaube ich, gesagt, daß sie versucht, die Firma ihres Mannes zu leiten – ich erinnere mich nicht mehr an den Namen, oh, doch, Wagnall-Phipps, stand ja in der *News-Tribune* –, bis sie jemanden gefunden hat, der die Sache übernimmt. Wenn die *News-Tribune* Wagnall-Phipps schreibt, könnte die Firma natürlich auch irgendwas mit Smith, Smith und Smith heißen.«

»Jaja«, sagte Fletch. »Die *News-Tribune*. Klatschpostille. Revolverblättchen.«

»Ihr Sportteil ist gut.«

»Hat Mrs. Bradley mal irgend etwas von einem Verkauf des Hauses erwähnt?«

»Hab' sie seit Weihnachten nicht mehr gesehen. Schon Monate her. Obwohl sie nur zwei Häuser weiter wohnen, hat keiner aus der Nachbarschaft, soweit ich weiß, in all den Jahren jemals richtigen Kontakt zu irgendeinem der Hausbewohner gehabt. Uns hat der Krach vollauf gereicht. Schätzungsweise fühlen wir uns alle unangenehm berührt. Sie verstehen schon.«

»Gewiß.«

»Ich hätte absolut nichts dagegen, wenn Sie Mrs. Bradley fragten, ob sie vorhat, auszuziehen. Vielleicht brächte sie das ja auf die Idee, daß es besser wäre.«

»Yeah.«

»Das hier ist eine nette Gegend. Und es wäre großartig, wenn in diesem Haus eine nette Familie wohnte. Eine Familie, wissen Sie, die uns alle nicht so in Verlegenheit bringt, wenn wir ihr begegnen.« Der Mann schob den Farbtopf näher an das Bootsheck. »Erzählen Sie ihr, daß ihr Haus eine Menge Geld wert sei und daß Sie ihr ein hübsches, zentraler gelegenes Häuschen besorgen könnten – eins mit schalldichten Wänden.«

»Möchten Sie etwas trinken, Mister Fletcher?« fragte Enid Bradley.

»Nein. Vielen Dank.«

»Nun, ich werde mir wohl etwas einschenken.«

Fletch hatte auf einer ausladenden, tiefen Couch in Enid Bradleys Wohnraum Platz genommen. Durch die Glasschiebetüren funkelte ein Swimmingpool von recht stattlichen Ausmaßen.

Enid Bradley ging quer durch den Wohnraum auf eine Bar zu, die als Bücherschrank getarnt war, und schenkte sich ein großes Glas Weißwein ein. »Da ich momentan Tag für Tag ins Büro muß, ist ja wohl nichts dagegen einzuwenden, wenn ich mich am Samstagnachmittag bei einem Drink entspanne, nicht wahr? Habt ihr Männer nicht immer diese Ausrede parat, wenn ihr am Wochenende trinkt?«

»Nein.«

»Sie sind jünger, als ich erwartet habe, Mister Fletcher.«

Enid Bradley machte durchaus keinen entspannten Eindruck auf Fletch. Sie benahm sich wie jemand, der mit aller Macht demonstrieren will, daß er entspannt ist. Allzu intensiv hatte sie in seinem Gesicht geforscht, als sie ihm die Tür öffnete, allzu tief geseufzt, als er sich vorstellte. Sie war eine korpulente Mittvierzigerin in einem etwas aus der Mode gekommenen Kleid und Schuhen mit klobigen Absätzen. Fletch konnte nicht erraten, womit sie, bevor die Türglocke anschlug, gerade beschäftigt gewesen sein mochte. Aber er konnte sich ausmalen, wie sie irgendwo im Haus herumstand und ängstlich auf ihn oder irgendeinen anderen bedrohlichen Besucher wartete.

Sie nahm in einem Sessel Platz, der ein wenig schräg zu ihm und zum Couchtisch stand. In die Tischoberfläche war ein Mosaik aus hellen Keramiksteinchen eingelassen.

Fletch berührte das Mosaik mit den Fingerspitzen. »Hat das Ihr Mann gemacht?«

»Ja.«

»Es ist sehr hübsch.«

»Es gibt etliche im Haus. Im Arbeitszimmer. In unserem Schlafzimmer. In einem Tisch neben dem Pool.« Ihre Augenlider senkten sich, als sie ihr Gesicht dem Licht zuwandte, das durch die Glastüren hereinfiel. Dann deutete sie mit der freien Hand über ihre Schulter. »Und natürlich noch dieses dort an der Wand.«

Die Wand neben dem Kamin wurde von einem riesigen Mosaik eingenommen, das – mit der hellsten Farbe in der Mitte beginnend – klar gegeneinander abgesetzte konzentrisch verlaufende Kreise darstellte.

»Ich nehme es Ihnen nicht übel, daß Sie gekommen sind, Mister Fletcher. Wenn ich auch in meinen Gefühlen verletzt wurde, so kann ich noch eine gewisse Neugier nicht leugnen.« Sie stellte ihr Glas auf die Tischplatte. »Als ich Ihren Artikel über unsere Gesellschaft in der Mittwochausgabe der *News-Tribune* las, war ich gezwungen, Ihren Chefredakteur anzurufen. Die Bestürzung, die Ihr Artikel bei meinen Kindern und natürlich auch bei den Mitarbeitern auslöste, war einfach zu groß.«

»Das bedauere ich.«

»Wie sind Sie nur auf den Gedanken gekommen, meinen Mann zu zitieren?«

Fletch antwortete nicht, sondern sah sie einfach nur an.

»Wir werden keine gerichtlichen Schritte gegen die Zeitung unternehmen. Welchen Zweck hätte das schon? Ich habe Ihren Chefredakteur, diesen Mister Jaffe, nicht einmal um eine Gegendarstellung gebeten. Ich kann mir nicht vorstellen, was darin stehen sollte. ›In dem kürzlich erschienenen Artikel von I. M. Fletcher wurde irrtümlich der verstorbene Thomas Bradley zitiert‹? Nein, das würde nur noch mehr Verwirrung stiften. Nur noch mehr Schmerz zufügen.«

»Sie könnten die *News-Tribune* veranlassen, einen Nachruf auf Ihren Mann zu drucken. Bis heute ist dort noch keiner erschienen.«

»Das wäre jetzt wohl reichlich spät, finden Sie nicht auch?«

»Wann genau ist Ihr Mann verstorben, Mrs. Bradley?«

»In diesem Monat ist es ein Jahr her.«

Fletch seufzte. »Vor rund einem Jahr. Ich habe Aktennotizen von ihm gesehen, die erst drei Wochen alt waren.«

»Das ist unmöglich. Ich meine, wie sollte das möglich sein? Warum sagen Sie so etwas? Der Gedanke ist einfach absurd. Sie werden wohl verstehen, Mister Fletcher, daß ich die Wahl habe, Sie für einen sehr kranken jungen Mann zu halten. Sie haben ein grausames Spiel mit mir und meiner Familie getrieben.«

»Oder –?«

»Was soll das heißen ›oder‹?«

»Sie sagten gerade, daß Sie die Wahl hätten. Entweder, daß ich sehr krank sei, oder – was?«

»Oder daß irgendein anderer sehr krank ist. Der Grund, warum ich mich mit Ihnen überhaupt unterhalte, warum ich Ihnen nicht die Tür vor der Nase zugeschlagen habe, ist, daß ich einen Verdacht habe. Zunächst glaubte ich, Ihr Artikel wäre nur ein neuerlicher Versuch Ihrer Zeitung, Wagnall-Phipps zu verleumden – wie das ja schon einmal vor ein paar Jahren geschehen ist. Aber dann dachte ich, nein, was Sie getan haben, war einfach zu, zu absurd. Ihre Zeitung kann keinerlei Beweise dafür erbringen. Ich habe Ihren Mister Jaffe sogar gefragt, ob ich Sie sehen, mit Ihnen sprechen könnte, aber – nun ja, er hielt mich davon ab.«

»Wie das?«

»Er sagte, daß Sie sehr jung wären, was Sie ja auch sind, und daß junge Menschen nun mal Fehler machten, was sie ja auch tun.«

»Und so entschieden Sie sich für die Erklärung, daß ich wohl krank sein müßte.«

»Ja und nein. Ich entschied mich, und ich entschied mich auch wieder nicht.« Sie führte das Glas Wein an die Lippen und stellte es dann wieder zurück auf den Tisch. Es schien kein Tropfen daraus zu fehlen. »Ich habe etwas anderes unternommen...« Sie zögerte. »... etwas, das mehr in meinem Sinne ist, wenn Sie verstehen, was ich meine.«

»Nein, tut mir leid.«

Enid Bradley zuckte die Achseln. »Im Grunde kann es mir gleichgültig sein, Mister Fletcher, ob Sie ein kranker, grausamer Mensch sind – solange Sie mich oder meine Familie nicht noch einmal verletzen.« Sie zupfte nervös an den Nägeln ihrer Finger, die in ihrem Schoß lagen. »Es ist sehr schwer für mich. Sie müssen das verstehen. Wagnall-Phipps war Toms Firma. Er baute sie auf, und er leitete sie. In den vergangenen zwanzig Jahren war ich nur Hausfrau und Mutter. Aber im Moment zumindest versuche ich die Firma zu leiten.«

Fletch verkniff es sich, eine jener Phrasen des Mitgefühls, die ihm spontan in den Sinn kamen, auszusprechen.

»Aber dann erschien Ihre Redakteur, Mister Carraway, am Donnerstagabend hier bei uns.«

»Carradine.«

»Heißt er Carradine? Ich war so durcheinander. Er setzte sich mit mir und meinen Kindern, Tom und Ta-ta, zusammen. Er war sehr nett. Und offener.«

»In welcher Beziehung?«

Ihre Augen blitzten ihn an. »Er sagte, daß Sie ein Spinner wären, Mister Fletcher. Daß Sie ständig irgendwelche verrückten und dummen Dinge anstellten. Er sagte, daß Sie der Clown der Redaktion und ein krankhafter Lügner wären.« Sie senkte ihre Augen. »Er sagte auch, daß man Sie am nächsten Tag hinauswerfen würde und daß Sie nie wieder für eine Zeitung arbeiten könnten.«

»Ein liebenswürdiger Mensch, das muß man ihm lassen.«

Sie sah ihm wieder in die Augen, weniger zornig diesmal. »Hat man Sie hinausgeworfen?«

»Natürlich.«

»Warum meinen Sie denn dann, diese Angelegenheit unbedingt noch weiterverfolgen zu müssen?«

»Weil ich ein guter Journalist bin und weil ich zwei Erklärungen oder Vermutungen habe, die nicht zusammenpassen.«

»Sind Sie sicher, daß Sie nicht einfach nur ein grausamer Mensch sind?«

»Mrs. Bradley, ich schrieb einen Zeitungsartikel, in dem ich Ihren Mann zitierte. Ich hatte vorher noch nie etwas von Ihrem Mann oder von Ihnen oder von Ihrer Familie gehört, und wenn ich jemals zuvor schon etwas von Wagnall-Phipps gehört hätte, dann hätte ich nichts damit anfangen können. Dann erfahre ich, daß Ihr Mann tot ist. Ich bin schockiert. Und mich schmerzt das alles ebenso.«

»Glauben Sie etwa, daß ich Sie belüge?« piepste sie mit heiserer Stimme.

»Die *News-Tribune* hat keinen Nachruf auf Ihren Mann veröffentlicht. Da heute Samstag ist und ich erst gestern abend in die Stadt zurückgekommen bin, konnte ich bisher das Personenstandsregister noch nicht einsehen. Aber das werde ich am Montag nachholen.«

»Das wird Ihnen nichts nützen«, sagte Enid Bradley. »Ich vermute es jedenfalls. Mein Mann starb in der Schweiz.«

»Oh.«

»Ich dachte, das wäre allgemein bekannt. Er wurde dort verbrannt.«

»Aha.«

Wie ein gereiztes Tier sprang sie von ihrem Sessel hoch, eilte durch das Zimmer, griff nach einer handgroßen, verzierten Büchse auf dem Kaminsims und stellte sie vor Fletch auf den Tisch. »Das ist seine Asche, Mister Fletcher.«

Fletch starrte auf den filigranen Büchsendeckel.

»Öffnen Sie sie«, befahl sie. »Na los, nun öffnen Sie sie schon.«

»Das ist nicht nötig.«

Sie öffnete sie selbst. Es war Asche darin, die aussah, als wäre sie in noch feuchtem Zustand zur Mitte hin abgesunken.

»Haben Sie sonst noch irgendwelche Fragen, Mister Fletcher?«

»Ja.« Er räusperte sich. »Ja.«

Sie setzte sich wieder in den Sessel. »Ich werde Ihnen alles erzählen«, sagte sie, »wenn Sie dann nur endlich verschwinden und aufhören, uns auf diese krankhafte Weise zu quälen.«

»Ja«, sagte er. »Selbstverständlich.«

»Mein Mann hatte eine Art Blutkrebs. Was bedeutete, daß er nur am Leben bleiben konnte, wenn sein Blut regelmäßig ausgetauscht wurde. Das heißt, sein eigenes Blut mußte herausgepumpt und gleichzeitig frisches Blut in ihn hineingepumpt werden. Sie können sich ja wohl vorstellen, was das für eine Tortur ist.«

»Ja. Tut mir aufrichtig leid.« Er schloß die Büchse mit dem Deckel.

»Sie werden mich bis zum Ende anhören.«

»Ja. Selbstverständlich.«

»Sie können sich ja wohl vorstellen, wieviel Kraft das alles kostete – dieses Herauspumpen von eigenem und Hereinpumpen von neuem Blut. Nein, natürlich können Sie sich das nicht vorstellen.«

»Ja«, sagte Fletch. »Nein.«

»Natürlich hat es ihn von Mal zu Mal mehr geschwächt. Armer Thomas. Und die ganze Zeit über leitete er die Firma, ohne daß jemand wissen durfte, wie krank er war. Alex Corcoran, der Präsident, ist in Wirklichkeit nur der Verkaufsdirektor – ein hünenhafter, vor Kraft und Gesundheit strotzender Mensch, der nur ans Golfspielen denkt. Gerade heute nachmittag nimmt er wieder an irgendeinem Turnier im Southworth Country Club teil. Charley Blaine, der Vizepräsident und Finanzdirektor, ist ein hervorragender Hinter-den-Kulissen-Arbeiter, aber einer der unselbständigsten Menschen, die man sich vorstellen kann. Wenn irgend etwas nicht ganz perfekt ist, dreht er durch und spielt verrückt. Und Thomas war ein Mensch, der unbedingt vermeiden wollte, daß seine Kinder sich Sorgen um ihn machen. Es sind wundervolle, glückliche, erfolgreiche Kinder. Ta-ta – unsere Tochter Roberta – ist Lehrerin an ihrer alten Schule, der Southworth Preparatory, und wurde, als sie ihr erstes Lehrjahr beendet hatte, bereits zur Hausleiterin ernannt. Und Tom schließt gerade seine vorklinischen Kurse auf dem College ab. Sie sind beide außergewöhnlich tüchtig. Mein Mann wollte leben. Aber diese Behandlungen, dieses Blutaustauschen, mußten immer häufiger stattfinden. Sein Zustand verschlechterte sich unaufhaltsam, Mister Fletcher. Er wurde schwächer und schwächer.

Dann hörten wir von dieser neuen Behandlungsmethode, die Schweizer Ärzte entwickelt hatten. Ich kann nicht behaupten, daß ich verstehe, worum es dabei geht, und erklären kann ich es erst recht nicht. Aber es hat irgend etwas damit zu tun, daß während des Austausches eine Vermischung des neuen Blutes mit dem alten Blut verhindert wird. Ich nehme an, daß Sie auch nichts von Medizin verstehen.«

»Nein.«

»Im Körper mußten Vakuen oder so etwas gebildet werden. Ich bin nicht sicher, ob nur Schweizer Ärzte diese Methode anwenden, aber Thomas hörte von diesem Arzt in der Schweiz, der der erste oder der beste oder so etwas war. Der angesehenste wohl. Er fuhr also zu diesen langwierigen Behandlungen in die Schweiz, während ich hierblieb, um nach besten Kräften die Gesellschaft zu leiten. Wir hörten nur Gutes. Es ging ihm glänzend. Und dann starb er.«

Während sie sprach, hatte sie Fletch mit nahezu beleidigter Miene direkt ins Gesicht gesehen. Nun legte sie die Hand über die Augen und drückte sie zu.

»Mister Fletcher, wollen Sie uns nun bitte in Ruhe lassen und diesen Wahnsinn beenden?«

Fletch versuchte, es sich in dem weichen Sofa bequem zu machen. Er atmete tief ein und langsam wieder aus. »Mrs. Bradley«, sagte er, »warum hat Ihr Vizepräsident und Finanzdirektor, Charles Blaine, vergangene Woche in einer Art von Ihrem Mann gesprochen, als ob er noch lebte? Warum zeigte er mir Aktennotizen jüngeren Datums, die angeblich von Ihrem Mann verfaßt worden waren?«

Enid Bradley legte den Kopf in den Nacken und schaute mit flatternden Lidern an der Zimmerdecke entlang. »Deswegen habe ich Sie empfangen, Mister Fletcher«, sagte sie mit sanfter Stimme. »Ich bin jetzt von Ihrer Unschuld überzeugt – davon, daß Sie nichts Grausames im Sinn hatten. Wir sind beide, fürchte ich, der Krankheit einer anderen Person zum Opfer gefallen.«

»Warum sollte er so etwas tun?«

»Charley ist ein erschreckend engstirniger Mensch, falls Sie verstehen, was ich meine. Er hing schrecklich an meinem Mann – vergötterte ihn geradezu. Thomas brauchte bloß den blödesten kleinen Scherz zu machen, und schon wiederholte ihn Charley und lachten den ganzen Abend darüber. Ich bemühte mich, die Nachricht von Thomas' Tod schonend zu verbreiten. Es stimmt, daß ich den örtlichen Zeitungen keine Nachrufe angeboten habe. Es stimmt, daß ich hier am Ort keinen Gedenkgottesdienst für ihn zelebrieren ließ. Vielleicht wäre es besser gewesen. Vielleicht hätte dann dieses ganze qualvolle Durcheinander vermieden werden können. Sehen Sie, ich hatte die Firmenleitung nur während Toms Abwesenheit übernommen. Alle glaubten, er käme zurück. Dann starb Thomas. Ich wußte nicht, was ich tun sollte. Gott sei Dank gab es Francine. Sie war mir eine so große Hilfe.« Enid senkte die Augen in ihren Schoß. »Sie schlug vor, daß ich die Nachricht jedem einzelnen persönlich langsam und schonend beibringen sollte – was ich dann auch tat. Ich habe sogar Monate – bis zum vergangenen Herbst – damit gewartet, um den Leuten den Schmerz über seinen Tod erträglicher zu machen. Ich glaube, daß Charley den Tod von Thomas nie akzeptiert hat, daß er deswegen völlig den Kopf verloren hat. Er hat Thomas nicht sterben sehen, also glaubt er auch nicht, daß Thomas gestorben ist.«

»Wer ist Francine?«

»Die Schwester von Thomas. Sie lebt in New York. Sie und Thomas standen sich immer außergewöhnlich nahe.«

»Mrs. Bradley, wie erklären Sie sich die Aktennotizen, die ich von Ihrem Mann gesehen habe?«

»Wenn Sie wirklich solche Aktennotizen gesehen haben, dann waren es Fälschungen. Kein Zweifel. Fälschungen von Charles Blaine. Welche Erklärung sollte ich sonst wohl dafür finden? Ein- oder zweimal hat Charley in einem Gespräch mit mir so von Thomas gesprochen, als ob er noch am Leben sei, in der Gegenwartsform, Sie wissen schon. Zunächst dachte ich, er hätte sich lediglich versprochen. Als ich dann aber Ihren Artikel las... am Mittwochabend..., ging mir ein Licht auf. Charley mußte eine Art Nervenzusammenbruch erlitten haben. Am Donnerstagmorgen sagte ich Charley so bestimmt wie möglich, daß Thomas tot sei, und zwar schon seit einem Jahr. Dann schickte ich ihn und seine Frau in einen langen Urlaub.«

»... Mexiko.«

»Ach, sind sie dorthin gefahren? O ja, ich erinnere mich, daß sie dort schon einmal in Urlaub gewesen sind. Wir werden jetzt erst einmal abwarten müssen, wie er sich fühlt, wenn er zurückkommt. Wenn er wirklich schon soweit gegangen ist, Fälschungen anzufertigen... dann weiß ich auch nicht. Sie haben wohl nicht zufällig Kopien von diesen Aktennotizen, Mister Fletcher?«

»Nein.«

»Nun. Sie werden verstehen, daß ich mir keinen Rat wußte. Alles ist so schwierig gewesen.«

»Haben Sie die Absicht, die Firma auch in Zukunft zu leiten, Mrs. Bradley?«

»Nein! Gott sei Dank!« Allein schon der Gedanke schien sie zu entsetzen.

»Werden Sie verkaufen?«

»Nein. Das wäre den Kindern gegenüber nicht fair. Nein, Francine wird in den Westen kommen und die Leitung der Firma übernehmen, sobald sie ihre eigenen geschäftlichen Verpflichtungen in New York geregelt hat. Sie ist viel cleverer als ich. Ich sagte ja bereits, daß sie und Thomas sich sehr ähnlich waren. Beinahe so, als ob sie den gleichen Verstand besessen hätten. Sie hat Erfahrung in der Leitung eines Unternehmens.« Enid Bradley starrte geistesabwesend in den Raum. »In ein paar Monaten sollte sie eigentlich herüberkommen können.«

»Ich weiß nicht recht, was ich sagen soll«, sagte Fletch.

»Da gibt es nichts zu sagen«, antwortete Enid. »Ich bin überzeugt, daß keine böse Absicht von Ihnen dahintersteckte. Es war einfach so, daß Ihr Gesprächspartner vorübergehend an geistiger Verwirrung litt. Wie hätten Sie das ahnen können? Wenn Sie möchten, werde ich Ihren Chefredakteur noch einmal anrufen und ihm von unserem Gespräch berichten, von Charley und seiner krankhaften Verehrung für meinen Mann...«

»Vielen Dank, aber das würde nichts nützen. Es hat sich in der Branche bereits herumgesprochen, daß ich jemanden zitiert habe, der zu diesem Zeitpunkt längst schon tot war. Und das wird mir mein Leben lang nachhängen.«

»Mister Fletcher, kann ich Ihnen irgendwie helfen? Ich weiß, daß Reporter nicht viel Geld verdienen, und nun haben Sie auch noch Ihren Job verloren. Das ist zum Teil wohl auch unsere Schuld. Ich hätte wissen müssen, daß Charley Blaine den Kopf verliert.«

»Das ist sehr nett von Ihnen, aber nein, danke. Es war nett von Ihnen, daß Sie mich überhaupt empfangen haben, unter diesen Umständen.«

»Das ist alles so qualvoll.«

Enid Bradley erhob sich und brachte Fletch zur Tür. Keiner von beiden sprach mehr ein Wort.

»Ein kaltes Bier«, sagte Fletch. »Falls Sie noch eins übrig haben.«

Der Barmann im »Neunzehnten Loch«, der Bar im Southworth Country Club, stierte Fletch ins Gesicht, überlegte offensichtlich, ob er ihn zum Kampf herausfordern sollte, zapfte dann ein Bier und setzte es Fletch vor.

»Danke«, sagte Fletch lächelnd. Während eines Turnier-Wochenendes gingen wahrscheinlich viele Fremde in einem Golf-Club ein und aus.

Am Ende der Bar, in der Nähe der zum Golfplatz hinausblickenden Fenster, hatte sich eine große und lautstarke Gruppe salopp gekleideter Männer versammelt. Zwei Paare in Dinnergarderobe saßen im Raum an Tischen.

»Pebble Beach«, dröhnte einer der Männer aus der Gruppe. »Glaubt kein Mensch, was ich in Pebble Beach gemacht habe. Selbst ich glaub' nicht, was ich in Pebble Beach gemacht habe!«

Und sie sagten dies und sagten jenes und lachten über nahezu alles. Fletch nippte an seinem Bier.

Sein Glas war fast leer, als sich einer der Männer einem anderen zuwandte, einem hünenhaften Mann, der eine Brille mit Bifokalgläsern trug, und sagte: »Alex, ich hab's ja nicht für möglich gehalten, daß du deinen Schiß vorm Annäherungsschlag zum siebten Grün wirklich noch mal überwinden würdest.«

»Tja.« Alex lächelte. »Ist aber passiert. Gerade noch rechtzeitig.«

Fletch nahm sein Bier, drückte sich an der Bar entlang und schmuggelte sich in die Gruppe ein, indem er mit den Männern mitlachte, mit interessierte Miene auf den nächsten Gesprächsbeitrag wartete und das leicht betrunkene Geschwafel mit anerkennendem Kopfnicken kommentierte. Er stand neben dem Mann, der Alex hieß.

Als die Unterhaltung nach etlichen Minuten etwas abflaute, sprach Fletch den Mann an. »Sie sind Alex Corcoran, nicht wahr?«

»Klar«, antwortete der Mann.

»Zweitbester im nicht gerade größten, aber bestimmt freundschaftlichsten Golfturnier der USA«, lallte einer aus der Gruppe.

»Gratuliere«, sagte Fletch.

»Von so Grünschnäbeln wie euch muß ich mich heutzutage schlagen lassen«, sagte Corcoran. »Und dabei geht ihr nachts nicht mal zum Schlafen ins Bett.« Er nahm einen Schluck von seinem Gin-Tonic. »Zum Schlafen, sagte ich.«

»Wir haben uns vor kurzem kennengelernt«, sagte Fletch. »Wie heißt doch gleich dieser Club da drüben ...?« Er zeigte vage in östliche Richtung.

»Euston.«

»Richtig. Euston.«

»Hab' ich gegen Sie gespielt?«

»Nein, mich hat's in der ersten Runde erwischt. Hab' Ihnen zugesehen. Später haben wir uns in der Bar unterhalten.«

Alex Corcoran lachte. »Bitte um Vergebung, aber ich kann mich nicht erinnern.«

»Wir sprachen über Wagnall-Phipps. Sie arbeiten doch für Wagnall-Phipps, stimmt's?«

»Falsch!« rief ein Golfer. »Er arbeitet nicht für Wagnall-Phipps. Er ist der Präsident!«

»Er arbeitet überhaupt nicht«, sagte ein anderer.

Fletch nickte. »Nun ja, ich war der Meinung, wir hätten über Wagnall-Phipps gesprochen.«

»Bin seit sieben Jahren bei W-P«, sagte Corcoran. »Wurde allerdings erst Präsident, als die Firma den plötzlichen Entschluß faßte, sich aus dem Wintersport-Immobiliengeschäft zurückzuziehen.«

Alles lachte.

»Jerry hat die Sache voll das Genick gebrochen.« Ein Golfer schüttelte den Kopf. »Himmel. Geschäftsbewirtungen. Auf einmal wird das ungesetzlich und unamerikanisch oder sonst was.«

»Kommt darauf an, wen du bewirtest.«

»Kommt darauf an, wen du schmierst.«

Nach dem Turnier fanden diese Golfer offensichtlich alles zum Lachen.

»Alex, was ist eigentlich aus Jerry geworden?«

»Er ist zum Skilaufen gefahren«, frotzelte einer.

»Na, klar. Hat sich nach Aspen zurückgezogen.«

»Der ehemalige Präsident von Wagnall-Phipps«, sagte der derzeitige Präsident, »lebt in Mexiko von einer Pension, die stattlicher ist als mein Gehalt.«

»Wirklich?« staunte einer der Männer. »Das nennt man der Sünde Lohn.«

»Ganz schön üppige Pension«, sagte Alex. »Der Skandal hat ihm keineswegs geschadet. Wäre froh, wenn ich selbst mal einen hübschen kleinen Skandal initiieren könnte. Dann brauchte ich nie wieder ins Büro.«

»Da gehst du doch schon jetzt kaum noch hin, Alex.«

»Man kann unseren Krempel nicht vom Schreibtisch aus verhökern«, entgegnete Alex. »Raus muß man und die Leute mit Beinarbeit mürbe machen!« Der hünenhafte Mann ging in Boxstellung, ohne einen Tropfen seines Drinks zu verschütten.

»Thomas Bradley«, sagte Fletch. »Ihr Boss. Ist der nicht gestorben?«

Die Männer brachen in schallendes Gelächter aus.

»Kommt drauf an, welche Zeitung Sie lesen«, sagte einer von ihnen. »Noch 'ne Runde, Mike«, rief er dem Barkeeper zu. »Was trinken

Sie?« fragte er mit einem Blick in Fletchs Glas. »Ich weiß Ihren Namen nicht.«

»Mike«, sagte Fletch. »Mike Smith.«

»Und ein Bier für Mike, Mike.«

»Mike Smith? Waren Sie nicht im Uni-Golfteam in Barkley?«

»Ist Thomas Bradley nun tot oder nicht?« fragte Fletch.

»Überall, nur nicht in der *News-Tribune*.«

Fletch setzte eine verständnislose Miene auf.

»Ja«, sagte Alex Corcoran. in ernsterem Ton. »Er starb. Vor einem Jahr ungefähr. Haben Sie ihn gekannt?«

»Ich habe seine Schwester mal kennengelernt«, antwortete Fletch. »In New York. Francine.«

»Ach, tatsächlich?« In Corcorans Gesicht spiegelte sich großes Interesse.

»Nun ja, bin nur einmal mit ihr zusammengetroffen«, sagte Fletch. »Auf einer Party, wissen Sie?«

»Wie ist sie?« fragte Alex.

»Soll das heißen, Sie haben sie noch nicht kennengelernt?«

»Nein. Sie wird hier zwar irgendwann aufkreuzen und die Firma übernehmen, aber kennengelernt habe ich sie bisher noch nicht. Tom sagte immer, sie wäre hervorragend. Ist noch nie im Westen gewesen, soweit ich weiß.«

»Wie ist Tom gestorben?« fragte Fletch.

»Fuhr nach Frankreich wegen irgendwelchen medizinischen Behandlungen, die er dann nicht überlebte. Jedenfalls hab' ich's so verstanden.«

»Frankreich?«

»Hab' ja nie geahnt, daß er wirklich so krank war. Hatte zwar immer mal so seine Launen und blies auch manchmal Trübsal. Aber daß der Bursche unheilbar krank war, Himmel, davon hatte ich keinen blassen Schimmer!«

»Aber daß er krank war wußten Sie doch?«

»Nein. Eigentlich nicht. Ich hab' nur mal meiner Frau gegenüber erwähnt, daß er den Eindruck machte, als würde er schrumpfen. Fragen Sie mich bloß nicht, was ich damit meine, das weiß ich nämlich selbst nicht. Vermutlich wurden seine Schultern schmaler. Er muß abgenommen haben. Allerdings war er ja auch von Natur aus nicht besonders groß. Armer alter Tom. Auf dein Wohl, Tom.« Alex erhob sein Glas und schwenkte es wie ein Weihrauchfäßchen, ehe er trank.

Fletch deutete mit dem Kopf zu der Siegestrophäe auf der Bar. »Hübsch.«

»Sieh mal an, Sie kennen also seine Schwester, hä?« sagte Alex Corcoran.

»Nun ja, wie ich schon sagte, bin ich Francine Bradley nur einmal begegnet.«

»Enid sagt, daß sie eine wirklich clevere Geschäftsfrau sei. Diese Francine und Tom hätten ständig miteinander gesprochen. Einige von Toms besten Ideen würden von Francine stammen, sagte Enid.«

»Sie ist ziemlich clever, schätze ich«, sagte Fletch.

»Tom hat in seinem Testament verfügt, daß Francine die Firmengeschäfte übernehmen soll – wenn sie will und kann. Werd' Ihnen mal was verraten – wie war doch gleich Ihr Name?«

»Mike.«

»Also, Mike, ich werd' Ihnen mal was verraten: Ich werde sie mit offenen Armen begrüßen.«

»Tatsächlich? Laufen denn die Geschäfte nicht so gut?«

»Na ja, Sie wissen doch, eine Firma braucht nun mal einen Chef – jemanden, der Personalentscheidungen fällt, die Richtung bestimmt. Ich bin Präsident von Thomas Bradleys Gnaden, aber das liegt mir nicht sonderlich. Was mir wirklich sehr liegt, ist, den Leuten alles mögliche zu verkaufen. Das ist alles, was ich kann, was ich will. Also im Ernst, meine Frau sagt immer, ich brächte es sogar fertig, den Sibiriern Schneebälle zu verkaufen. Langfristige Firmenplanung, dieser tägliche Kleinkram – das ist nicht so mein Fall. Enid gibt sich ja alle Mühe, aber wissen Sie...«

»Enid ist Toms Frau?«

»Richtig. Nettes Mädchen. Manchmal hat sie eine gute Idee, aber, na ja. Sie wissen schon... langfristige Firmenplanung. Ich werd' Ihnen mal was sagen: Alles, was Tom Bradley hinsichtlich seiner Firma beschlossen hat, ist mir recht. Er hätte sie sogar seinem Pferd hinterlassen können, und ich würde sagen, richtig, prima, gute Idee.«

»Tom reitet?«

Alex sah ihn an. »Nur so eine Redensart. Haben wohl Ihre Römische Geschichte nicht gelernt, was?«

»Oh.«

»Aber es stimmt schon, Tom ist wirklich geritten. Hielt sich irgendwo draußen im Tal ein Pferd. Meistens ist er sonntags geritten, manchmal auch morgens an Wochentagen. Ist gern geritten, ja. Immer allein, nehm' ich an.«

»Klingt, als ob Sie ihn gemocht hätten.«

Alex' Augen wurden ein wenig feucht. »Was heißt hier ›gemocht‹? Ich will Ihnen mal was sagen: Ich habe diesen Burschen geliebt. Das war ein richtiger Gentleman. Abgesehen von seinen dämlichen, geschmacklosen Witzen, die alle immer schon längst kannten. Das war eigentlich das Witzige dran. Er war ein verdammt netter Mensch. Menschen wie er dürften nicht so jung sterben. Wenn man an alle die Scheißkerle denkt, die viel länger leben – wie ich zum Beispiel!«

»Muß mich auf die Socken machen.« Fletch stellte sein Bierglas auf die Bartheke und streckte Alex Corcoran die Hand entgegen. »War nett, mit Ihnen zu plaudern. Tut mir leid wegen Tom Bradley.«

»Jaja. Ich muß auch gehen. Meine Frau wird schon auf mich warten.« Zwei andere Golfspieler aus der Gruppe waren bereits gegangen. Alex Corcoran nahm seine Trophäe von der Bartheke. »Na, komm her, du Schätzchen.« Er gab ihr einen Kuß. »Wo, zum Teufel, sollte ein Mann sonst wohl sein, wenn nicht beim Golfspielen?«

»Daheim bei seiner Frau«, sagte einer der anderen Golfer.

Und alles lachte.

Es war schon dunkel, als Fletch nach Hause fuhr, aber in seiner Wohnung brannte noch Licht, und Moxie kam zur Tür, sobald sie seinen Schlüssel im Schloß hörte. Sie hatte eine Schürze an und sonst nichts.

»Mannomann«, sagte Fletch. »Genau wie 'ne Ehefrau.«

»Nicht wie Ehefrau.« Moxie lupfte die Zipfel ihrer Schürze und verneigte sich wie eine Geisha. »Wie Moxie Mooney.«

Er gab ihr einen Kuß. »Deine Ex-Frau hat angerufen«, sagte sie. Er gab ihr noch einen Kuß. »Tom Jeffries hat angerufen. Du sollst zurückrufen.« Er gab ihr noch einen Kuß.

»Was wollte denn die gute alte Linda?«

»Oh, wir haben uns lange unterhalten. Sie erzählte mir, was für ein weibstoller Mann du wärst, wie unzuverlässig du wärst, wie komisch du wärst. Sie erzählte mir von der Zeit, in der du sie aus dem Büro angerufen und gesagt hast, daß du jetzt heimkämst, und dann nach Hawaii gefahren bist.«

»Ich mußte in Hawaii eine Geschichte recherchieren.«

»Sie sagte, der Hackbraten wäre kalt geworden. Und wie grausam du ihre Katze behandelt hättest. Ich glaube, sie liebt dich.«

»Und was hast du ihr erzählt?«

»Daß ich glaube, daß du sie immer noch liebst.«

»Verbindlichsten Dank. Ich liebe es, ihr Alimente zu zahlen.«

»Oh, sie sagte, das würdest du nicht. Ihr Alimente zahlen, meine ich. Ich könnte das gar nicht verstehen, erklärte ich ihr. Du hättest doch einen Haufen Geld und dir gerade eine Achtzehn-Meter-Motoryacht bestellt, und dann müßte sie jedesmal, wenn sie Geld brauchte, wegen dieser verdammten Alimente zu dir kommen.«

»Phantastisch. Was hast du mir sonst noch Gutes getan?«

»Ihr erzählt, daß du mir gerade ein Diamantdiadem und einen Nerzmantel geschenkt hättest.«

»Ich bin sicher, daß sie dir geglaubt hat.«

»Da bin ich irgendwie gar nicht so sicher. Los, ruf' diesen Dingsbums an. Ist das nicht der Knabe mit dem gebrochenen Kreuz?«

»Richtig.«

»Ich laß dir ein Bad ein. «

»Wollen wir nicht erst – ?«

Sie legte die Hand an seine Schulter und schubste ihn weg. »Dummer, dreckiger, stinkiger kleiner Junge. Wenn ich schon bereit bin, dir mein ein und alles darzubieten, erwarte ich als mindestes, daß du die oberste Dreckschicht entfernst.«

»Aber, aber –«

»Der Abend ist noch ewig lang.«

Sie drehte ihm den Rücken zu und verschwand im Badezimmer.

»Tom? Fletch hier. Wie lebt's sich denn so im Souterrain?«

»Niemals, niemals, Fletch, hätte ich mir träumen lassen, daß es so viele Ameisen auf der Welt gibt. Ich verbringe den lieben langen Tag damit, im Patio die Ameisen zu beobachten.«

Vom Wohnzimmer aus konnte Fletch das Rauschen des Badewassers hören. »Beim Drachenfliegen siehst du vermutlich nicht so viele Ameisen.«

»Im Ernst, Ameisen sind irgendwie interessant. Fast wie Menschen, nur noch interessanter.«

»Der Patio-Darwin.«

»Hör zu, ich hab' dich nicht nur angerufen, weil ich vor Langeweile fast krepiere, sondern auch, weil ich dir eine lustige Geschichte erzählen möchte. Wird dich aufheitern. Eine Geschichte unter der Überschrift *Unfähige Mitarbeiter, die nicht von der News-Tribune gefeuert werden.*«

»Die gibt's?«

»Jack Carradine rief heute morgen an, nachdem du weg warst. Wegen Clara Snow.«

»Was hat sie denn jetzt wieder angestellt?«

»Du weißt doch, daß sie fürs State House abgestellt wurde, als ob sie ein richtiger Reporter wäre?«

»Ja.«

»Gut. Obwohl sie also für das State House zuständig war, hat sie versäumt zu berichten, daß der Bruder des Pressesekretärs des Gouverneurs eine Autohandlung besitzt, die, man höre und staune, Autos an die Polizei unseres Bundesstaates verkauft hat.«

»Und das hat Clara nicht berichtet?«

»Sie reckte ihr Näschen in die Luft, machte ganz auf überheblich, was ihr, wie du ja weißt, keiner so schnell nachahmt, und meinte, sie hätte das Gefühl gehabt, die Angelegenheit wäre zu persönlich.«

»Für wen?«

»Eine Privatangelegenheit, sagte sie. Hätte mit Familienleben zu tun. Ein Bericht wäre nicht im öffentlichen Interesse gewesen. Und dann sagte sie noch, daß die Bundespolizei ja schließlich irgendwo ihre Autos kaufen müßte. Hast du da noch Töne?«

»Da packt mich der heilige Zorn.«

»Gut. Ich dachte mir gleich, daß dich das aufheitert. Dir ist natürlich bekannt, daß Clara mit dem Pressesekretär ins Bett gestiegen ist.«

»Mit Frank Jaffe, dachte ich.«

»Mit dem auch. Clara steigt mit jedem ins Bett, der ihrer Karriere nützlich ist. Man kann wirklich nicht behaupten, daß Clara nicht zu jedem Opfer bereit wäre. Und aus diesem Grund läßt man sie auch mit dieser kleinen Panne, die ihr da passiert ist, ungeschoren davonkommen.«

»Willst du damit sagen, daß Frank diese Story auch jetzt noch nicht bringt?«

»Jack sagt, daß Frank den Gouverneur angerufen und ihm nahegelegt habe, dieser Korruption innerhalb eines Monats ein Ende zu machen, andernfalls ließe die *News-Tribune* die Katze aus dem Sack. Na, wie findest du diese Schnuckiputzis?«

»Mein Gott. Hoffentlich kriegt die Konkurrenz Wind davon.«

»Dafür könntest du doch jederzeit sorgen, Fletch.«

»Nein. Kommt nicht in Frage.«
»Versuch ja nur, dir 'nen Job an Land zu ziehen.«
»Nicht so.«
»Wie fühlst du dich, Fletch?«
»Lausig. Und du?«
»Lausig. Bis bald.«
»Bis bald.«

Fletch rief die *News-Tribune* an. Daß die Badewanne überlaufen würde, war unwahrscheinlich. Denn das Wasser strömte mit etwa der gleichen Geschwindigkeit hinein, mit der Ausschüsse Entscheidungen zu treffen pflegten.

»Kleinanzeigen«, meldete sich das Mädchen. »Kann ich Ihnen behilflich sein?«

»Ja, bitte«, sagte Fletch. »Ich möchte gerne eine Anzeige in Ihrer Verloren-Gefunden-Rubrik aufgeben.«

»Ja, Sir. Wie soll sie lauten?«

»Brieftasche gefunden, Name James St. E. Crandall, melden unter Chiffre – und dann die Nummer, die Sie mir geben.«

»236.«

»236.«

»James St. E. wie James Saint Edward oder wie?«

»Genau so.«

»C-r-a-n-d-a-l-l?«

»Ja.«

»Und auf welchen Namen und welche Adresse soll ich die Rechnung ausstellen?«

»I. M. Fletcher.«

»Sie wollen mich wohl verkohlen?«

»Keine Spur.«

»Sind Sie's wirklich, Fletch?«

»Ich bin's.«

»Hallo, tut mir wirklich leid, daß man Sie rausgeschmissen hat. Was haben Sie angestellt? Frank Jaffes Unterhose in Brand gesteckt?«

»Ich dachte, das hätte sich mittlerweile rumgesprochen.«

»Nun ja, hat es ja auch. Sie haben eine Leiche zitiert.«

»Wer ist eigentlich am Apparat?«

»Mary Patouch.«

»Prima, Mary. Wollen Sie meine Adresse?«

»Fletch, Ihre Adresse wollte ich schon immer. Das wissen Sie doch.«

Fletch nannte ihr seine Adresse und rief dann die Fernausgabe des *San Francisco Chronicle* an und gab die gleiche Anzeige auf.

»Wie lernte ich Fletcher kennen?« sagte Moxie wie ein Kind, das Selbstgespräche führt. Sie hatte ihre Schürze auf den Boden des Badezimmers fallen lassen und war zu Fletch in das warme Badewasser gestiegen. »Ich kaufte mir gerade ein Hot-dog, und dieser nette Mann, der neben mir an der Theke stand, bezahlte es und sagte dann kein Wort zu mir. Also sagte ich: ›Vielen Dank, Sir.‹ Und du sagtest: ›In Anbetracht der Tatsache, daß wir beide ein so grauenvolles Mittagessen verzehren müssen, wäre eigentlich ein gemeinsames Abendessen nicht unangebracht.«

»Bis hierher stimmt deine Geschichte. Und du sagtest: ›Ja, einverstanden.‹ Warum sagtest du: ›Ja, einverstanden‹?«

»Weil du wunderbar bist und attraktiv und lustige Augen hast und ich dich anfassen wollte.«

»Oh. Ein hervorragender Grund.«

»Du hast Augen, die immer zu lachen scheinen. Fast immer.«

»Aha, jetzt seh' ich's.«

»Tust du nicht. Du kannst deine Augen nämlich nicht sehen. Und beim Abendessen erzählte ich dir, daß ich an diesem Wochenende hierher müßte, da am Montag die Proben beginnen, und sagtest, daß du am nächsten Tag dieselbe Strecke fahren würdest, da du wieder ins Büro müßtest, ha ha ha, und ich könnte doch das Geld für den Bus sparen und mit dir mitfahren. Und da wir nun schon Freunde waren, gingen wir in meine Wohnung und...«

»... und was?«

»... und faßten uns gegenseitig an.«

Sie gab ihm einen Kuß auf den Hals, und er gab ihr einen Kuß auf die Stirn.

»So, und nun erzähle, wie der heutige Tag verlaufen ist«, sagte sie. »Ich kenne dich jetzt schon drei Tage und bin erst zwei mit dir zusammen gewesen.«

»Ein stinknormaler Tag«, sagte Fletch. »Genau wie alle anderen auch. Hab' einen mürrischen Knaben kennengelernt, der mich aus seinem Haus werfen wollte, obwohl ich ihm, jedenfalls glaubte ich das, doch einen Gefallen erweisen wollte, und der dann die Bullen rief und mich verhaften lassen wollte.«

»Und haben dir die Bullen heute wieder eine Dusche und Rasierzeug spendiert?«

»Heute nicht. Dafür aber eine Knolle wegen Fahrens ohne Schuhe. Dann lernte ich eine großartige, glückliche Dame namens Happy kennen, die mich einlud und mir drei Hamburger spendierte.«

»Nett von ihr. Und was solltest du ihr dafür spendieren? Deinen Astralleib?«

»Für drei Hamburger?«

»Ich hab' dich für weniger gekriegt. Für 'n Glas Erdnußbutter.«

»Tante von Charles Blaines Frau. Charles Blaine, der Lieferant meiner selbstmörderischen Geschichte, ist übrigens nach Mexiko abgereist.«

»Also kannst du ihn nicht zusammenschlagen.«

»Was ich liebend gerne täte. Dann lernte ich einen solide wirkenden Mann kennen, der in Southworth an seinem Boot arbeitete und eher nach Calvin Coolidge* als nach einem geschwätzigen Nachbarn aussah, der mir aber den ganzen Klatsch und Tratsch über die Bradleys erzählte, an den er sich erinnern konnte, und vielleicht noch weit mehr.«

»Wußte er, mit wem er sich unterhielt?«

»Natürlich nicht. Und dann lernte ich die Witwe Bradley kennen.«

»Himmel, wie mutig du bist! Sind das hohe Tiere?«

»Ich kann das einfach nicht kapieren. Da erzählt mir dieser geschwätzige Nachbar, daß Mrs. Bradley mitten in der Nacht herumbrüllt und ihren Mann wahrscheinlich soweit getrieben hat, daß er sich umzubringen versuchte. Und wenn man dann mit ihr spricht, macht sie einen würdevollen, beherrschten, vernünftigen Eindruck. Sie sagt, daß die ganze Sache nur deshalb passiert wäre, weil Charles Blaine einen Nervenzusammenbruch oder so was Ähnliches erlitten hätte, und darum hätte sie ihn auch in Urlaub geschickt.«

»Dann ist Tom Bradley also tot?«

»Dann fuhr ich auf ein Bier in den Southworth Country Club.«

»Ich weiß.«

»Woher weißt du das?«

»Das kann ich sehen. Genau da in deinem Magen.« Sie drückte ihren Finger gegen seinen Blinddarm.

»Kannste nich.«

Sie küßte ihn auf den Mund. »Ich hab's gerochen, als du kamst.«

* US-Präsident von 1923–29

»Lernte dort Alex Corcoran, den Präsidenten von Wagnall-Phipps kennen. Alle sagen, daß Tom Bradley tot ist. Die Witwe Bradley zeigte mir sogar die Asche.«

»Aber du willst das natürlich nicht glauben.«

»Natürlich glaube ich's. Ich glaube alles. Deswegen bin ich ja überhaupt erst in diesen Schlamassel geraten.«

Sie tauchte seinen Kopf unter Wasser.

»Blubb blubb.«

»Finde dich damit ab, Fletch. Du bist abgesoffen.«

»Blubb. Wohin willst du?«

Sie stieg aus der Badewanne.

»Hab' das Steak vergessen. Riechst du nicht, wie's verbrennt?«

»Steak! Wie bist du an das Steak gekommen?«

*Du brauchst dich nicht anzuziehen – ist alles fertig*, hatte sie ihm zugerufen. Die Teller mit Steak und Salat waren auf dem Teppich im Wohnzimmer angerichtet. Sie lächelte ihm entgegen, als er hereinkam.

»Hab' ein Girokonto eröffnet«, sagte sie.

»Auf deinen Namen?«

»Natürlich.« Sie füllte Wein in die Gläser. »Kann schließlich nicht ewig hungern.«

»Schmeckt gut. Toll.«

»Es schmeckt miserabel und verbrannt. Na ja, wenigstens brauchst du dich nicht von mir scheiden zu lassen.«

»Warum das? Was nicht heißen soll, daß ich jetzt schon diesbezügliche Pläne hätte.«

»Weil du mich nie heiraten wirst.«

»Oh. Einen diesbezüglichen Antrag hatte ich eigentlich schon geplant.«

»Ich werde niemals irgendwen heiraten.«

»Niemals nicht?«

»Niemals nicht. Ich bin eine Schauspielerin, und Schauspieler sollten niemals heiraten.«

»Machen aber viele.«

»Du hast ja von meinem Vater gehört.«

»Frederick Mooney.«

»Damit ist alles gesagt.«

»Du hast mir erzählt, daß er in Toronto den Falstaff spielt.«

»Wenn er nüchtern ist. Er spielt auch den *Handlungsreisenden* in

Chicago. Wenn er nüchtern ist. Vergangene Weihnachten ist er mit einer Clownsnummer auf einer Hotelbühne in Florida aufgetreten. Als er nüchtern war.«

»Also ist er ein Schauspieler, der gerne trinkt. Nicht der erste. Auch nicht der letzte. Dein Daddy war als verdammt guter Schauspieler bekannt. Ist er noch, soweit ich weiß.«

»Ich habe dir noch nichts über meine Mutter erzählt.«

»Nein.«

»Sie lebt wegen geistiger Umnachtung in einem sehr teuren Sanatorium in Kansas.«

»Oh. Und du glaubst, daß dein Vater daran schuld ist?«

»Einpacken, auspacken, einpacken. Ihn ins Bett schaffen. Ihn aus dem Bett schaffen. Ihn nüchtern machen. Ihn in den Bars suchen. Ihn daran erinnern, in welchem gottverdammten Stück er gerade auftritt. Jahrelang dasselbe. Auf mich aufpassen, wenn sie auf Tournee waren. Sich mit seinen Weibern abfinden. Mit seinem plötzlichen Verschwinden. Seinen Wutanfällen. Seiner Paranoia. Sie konnte den Tag nicht mehr ertragen, flüchtete vor der Nacht. Da hakte einfach irgendwas aus.«

»Okay. Wieviel davon hat mit seiner Schauspielerei zu tun?«

»Alles.«

»Bist du sicher?«

»Ganz sicher.«

»Warum willst du dann Schauspielerin werden?«

»Ich will nicht Schauspielerin werden.« Instinktiv drehte sie ihren Kopf so, daß das Licht ihre Nase äußerst vorteilhaft beleuchtete. »Ich bin es.«

Er trank seinen Wein. »Na, komm schon. Iß auf.«

»Außerdem möchte ich in der Lage sein, die Rechnungen für meine Mutter zu bezahlen, wenn der Tag kommt, an dem Freddy nicht mehr dazu fähig ist.«

»Danke für das Steak«, sagte Fletch. »Nun iß deins endlich auf, oder ich falle augenblicklich über dich her.«

Moxie nahm Messer und Gabel in die Hand. »Was hast du also morgen vor?«

Fletch zuckte die Achseln. »Wahrscheinlich werde ich noch einen weiteren Tag damit zubringen, mich bei den Leuten zu entschuldigen.«

»Wer fehlt noch?«

»Die Bradley-Sprößlinge.«

Moxie nickte. »Dein Artikel muß ein echter Schock für sie gewesen sein.«

»Ich hätte ein ungutes Gefühl, wenn ich mich nicht bei ihnen blicken ließe.«

»Kommst du morgen abend zu der Cocktailparty im Colloquial Theater?«

»Klar. Ich begleite dich.«

»Tu mir aber einen Gefallen, ja?«

»Jeden.«

»Erwähne Freddy nicht.«

»Frederick Mooney. Ein bekannter Name.«

»Ein lausiger Name. Ein lausiger.«

Als Fletch vorüberging, sah er das Boot immer noch in der Auffahrt liegen. Sein frischer Farbanstrich schimmerte weiß im Schein des Drei-Uhr-morgens-Mondes. Außer der Straßenbeleuchtung brannte nur noch ein Licht in der Nachbarschaft, eine Kutscherlaterne einige Häuser weiter die Straße hinunter.

Barfuß lief Fletch die Bradleysche Auffahrt hinauf und in die geöffnete Garage. Die Tür zum Haus war verschlossen. Er ging um das Haus herum zur Küchentür, die ebenfalls verschlossen war.

Die Glastür zwischen Wohnzimmer und Swimmingpool glitt mit einem leisen Rumpeln auf. Einige Häuser weiter weg schlug ein Hund an.

Das Mondlicht erhellte den Wohnraum nur wenig. Fletch blieb einen Augenblick lauschend in der Tür stehen und wartete, bis sich seine Augen an die Dunkelheit gewöhnt hatten.

Vorsichtig einen Fuß vor den anderen setzend tastete er sich zum Kamin vor. Die Urne stand nicht auf dem Sims.

Er schlich zum Couchtisch und beugte sich darüber. Mit gespreizten Fingern strich er behutsam über die Tischplatte. Seine Hand ertastete Enid Bradleys Weinglas, ohne es umzuwerfen. Dann die Urne.

Er zog einen Briefumschlag aus der Gesäßtasche, öffnete ihn und hielt ihn mit einer Hand fest, mit der anderen öffnete er den Deckel der Filigranbüchse.

Er nahm eine Prise Asche heraus, tat sie in den Umschlag, schraubte den Deckel wieder zu und verschloß den Umschlag.

Als er sich umdrehte, lief er in den Sessel, in dem Enid Bradley am vorangegangenen Nachmittag während ihres Gesprächs gesessen hatte. Der Sessel verschob sich nur wenige Zentimeter auf dem Teppich.

Als er die Schiebetür wieder zuzog, schlug der Hund nicht an.

Eine schnatternde Gruppe junger Mädchen trabte in der hellen Sonntagmorgensonne über das Rasenviereck im Innenhof der Southworth Prep School. Fletch wartete auf dem Gehsteig vor einem leeren Wohnheim.

Als er näher kam, erkannte er die Ähnlichkeit zwischen Enid Bradley und dem ältesten Mädchen, dem einzigen, das kein Teenager mehr war – abgesehen davon, daß es keineswegs Übergewicht hatte und seine geschlitzten Shorts und Laufschuhe nicht im mindesten unmodern waren.

»Roberta?« fragte er.

Die Mädchen schnauften den Gehweg entlang, stampften die Stufen zur Veranda hinauf und ins Haus hinein.

»Alles unter die Dusche!« rief Roberta. »Seid in einer halben Stunde für den Gottesdienst fertig!«

Sie musterte Fletch.

»Roberta Bradley«, sagte Fletch.

»Kennen wir uns?« fragte sie. Sie war überhaupt nicht außer Atem.

»Wir lernen uns just in diesem Augenblick kennen«, antwortete Fletch. »Zum ersten und wahrscheinlich auch zum letzten Mal, im Ernst. Ich bin Fletcher.«

»Na und?«

»I. M. Fletcher.«

»Das sagten Sie bereits.«

»Der Trottel, der am Mittwoch in der Zeitung den Artikel über Wagnall-Phipps geschrieben hat.«

»Oh, verstehe.« Ihr Blick war durchaus nicht unfreundlich. »Sie wollen mit mir sprechen. Ist nicht nötig.«

»Ich wollte mal vorbeikommen . . .«

Sie sah rasch zur Uhr des Kirchturms auf der anderen Seite des Innenhofes. »Ich würde gerne noch ein paar Meter laufen, solange die lieben Kinder das gesamte heiße Duschwasser verbrauchen. Was dagegen mitzulaufen?«

»Nein. Einverstanden.«

Mit ihren langen, schlanken Beinen und weitausholenden Schritten legte sie ein unerwartet flottes Tempo vor. Sie verließen den Gehweg, liefen hinter das Schulgebäude und bogen dann auf einen Feldweg ein.

»Ich laufe nur, um ein paar Minuten allein sein zu können«, sagte sie.

»Tut mir leid. Tun Sie doch einfach so, als ob ich ein Teil der Landschaft wäre. Stein, Baum, Unkraut.«

»Die lieben Kleinen in der Southworth Prep lassen mir keine Sekunde Zeit, Melanie zu bewegen. Daddys Pferd.«

»Sie halten immer noch das Pferd Ihres Vaters?«

Ein, zwei Minuten lang lief Roberta schweigend weiter. »Hat wohl noch keiner entschieden, was damit werden soll«, sagte sie schließlich. »Also, was wollen Sie von mir?«

»Um Verzeihung bitten, vermutlich. Für den Mist, den ich gebaut habe. Muß ein Schock für Sie gewesen sein.«

Sie machte ein eher verärgertes als gleichmütiges Gesicht. »Warum veranstaltet eigentlich jeder so einen Riesenzirkus um die Geschichte? Sind schon schlimmere Sachen in der Welt passiert. Sie haben einen Artikel über Wagnall-Phipps geschrieben und sich darin auf meinen Vater als den Verwaltungsratsvorsitzenden berufen. Na und? Sie waren eben nur nicht auf dem laufenden, das ist alles.«

»Trotzdem...«

»Da kommt neulich abends dieser geschniegelte Fritze von der Zeitung an, baut sich vor Tom und mir auf und entschuldigt sich feierlich bei uns im Namen der *News-Tribune*. Belehrt uns, daß Fehler schon mal passieren könnten. Als ob wir das nicht wüßten. Meine Güte!«

»Es hätte nicht passieren dürfen.« Fletchs Füße wirbelten mehr Staub auf als ihre. »Ich habe gehört, daß Carradine ein paar liebenswürdige Worte über mich verloren hat!«

Roberta lächelte ihn an und schüttelte den Kopf. »Mann, selbst, wenn Sie nur halb so schlimm sind, wie der Sie geschildert hat, dann sind Sie schon ein Widerling! Versager, Spinner, krankhafter Lügner, wau!« Mit nur leicht gestrecktem Bein wich sie einem fest im Boden verankerten Stein aus. »Trotzdem finde ich's nett von Ihnen, daß Sie vorbeikommen sind.«

»Ich habe einfach keine Erklärung dafür, wie das passierte.«

»Ist auch nicht nötig. Sie haben Mist gebaut. Na und? Letzte Woche habe ich in einer Klasse, die eigentlich eine Spanischarbeit schreiben sollte, eine Französischübung ausgeteilt. Können Sie sich vorstellen, daß zwei oder drei der Kinder tatsächlich mit der Französischübung begonnen haben. Lehrern und Zeitungen sollte man nie alles glauben.«

»Ihr Vater lag in der Schweiz im Sterben und alle ... Ihre Mutter hat in seiner Abwesenheit die Firma geleitet ... dann starb er ... Ihre Mutter hält den Stuhl für Ihre Tante Francine warm ...«

Roberta schien aufmerksam zuzuhören.

»Es gab da ein ziemliches Durcheinander«, sagte sie.

»Ja. So könnte man's wohl nennen.«

»Man kann nicht alles verstehen, was passiert«, sagte Roberta. »Das erzähle ich meinen Schülern auch immer. Man kann natürlich versuchen zu verstehen. Man kann sogar so handeln, als ob man verstanden hätte, auch wenn das noch nicht der Fall ist. Aber gewisse Dinge ...«

»Was meinen Sie damit?«

»Ich habe gehört, daß Jogging gut fürs Gemüt ist. Macht einen philosophisch.«

»Besonders sonntags morgens.«

»Hier entlang, wir laufen diesen Weg zurück.«

Eine Weile trabten sie schweigend nebeneinander her.

»Nett, daß Sie vorbeigekommen sind«, wiederholte sie schließlich. »Das war wirklich nicht nötig. Wollen Sie auch Tom aufsuchen?«

»Ja.«

»Ich wäre froh, wenn Sie's nicht täten. Er steckt mitten in seinem Vorklinikum, wissen Sie. So ein Streber! Wie dieser Kerl arbeitet! Wir sollten diesen Vorfall einfach ad acta legen. Einverstanden?«

»Und versuchen, uns künftig anständig zu benehmen.«

»Nun, Sie haben's ja bereits getan.« Sie näherten sich dem Wohnheim. »Ich werde nicht vergessen, Tom von Ihrem Besuch zu erzählen«, fügte sie hinzu und wiederholte dann: »Einverstanden?«

»Waren das wirklich zwei Meilen, die wir gerade gelaufen sind?« fragte Fletch.

»Zwei amtlich vermessene Meilen. Sie können die Tour ja noch mal laufen, wenn Sie wollen.«

Sie hielten vor dem Haus an.

»Nein, danke.«

Sie musterte ihn von oben bis unten. »Sieht aus, als ob da gleich ein Umschlag aus Ihrer Tasche fiele.« Sie deutete auf die Gesäßtasche seiner Jeans.

»Oh, das. Danke.« Er schob den zugeklebten Umschlag mit der Asche tiefer in seine Hosentasche.

Gekicher und Gekreische hallten durch das Haus.

»Ein Glück, daß Sie ihn unterwegs nicht verloren haben«, sagte sie. »Sonst hätten Sie den Weg noch einmal laufen müssen, um ihn zu suchen.« Sie nahm zwei Verandastufen auf einmal. »Danke fürs Vorbeikommen. Ich werd's Tom erzählen.«

»Sie möchten Tom besuchen?« Das wache, offene Gesicht des College-Zimmergenossen von Thomas Bradley jr. war fast so breit wie die Tür, die er Fletch aufhielt. »Er ist da, aber er ist weg.«

Als er Fletchs verdutztes Gesicht sah, fügte er hinzu: »Wir haben ihn in die Badewanne verfrachtet.«

Er führte ihn durch weitere schmale Türöffnungen hindurch in ein schmales Badezimmer.

In der Badewanne lag, Rücken und Kopf durch Kissen gestützt, ein zwanzigjähriger Mann. Sein Haar stand büschelweise vom Kopf ab, seine dünnen Barthaare sprossen stoppelartig von Kinn und Wangen, seine Augen waren geschlossen. Er sah aus wie ein melancholischer junger Mensch, der ernsthaft über den Zustand des Universums meditiert.

»Dachten uns, daß er sich da drin nicht so schlimm verletzen kann. Da kommt er nur schwer raus. Schwierig für ihn, übern Rand zu klettern, verstehen Sie?«

»Was hat er intus?«

»Abschlaffer, Mann. Sedativa. Zu jeder Tages- und Nachtzeit.«

Der Zimmergenosse beugte sich über die Wanne und öffnete mit dem Daumen ein Auge von Tom Bradley. »Hallo«, sagte er. »Jemand zu Hause? Jemand da drin?«

Fletch hatte dem Zimmerkollegen erklärt, er wolle Tom Bradley in einer *Familienangelegenheit* besuchen, und der hatte geantwortet: *Endlich kommt jemand, Gott sei Dank.*

»He, Mann«, sagte Fletch nun. »So kann er doch nicht leben.«

»Na ja, er schon. Meistens. An manchen Tagen ist er weniger vollgepumpt als sonst. Steht ein bißchen auf, fährt heim, holt Geld. Im Moment hat er wieder 'ne Abschlaffphase.«

»Wann hat die begonnen?«

»Am Freitag. Vor zwei Tagen. War das Freitag?«

»Scheiße. Und mir hat man erzählt, er wäre ein hart arbeitender Medizinstudent.«

»War er eigentlich nie. Er war eigentlich immer aufm Trip. Als er letzten Herbst in die Schule zurückkam, hat er kaum noch Mumm in den Knochen gehabt. Ein paar Wochen lang nahm er unregelmäßig an den Kursen teil. Machte noch weiter mit bis schätzungsweise November – aber da hatte das schon längst keinen Sinn mehr, war schon zu weit zurück.«

»Wieso lebt er dann immer noch im College?«

»Was solln wir denn sonst mit ihm anfangen? Wollten ihn schon per Post nach Hause schicken, aber die von der Post sagten, als Paket wäre er zu sperrig. Nein, im Ernst. Wir brachten ihn – trugen ihn – eines Nachts in die Krankenstation. Am nächsten Tag war er verschwunden.«

»Wann war das?«

»Lange vor Weihnachten. Zwei Wochen nach Neujahr tauchte er hier völlig angeschlagen wieder auf. Sah aus, als ob er durch den Dschungel von Borneo marschiert wäre. Also haben wir ihn wieder in die Badewanne verfrachtet. Ich fuhr raus zu seinem Haus in Southworth – dem Haus seiner Mutter. Ich sagte ihr, daß sie ein Problem hätte. Daß Tom ein Problem hätte. Zuerst sah sie zu Tode erschrocken aus. Dann stritt sie alles ab, was ich ihr erzählte. Tom käme alle ein bis zwei Wochen nach Hause, sagte sie, und wahrscheinlich tut er das auch. Sie sagte, daß er nur erschöpft von seinem Studium wäre. Totaler Quatsch. Und sie sagte auch, daß er vor kurzem einer sehr starken seelischen Belastung ausgesetzt gewesen wäre.«

»Was für einer seelischen Belastung?« fragte Fletch. »Hat sie das gesagt?«

»Redete irgendwas vom Tod seines Vaters.«

»Das war angeblich vor einem Jahr.«

Der Zimmergenosse, der vor der Badewanne kniete wie ein Kind, das mit Spielzeugschiffchen spielt, sah zu Fletch hoch. »Warum sagen Sie ›angeblich‹?«

»Er hat eine ziemlich hübsche Schwester«, sagte Fletch. »Gesund.«

»Ta-ta? Ja, mit der hab' ich auch gesprochen.«

»Was meint sie denn?«

»Sie meint, daß in der heutigen Welt jeder seinen eigenen Weg gehen müsse. Sie funktioniert wie ein aufgezogenes Spielzeug und glaubt, daß alle anderen auch so funktionieren. Sie sagt, für gewisse Dinge könnte man kein Verständnis aufbringen. Für sie kann man kein Verständnis aufbringen.« Über den Wannenrand gelehnt schlug der Zimmergenosse Tom Bradley einige Male sanft ins Gesicht, bis Tom die Augen öffnete. »He, Tom. Besuch für dich. Nennt sich Satan. Will sich mit dir wegen eines Jobs als Heizer unterhalten.«

Tom Bradleys glasige Augen waren auf die Badezimmerdecke gerichtet. Dann huschten sie zum Gesicht seines Zimmerkollegen.

»Na los, Tom. Biste wach?«

Toms Blick glitt über Fletch hinweg und blieb ungefähr einen halben Meter neben Fletchs Kopf hängen.

Der Zimmergenosse stand auf. »Besorgen Sie wen, der sich um das Kind hier kümmert, ja? Ich komme mir vor wie einer, der ein Aquarium geerbt hat, verstehen Sie? Ich muß mich darum kümmern und ständig aufpassen, obwohl's mich nicht die Bohne interessiert, verstehen Sie?«

»Ich weißt nicht, was ich da tun kann«, sagte Fletch. »Nicht viel im Moment.«

»Davon abgesehen«, sagte der Zimmergenosse unter der Badezimmertür. »Ich würde gerne mal wieder baden, verstehen Sie?«

Als Fletch hörte, wie die Außentür ins Schloß fiel, setzte er sich auf den Wannenrand in die Nähe des Wasserhahns.

»Tom, ich heiße Fletch«, sagte er. »Ich habe mit deiner Mutter und mit deiner Schwester gesprochen. Und wollte gerne auch mit dir sprechen.«

Obwohl Fletch seinen Standort gewechselt hatte, waren Toms Augen immer noch auf einen Punkt fünfzig Zentimeter links von Fletchs Kopf fixiert.

»Ich habe neulich in der *News-Tribune* etwas über deinen Vater geschrieben. So 'ne Art Mißverständnis. Keine Ahnung, ob's das war, was dich umgehauen hat, oder nicht. Geholfen hat's jedenfalls nicht, fürchte ich.«

»Mein Vater?« Tom stützte seinen Nacken an der Rückwand der Badewanne ab. Seine Stimme war lauter, als Fletch erwartet hatte. »Willste mir etwa schon wieder erzählen, daß mein Vater tot ist?«

»He, Mann.«

»Du hast neulich mit meinem Vater gesprochen?«

»Könnte das denn möglich gewesen sein?«

»Klar.« Tom lächelte genauso träge wie er sprach. »Gehst einfach zum Kaminsims, machst die kleine Büchse auf und sagst, was du aufm Herzen hast. Oder...« Sein bizarres Lächeln wurde breiter. »Könntest auch das Telefon benutzen.«

»Tom, ist dein Vater tot?«

»Klar.« Wieder kam die Antwort übertrieben laut. »Sagt doch jeder, sogar er sagt das.«

»Wo ist da der Witz, Tom? Na los, verrat's mir.«

Nach einer langen Pause sagte Tom Bradley: »Mein Vater ist tot. Schlimmer als tot. Verstehste?«

»Nein. Verstehe ich nicht. Was heißt ›schlimmer als tot‹?«

»Er hat sich selbst umgebracht.« Tom machte eine Geste, als würde er sich ein Messer in den Unterleib stoßen und mit der Klinge darin herumwühlen.

»Ich verstehe. Er hat vorher schon mal versucht, sich umzubringen, nicht wahr?«

Tom starrte argwöhnisch auf den imaginären Punkt neben Fletchs Kopf.

»Tom, wo ist er gestorben?«

»Southworth im Frühling. Wien.«

»Frankreich?«

»Nein. Nicht Frankreich.«

»Schweiz?«

»Jaja, genau. Er starb in der Schweiz. An Blutkrebs. Viele, viele Operationen.«

»Okay, Tom. Warum gibst du ihm die Schuld an seinem Tod?«

Toms Blick wanderte im Zeitlupentempo durch das winzige Badezimmer. »Er wollte nicht.«

Fletch wartete, bis Toms Augen wieder links von Fletchs Kopf hängen blieben. »Was wollte er nicht?«

Tom Bradleys Augen schlossen sich. »Nein. Er wollte nicht.« Tom murmelte. »Das ist das Erstaunliche, verstehste? Wohin hat mich das gebracht?«

»Wohin hat dich das denn gebracht?«

Toms Augen öffneten sich, schienen sich auf den Wasserhahn zwischen seinen Beinen zu konzentrieren und schlossen sich wieder. »In die Badewanne«, antwortete er.

»Tom. Noch eine Frage.«

»Ich hab' gar keine Frage gehört.« Mit geschlossenen Augen sprach Tom schneller.

»Wo wurde dein Vater geboren?«

»Wurde er gar nicht. Er wurde gar nicht geboren, schätze ich. Die Leute haben nur geglaubt, daß er geboren worden ist.«

»Wo ist er aufgewachsen?«

»Im Fegefeuer, sagt er. Weißte, was das ist, Fegefeuer?«
»Ja.«
»Da ist er aufgewachsen.«
»In welcher Stadt? Aus welcher Stadt stammt dein Vater, Tom?«
»Muß ich nachdenken.«
Fletch wartete, bis er überzeugt war, daß Tom sich wieder ins Nichts geflüchtet hatte, und stand dann auf.
»Dallas, Texas«, sagte Tom in diesem Moment.
Fletch betrachtete ihn eine kleine Weile und fragte dann: »Tom? Kannst du mich hören?«
»Nein.«
»Tom, ich versuche dir zu helfen. Du brauchst dieses Zeug nicht – was es auch ist. Vielleicht sieht's so aus, als ob ich dir nicht helfen würde. Und vielleicht tut's sogar weh. Aber ich versuche dir zu helfen.«
Nach einer Weile sagte Tom Bradley junior: »Auf Wiedersehen.«
»Bald, Tom.«

»Was zu trinken? Bier? Joint?«
Alston Chambers, Justizangestellter im Büro des District Attorney, legte die fünf Schritte zurück, die nötig waren, um sein Wohnzimmer zu durchqueren, und stellte das Fernsehgerät ab.
»Sonntagnachmittag«, sagte Fletch. »Und ich erwisch' dich, wie du vor der Glotze sitzt, Baseball guckst und Bier säufst. Wer hätte je geglaubt, diesen Tag noch einmal zu erleben? Warum bist du denn nicht an der frischen Luft und werkelst an deinem Palast herum? Pinselst, harkst, mähst oder jätest?«
Alston warf ihm einen grimmen Blick von der Seite zu. »Scheißbude. Wen juckt's?«
»Es ist deine Hypothek, alter Freund.«
Ein imitierter frühamerikanischer Diwan, ein imitierter Morris-Sessel, ein Couchtisch aus Kiefernholz, eine einzelne Stehlampe und ein altertümlicher Zenith-Fernseher ließen in dem heißen, düsteren Wohnzimmer kaum Platz zum Stehen übrig. In dem Haus gab es außerdem noch ein Schlafzimmer und eine Kochnische. Die Nachbarhäuser waren nur einen Meter entfernt, und der Hinterhof war gerade groß genug für die Mülltonnen.
»Das ist ja gerade der springende Punkt«, sagte Alston. »Du kaufst

nicht etwa ein Haus. Du kaufst eine Hypothek. Ich hasse dieses Haus. Aber ich brauche die Steuervergüngstigung, ich muß einen Kredit aufnehmen. Das muß jeder in unserem Alter. Du auch, Freundchen. Wart nur ab, bis du soweit bist. Wir harren schon alle gespannt auf den Moment, wo du soweit bist, dich der Spezies Mensch anzuschließen.«

Daß sich Alston Chambers dieser Spezies bereits angeschlossen hatte und seinen Verpflichtungen nachkam, ließ sich nicht verleugnen. An einem Sonntagnachmittag im Frühling trug er lange Hosen und Mokassins, das Hemd spannte über dem Bierbauch des Mittzwanzigers, und er saß im Zimmer, trank Bier und sah sich ein Baseballspiel im Fernsehen an. Und seit er die akademische Würde eines Juristen erlangt hatte, arbeitete er von neun bis fünf als Angestellter im Büro des District Attorney.

Fletch und er hatten gemeinsam die Grundausbildung im Marine Corps durchgestanden und noch eine ganze Menge mehr.

»Ich würde mich ja gerne der Spezies Mensch anschließen, Alston, ehrlich, aber irgendwas läuft ständig schief. Jedesmal, wenn ich mich um die Mitgliedschaft bewerbe, passiert irgendwas. Irgendeine verflixte Geschichte.«

»Bezahlst du Lindas Alimente, wie dir der Richter aufgetragen hat? Wie ein braver Junge?«

»Nein, Sir.«

»Ich hätte auch nichts anderes von dir erwartet.«

»Jeden Monat setze ich mich hin, um ihr einen Scheck auszuschreiben, ehrlich, Alston, aber nach Abzug der Miete, der Rate fürs Auto, der laufenden Kosten, der Lebensmittel . . .«

»Bleibt nichts mehr übrig. Ich weiß. Ich könnte im Moment auch keine Alimente zahlen. Kannst du wenigstens noch mit deinen Kreditkarten einkaufen?«

»Ich habe überhaupt keine Kreditkarten. Ich hatte eine von der Redaktion, für Spesen, weißt du, aber die hab' ich am Donnerstag verloren.«

»Was meinst du mit ›verloren‹?«

»Nun ja, genauer gesagt, habe ich die Möglichkeit, sie zu benutzen, verloren.«

Alston sah ihn ungläubig an. »Soll das heißen, daß du deinen Job verloren hast?«

»Du könntest auch sagen, ich habe meine Freiheit wiedergefunden.«

Alston kicherte in sich hinein, wandte sich zur Tür und rief seine Frau. »Audrey! Fletch ist da.«

»Ich ziehe mir nur rasch ein Kleid über«, antwortete sie durch die Wand. Es klang, als stünde sie neben ihnen im Wohnzimmer.

»Für mich brauchst du dir kein Kleid anzuziehen, Audrey«, sagte Fletch. »Wär' mir sogar lieber.«

»Das weiß ich, Fletch«, sagte sie, als sie ins Wohnzimmer kam und ihre Arme um seinen Hals schlang. »Aber Alston ist zu Hause, und wir wollen ihn doch nicht in Verlegenheit bringen, stimmt's?« Sie küßte ihn auf den Mund.

»Stimmt.«

»Stimmt«, sagte Alston. »Möchtest du jetzt etwas zu trinken?«

Er hatte seinen Bierkrug aus Zinn vom Fernseher genommen. Den Seidel im Österreich-Look hatte Alston in Tokio erstanden, als er und Fletch dort ihren Erholungs- und Genesungsurlaub verbrachten.

»Nein, danke.« Audrey hatte auf dem Diwan Platz genommen. Fletch ließ sich in den einzigen Sessel fallen. »Moxie will mich heute abend zu einer Cocktailparty in ihrem Theater mitschleifen.«

»Moxie?« Alston feixte von oben auf ihn herunter. »Ist Moxie etwa wieder im Spiel?«

»Ja, denke schon. Sieht jedenfalls ganz danach aus, wenn ich's mir recht überlege. Bin ihr neulich an einem Hot-dog-Stand zufällig in die Arme gelaufen. Zieht mal wieder ihre Schau ab – indem sie so tut, als ob wir uns gerade erst kennengelernt hätten.«

»Typisch Moxie«, sagte Alston.

»Typisch Moxie.«

»Tut sie wirklich so, als ob ihr euch neulich zum allerersten Mal über den Weg gelaufen wärt?« Audrey lachte.

»Ja. Sieht jedenfalls ganz danach aus, wenn ich's mir recht überlege.«

»Moxie, Moxie«, murmelte Alston in sein Bier.

»Vielleicht sind wir uns ja wirklich zum ersten Mal begegnet«, sagte Fletch. »Moxie hat viele Gesichter, wißt ihr.«

»Wie alle Frauen«, sagte Alston.

»Moxie ist nun mal Schauspielerin«, sagte Fletch, »ob sie will oder nicht. Wenn sie zum Beispiel in einen Lift steigt, dann benutzt sie alle anderen Fahrgäste als unfreiwilliges Publikum. Einmal drehte sie sich in einem voll besetzten Aufzug zu mir um und sagte: *Also echt, Jake, das is nich fair, daß ichn Kind krieg, woste doch gesagt hast, daß ich keins kriegen tu – woste doch mein Bruder bist un so. Was sagsten die ganze Zeit, dasses nich möglich is, wenns doch möglich is? Hast ja gehört, was der Dokter grad gesagt hat – macht keinen Unterschied nich, daßte mein Bruder bist. Da haste mir abern ganz schönen Bären aufgebunden, Hank.*«

»Wie hast du reagiert, Fletch?« fragte Audrey lachend.

»Na ja, die Temperatur im Aufzug stieg auf über hundertdreißig Grad Fahrenheit. Alle starrten mich feindselig an. Und ich war mir keineswegs sicher, ob ich da lebend rauskomme.«

»Und wie hast du reagiert?« fragte Audrey nochmals.

»Ich sagte: *Kannste gar nich genau wissen, dasses ich war, Stella. Vielleicht isses ja Papa gewesn.*«

Vor lauter Lachen verschüttete Alston etwas Bier auf sein Hemd.

»War das, als ihr euch das letzte Mal getrennt habt?« fragte Audrey.

Fletch dachte einen Moment nach. »Das vorletzte Mal, glaube ich. Beim letzten Mal rief ihr Vater aus Australien, aus Melbourne an und jammerte, daß er sie unbedingt als Ophelia brauchte, sonst müßte er die Tournee absagen. Innerhalb von fünfzehn Minuten hatte sie gepackt und war auf und davon.«

»Ich habe gar nicht gewußt, daß Moxie in Australien die Ophelia gespielt hat«, sagte Audrey.

»Hat sie ja auch nicht. Als sie dort ankam, war die Rolle längst besetzt. Freddy konnte sich nicht mal mehr erinnern, daß er sie angerufen hatte. Er sagte: *Wie lieb von meiner kleinen Tochter, eine so weite Reise zu machen, nur um ihren alten Daddy zu besuchen!* So ähnlich jedenfalls. Der alte Mistkerl hat ihr nicht einmal den Hinflug oder Rückflug bezahlt. Sie arbeitete sechs Monate auf einer Schafranch. Hätte jede Minute genossen, behauptet sie. Wäre die schönste Zeit ihres Lebens gewesen.«

»Und jetzt tut sie also so, als ob . . . was?« fragte Audrey. »Als ob ihr euch noch nie zuvor begegnet wärt?«

»Richtig. Sie tut einerseits so, als hätten wir uns gerade erst kennengelernt, läßt andererseits aber durchblicken, daß sie mich ja eigentlich schon seit Jahren kennt. Etwas unheimlich das Ganze.«

»Ihr beiden«, sagte Alston. »Da haben sich zwei artverwandte Vögel zusammengefunden.«

Audrey drückte es deutlicher aus: »Ihr spinnt beide«, sagte sie. »Warum heiratet ihr eigentlich nicht? Ich meine, bessere Partner könnt ihr beide doch gar nicht finden.«

»Moxie wird niemals heiraten«, sagte Fletch. »Für sie läuft diese sonderbare, unvermeidliche Sache mit der Liebe bei jedem ab, mit dem sie gerade spielt. Trotzdem gibt sie dem alten Freddy die Schuld, weil er ihre Mutter in die Klinik gebracht hat.«

»Hat sie etwa Angst, daß sie dich in die Klinik bringen könnte?« fragte Alston. »Wird ihr kaum gelingen.«

»Es ist schon immer sehr spannend gewesen, mit ihr zu schlafen«, sagte Fletch. »Man ist nie sicher, mit wem man gerade schläft.«

Alston räusperte sich. »Ich könnte mir vorstellen, daß ein Schlafzimmer bereits ziemlich überfüllt ist, wenn ihr zwei allein drin seid.«

Fletch zog den Umschlag aus seiner Gesäßtasche. »Ich bin hier, weil ich dich um ein paar Gefälligkeiten bitten muß.«

»Schieß los«, sagte Alston.

»In diesem Umschlag ist Asche. Die müßte schnellstens analysiert werden.«

»Geht in Ordnung.« Alston trat auf Fletch zu, nahm den Umschlag entgegen und steckte ihn in seine Tasche.

»Zweitens«, sagte Fletch. »Ist deine Position im Büro des District Attorney bedeutend genug, um die amerikanische Botschaft in Genf anrufen zu können?«

»Hab' ich zwar bisher noch nicht gemacht«, antwortete Alston, »aber vermutlich zählt das zu den Dingen, die man einfach erst mal macht und dann erst bewilligen läßt – Marinemethode.«

»Gut. Ich brauche Einzelheiten über den Tod eines amerikanischen Bürgers namens Thomas Bradley. Ungefähr ein Jahr her. Er könnte in einer Klinik oder einer Art Spezialsanatorium gestorben sein. Könnte Selbstmord begangen haben.«

»Aus Kalifornien?«

»Ja.«

»Vor einem Jahr ungefähr, sagst du?«

»In diesem Monat vor einem Jahr, sagt seine Witwe. Allerdings wurde sein Tod hier nicht bekanntgegeben, beziehungsweise – wie es den Anschein hat – erst rund sechs Monate später. Hat mit einem Familienbetrieb zu tun, Wagnall-Phipps; Bradleys Frau leitet den Betrieb, bis jemand kommt, der die Geschäfte übernimmt – ist alles irgendwie undurchsichtig.«

»Wie das?«

»Ich weiß es nicht«, sagte Fletch. »Vermutlich könnte man sagen: Da hat irgendwer Verwirrung gestiftet, absichtlich, wie ich befürchte.«

»Selbstmord«, sagte Alston. »Du hast die Möglichkeit eines Selbstmords erwähnt. Reicht das nicht als Begründung?«

»Nicht unbedingt.«

»Du würdest dich wundern, wenn du wüßtest, was mein Büro alles noch stillschweigend duldet, damit die Leute einen Selbstmord vertuschen können. Meinetwegen sollen sie«, sagte Alston. »Ich kann's verstehen und spiel' das Spielchen mit.«

»Alston«, sagte Audrey. »Ich glaube, Fletch erwägt die Möglichkeit eines Mordes.«

Alston sah Fletch an, während Fletch weiterhin Audrey ansah.

»Stimmt das, Fletch?« fragte Alston.

»Verdächtige Todesumstände«, antwortete Fletch. »Der Bursche ist möglicherweise vor einem Jahr gestorben. Aber ich vermute, daß seine Kinder erst sechs Monate später davon erfahren haben. Seine Nachbarn und der Präsident seiner Firma wurden sogar erst acht Monate später davon unterrichtet. Und ich habe allen Grund zu glauben, daß sein Vizepräsident und Finanzdirektor sogar erst vergangenen Donnerstag davon unterrichtet – offiziell unterrichtet – wurde.«

»Wäre nicht schlecht, wenn man die Nachlaßakte bei Gericht einsehen würde«, sagte Alston.

»Müßte es da denn eine geben?«

»Sicher. Besitz innerhalb des Bundesstaates...«

»Dann wäre ich auch dafür dankbar.«

»Auf die Schnelle geantwortet«, sagte Alston, »einfach mal so aus dem Stegreif, meine ich, daß da jemand versucht, die Zahlung von Sterbesteuern, von Erbschaftssteuern hinauszuzögern oder sogar völlig zu umgehen. War der Bursche noch jung?«

»Nicht mal fünfzig.«

»Dann hat ihn der Tod aus heiterem Himmel erwischt. In welcher finanziellen Verfassung ist denn diese Firma von ihm, wie heißt sie doch noch?«

»Wagnall-Phipps. Keine Ahnung.«

»Das wird vermutlich die Erklärung sein«, sagte Alston. »Kein Mensch rechnet damit, so früh zu sterben. Er starb in der Schweiz. Hab' den Eindruck, als ob der Nachlaßverwalter diesen Umstand auszunutzen versucht, damit er in aller Ruhe den Nachlaß ordnen, die Steuer frisieren kann.«

»Daran habe ich überhaupt noch nicht gedacht«, sagte Fletch.

»Du hast ja auch nie Jura studiert.«

»Mann«, sagte Fletch. »Vielleicht ist das ja der Grund, warum ich weder eine Hypothek noch eine Kreditkarte besitze.«

»Genau«, sagte Alston.

Fletch erhob sich. »Auf mich warten all diese Personen, die sich Moxie nennen. Ist es zu früh, wenn ich dich morgen anrufe, Alston?«

»Nee. Die chemischen Analysen werde ich mit Dringlichkeitsstufe eins, D. A.-Auftrag, anlaufen lassen, und das Gespräch in die Schweiz werde ich anmelden, bevor ich das Haus verlasse. Vielleicht haben wir die Ergebnisse ja sogar schon bis mittags. Das Nachlaßgericht rufe ich an, sobald ich im Büro bin.«

Audrey sah ihn an. »Du hast nicht zufällig noch etwas anderes zu erledigen? Ich meine irgendwelche eigenen Arbeiten?«

»Wenn ich mich recht erinnere, dann hat Fletch auch schon ein- oder zweimal alles stehen und liegen lassen, um mir zu helfen«, antwortete Alston. »Falls ich es bis jetzt noch nicht erwähnt haben sollte, Audrey: Ich war kein besonders strammer Mariner.«

»Mach's gut, Fletch.« Sie küßte ihn auf die Wange. »Danke, daß du den Arsch meines Herrn Gemahls gerettet hast.«

»Zum Teufel mit seinem Arsch«, sagte Fletch. »Seinen Sinn für Humor habe ich gerettet.«

Auf dem Gehweg vor dem Haus sagte Alston Chambers: »Fletch, ich habe über fünfhundert Dollar auf der Bank. Die gehören dir, ganz oder teilweise, wann immer du willst.«

»Pah!« machte Fletch. »Was ist schon Geld? Bedrucktes Papier! Wer braucht denn so was schon?«

Als er im Wagen saß, sagte er durch das Fenster: »Danke, Alston. Ruf dich morgen an.«

»Scheiß doch der Hund drauf!« schimpfte Moxie vor sich hin, als sie sich im Dunkeln auf den Beifahrersitz zwängte. »Du übertriffst sogar noch Freddy Mooney!«

»Bemüh dich nicht, mir den Weg zu zeigen. Ich weiß, wo das Colloquial Theater ist.«

»Noch nie in meinem Leben ist mir ein so verrückter Typ wie du übern Weg gelaufen!«

»Über die Brücke, richtig?«

Sie warf nicht einmal einen flüchtigen Blick in die Richtung, in die sie fuhren.

»Ich mein's ernst, zum Donnerwetter! In den drei Tagen, die ich dich jetzt kenne, hast du nur gejammert. Ich Ärmster! Ich hab' meinen Job verloren, schluchz, schluchz, schluchz! Drei Tage lang hast du mir nichts zu essen gekauft!«

»Orangensaft. Ich habe den Orangensaft gekauft.«

»Für ein Steak und eine Flasche Wein habe ich mit meinem Namen unterschrieben, Freundchen. Mußte mich für die frischgebackene Ehefrau eines Bankangestellten ausgeben, die sich in der Gegend noch nicht auskennt.«

»Du machst das prima.«

*»Du hast fünfzig Dollar – ich hab' ungefähr den gleichen Betrag, für den Rest meines Lebens.«* Selbst für Fletch klang es täuschend echt, wie sie ihn nachahmte. »Und du verduftest einfach und gondelst mit deiner Sportkarre in der Landschaft rum.« Sie schlug mit der Hand auf das Armaturenbrett des MG. »Und ich entdecke eine Brieftasche, die aus deinen dreckigen Jeans raushängt, rufe *Was ist das denn?*, zieh' sie raus, klapp' sie auf, und was tut sich da – genauso überraschend wie der Mount Everest in der Wüste Sahara – vor meinen Augen auf? Bare fünfundzwanzigtausend Dollar in Tausenderscheinchen!«

»Das Geld gehört mir nicht, Moxie. Das habe ich dir doch schon zu Hause erzählt.«

»Du würdest uns ja nicht mal mit einer Kreditkarte was zum Mittagessen spendieren!«

»Ich hab's dir doch erzählt. Das Geld gehört einem James St. E. Crandall.«

»Verliererpech!«

»Fünfundzwanzigtausend Dollar zu verlieren, nennst du einfach nur Pech?«

»Mister Fletcher, dürfte ich Sie darauf hinweisen, daß jemand, der fünfundzwanzigtausend Dollar in bar auf den Bürgersteig fallenlassen kann und sich nicht einmal danach umsieht, auch zu jenen Leuten zählt, die wissen, wo sie ihr nächstes Eis im Glas bekommen?«

»Das weiß ich nicht. Und du ebensowenig.«

»Andererseits weiß ich, daß du nicht weißt, wo du dein nächstes Eis im Glas herbekommst.«

»Das hat damit überhaupt nichts zu tun.«

»Und darum hast du auch einen Umweg von rund einhundertfünfundfünfzig Meilen gemacht, um in diesem gottverlassenen Nest Worrybeads vorbeizufahren, oder wie das auch immer hieß, richtig?«

»Wramrud.«

»Egal. Hier gibt's jedenfalls einen Burschen, der fünfundzwanzigtausend Dollar loszuwerden versucht, obwohl er am Hungertuch nagt. Ist das etwa vernünftig, frage ich dich?«

»Ich nage nicht am Hungertuch.«

»Du hast mit keiner Silbe erwähnt, daß du soviel Geld mit dir herumschleppst. Und was machen wir? Wir übernachten am Strand!«

»Das war prima. Und außerdem habe ich es erwähnt.«

»Jaja. *Also nahm ich die fünfundzwanzigtausend Dollar*. Das hast du gesagt. Ist eigentlich alles, was du sagst, ein Witz? Sind Sie ein Witz, Irwin Fletcher?«

Als sie auf die Brücke fuhren, erhaschte Fletchs Blick auf halbem Weg rechts vor ihm etwas leicht im Wind Flatterndes, ein Stück Stoff.

»Du hörst dich wie eine Ehefrau an«, sagte er.

Sie wandte ihm das von der Armaturenbrettbeleuchtung erhellte Gesicht zu und grinste ihn an. »Hab' gehofft, daß du das sagst. Ich hab's nämlich geprobt.«

Er bremste den Wagen ab.

Es war ein Rock, der da leicht im Wind flatterte. Darunter konnte Fletch ein Bein erkennen, ein sehr weißes Bein, und darüber einen Arm, der an einem Brückenkabel hing.

Er schaltete die Warnblinkanlage des Wagens ein und lenkte ihn soweit wie möglich nach rechts.

»Steig aus, Moxie, und geh, soweit du kannst, aus dem Weg. Bleib nicht vor dem Wagen stehen.«

»Du hältst mitten auf der Brücke?«

»Darum sollst du ja aussteigen und soweit wie möglich aus dem Weg gehen. Es könnte jemand auf den Wagen auffahren.«

»Was ist denn los?«

»Bin gleich zurück.«

Fletch stieg aus und rannte auf der Brücke zurück. Einer der Wagen, die ihm entgegenkamen, war ein Taxi. Er stellte sich ihm in den Weg. Es stoppte.

»Idiot! Wohl verrückt geworden, was?« schrie der Taxifahrer aus dem Fenster. »Verdammter Kerl! Hast wohl nicht alle Tassen im Schrank?«

Fletch beugte sich durchs Fenster. »Haben Sie Funk? CB?«

»Klar. Wer sind Sie?«

»Rufen Sie die Bullen«, sagte Fletch. »Da will jemand runterspringen.«

»Yeah. Oh, yeah.« Der Taxifahrer griff nach dem Mikrofon, das vom Armaturenbrett herunterbaumelte. »Wo?«

»Da.« Fletch wedelte mit dem Arm zum Brückengeländer hinüber und deutete dann auf seinen Wagen. »Würden Sie Ihren Wagen hinter meinen fahren? Ihr Wagen ist besser beleuchtet und hat 'ne Dachleuchte.«

»Klar. Sicher.«

Der Wagen rollte vor. »Wolln Sie etwa da rausklettern?«

»Will versuchen, so nah ranzukommen, daß ich sprechen kann.«

»Jesses. Verrückter Spinner.«

Fletch beobachtete, wie das Taxi mit eingeschalteter Dachleuchte und blinkenden Warnlichtern hinter seinem Wagen hielt. Im Scheinwerferlicht des Taxis sah Moxies Gesicht kreideweiß aus.

Dann stieg Fletch auf das kniehohe Schutzgitter. Als er nach unten schaute, sah er die untere Strebe des I-Trägers und ließ sich darauf herunter. Weit, weit unter ihm konnte er jetzt den Fluß erkennen. Das Mondlicht, die Lichter der Stadt und der Brücke spiegelten sich wabernd in dem öligen, träge dahinfließenden Wasser wider. Um das Wasser brauchte er sich keine Sorgen zu machen, versuchte Fletch sich einzureden, es war viel zu weit entfernt.

Eine L-förmige Strebe führte von der Brücke weg zu einem parallel zur Brückenfahrbahn verlaufenden Kabel von der Stärke eines Abflußrohrs. Er setzte einen Fuß auf die Strebe. Es wehte kein sehr starker Wind, aber immerhin eine leichte Brise, die ausreichte, den Rock der weiter rechts von ihm auf dem Kabel stehenden Frau flattern zu lassen und aufzubauschen.

»Fletch?« rief Moxie hinter ihm mit unverhohlen forschendem Ton, so, als wolle sie ihm gleich darauf eine Frage stellen.

Fletch war jetzt mit beiden Füßen auf der Strebe. Die Hände frei in der Luft richtete er sich gerade auf, ließ sich dann nach vorne fallen und umschlang das Kabel fest mit beiden Armen.

Einen Moment lang, die Wange gegen das Kabel gepreßt, hielt sich Fletch so fest.

»Fletch?« ließ sich Moxie noch einmal vernehmen. »Ich halte jetzt wohl besser meinen Mund, glaube ich.«

Fletch schob sich weiter auf das Kabel hinaus, zog seine Hüften nach. Beim Anblick des weit unter ihm strudelnden Wassers meldete sich sein leerer Magen fragend bei seinem Gehirn. Fletch zog seine Füße näher an das Kabel heran und warf sich, indem er die Füße gegen die Strebe stemmte, hinüber. Sekundenlang schwebten Fuß und Hand in der Luft.

Dann setzte er sich, die Füße auf der Strebe, die Hände zu beiden Seiten auf dem Kabel, die Brise im Gesicht, langsam auf. Auf der Brücke beschwerten sich die Autofahrer hupend über die parkenden Autos. Ihm gegenüber hoben sich Moxie und der Taxifahrer wie Scherenschnitte gegen den Himmel ab.

Von der Frau, die links von ihm auf dem Kabel stand, konnte Fletch immer noch kaum mehr als einen flatternden Rock erkennen. Sie trug nur einen grünen Ballerinaschuh aus Plastik, der andere war verschwunden. Ihre Beine waren bleich, stämmig und voller Krampfadern.

»Hallo«, sagte Fletch lässig.

Die Frau wandte den Kopf. Ein großes, dunkles Augenpaar starrte aus tiefen Höhlen auf ihn herunter. Dichtes, schwarzes Haar umwehte ihr Gesicht.

»Was mögen Sie?« fragte Fletch.

Sie starrte unverwandt auf ihn herab.

»Mögen Sie Schokolade?«

Sie drehte ihr Gesicht wieder in den Wind, in die Dunkelheit, zurück ins Nichts, und sagte irgend etwas.

»Was?« fragte Fletch. »Ich hab' Sie nicht verstanden.«

Unwillig wandte sie ihm erneut ihr Gesicht zu.

»Was mögen Sie denn?« fragte sie. »Los, verraten Sie's mir.«

»Ich mag Schokolade«, antwortete Fletch. »Ich schaue gern Vögeln zu, die im Gras herumhüpfen. Schauen Sie gern Vögeln zu, die im grünen Gras herumhüpfen?«

Sie antwortete etwas, doch ihre Worte verloren sich im Wind.

»Was mögen Sie noch?« fragte Fletch weiter. »Wen sehen Sie gern im Fernsehen?«

Keine Antwort.

»Mike Wallace? Merv Griffin? Wie ist's mit *As The World Turns*? Haben Sie das schon mal gesehen?«

Keine Antwort.

Fletchs Kehle war ausgetrocknet.

»He«, sagte er, »wissen Sie noch, wie ein brandneues Auto riecht? Ein richtig neues?«

Keine Antwort.

»Und wie Lebkuchen duften, wenn sie gebacken werden? Ist das nicht das Größte?«

Sie starrte aus der Höhe auf ihn herab.

»Was hören Sie gern?« fragte er. »Mundharmonika? Geige? Gitarre?«

Keine Antwort.

»Wissen Sie, was ich mag?« fragte er. »Wenn ich eine Zeitungsseite durch die Straßen fegen sehe. Wenn ich im Bett liege und dem Regen zuhöre, so richtig prasselndem Regen. Wenn junge Hunde kläffen. Hören Sie auch manchmal gern, wenn junge Hunde kläffen?«

»He«, sagte die Frau. »Kindchen.«

»Ja?«

»Würden Sie meine Hand nehmen? Ich hab' Scheißangst.«

»Ich auch«, sagte Fletch.

Als sie die Hand nach ihm ausstrecken wollte, begann sie zu wanken.

»Warten Sie'n Moment«, sagte Fletch. »Wir müssen das richtig anfangen.«

Um sich an sie heranzutasten, hätte Fletch die Füße von der Strebe nehmen müssen.

»Setzen Sie sich mal hin«, sagte Fletch. »Da, wo Sie gerade sind. Langsam, vorsichtig.«

Langsam und vorsichtig, das Gesicht der Brücke zugewandt, setzte die Frau sich auf das Kabel. Der grüne Plastikslipper baumelte von ihrem Fuß.

»Halten Sie mich fest«, sagte sie.

Fletch ergriff ihre Hand.

»Warten wir auf die Bullen«, sagte Fletch. »Wir werden auf die Bullen warten.«

»Was, zum Teufel, machen wir eigentlich hier draußen?« fragte die Frau.

»Keine Ahnung«, antwortete Fletch. »Manchmal finden wir uns eben an solchen Orten wieder.«

Sie begann zu zittern. »Ist nicht meine Schuld, wissen Sie. Wirklich nicht.«

»Bestimmt nicht«, sagte Fletch. »Verraten Sie mir, was Sie mögen. Was ist das schönste Buch, daß Sie je gelesen haben?«

»Komische Frage.«

»Also, was ist das schönste Buch, das Sie je gelesen haben?«

»*Black Beauty*«, sagte die Frau.

»Erzählen Sie mir davon.«

Die Frau überlegte einen Augenblick. »Ich kann mich an nichts mehr erinnern«, sagte sie, »nur, daß es mir gefallen hat.«

»He, prima«, sagte Fletch. »Dann lesen Sie's eben noch einmal.«

»Ist wirklich nicht meine Schuld«, sagte die Frau. »Glauben Sie mir.«

»Ich glaube Ihnen ja«, sagte Fletch. »Ich glaube Ihnen ja, glauben Sie mir.«

Und dann kamen zwei Polizeiwagen mit Blaulicht auf die Brükke, dann ein Feuerwehrauto, dann der Rettungswagen. Ein Polizist und dann ein Feuerwehrmann sprachen mit Moxie und dem Taxifahrer.

Der Mann mit dem Feuerwehrhelm rief nach Fletch und der Frau. »Alles klar zum Rüberkommen?«

»Sicher«, antwortete Fletch.

»Alles klar«, sagte die Frau.

Eine auf der Rückseite mit Segeltuch bespannte Leiter wurde zu ihnen herübergelassen und landete zwischen ihnen auf dem Kabel. Ein Feuerwehrmann kletterte zu ihnen herüber, packte die Frau an den Armen und half ihr aufzustehen. Er lenkte ihre Füße auf die Leiter hinauf, stellte sich hinter sie, hielt sie an den Armen fest und drängte sie, wobei fast ihr ganzes Gewicht auf ihm lastete, zum Vorwärtsgehen. Von hinten sah er wie ein Riesenkind aus, das eine Stoffpuppe bewegt.

Auf halben Wege drehte der Feuerwehrmann den Kopf zu Fletch herum. »Soll ich zurückkommen und Sie holen?«

»Lassen Sie mir eine Minute Zeit«, sagte Fletch. »Ich bin gleich da. Stellen Sie schon mal den Kaffeekessel auf.«

Sobald die Frau und der Feuerwehrmann die Leiter verlassen hatten, kroch Fletch auf allen vieren darauf zur Brücke zurück.

»Also wirklich, Moxie«, sagte der in einen leichten, doppelreihigen Blazer gewandete Theaterdirektor, »das verheißt nichts Gutes. Wenn du schon zu einer Cocktailparty so spät kommst, wie soll ich mich denn dann darauf verlassen können, daß du zu den Proben und Vorstellungen pünktlich erscheinst?«

»Wir wurden auf der Brücke behindert«, sagte Fletch.

»Jeder Mensch wird durch eine Brücke behindert«, antwortete der Direktor. »Das haben Brücken so an sich.«

»Wir wurden auf der Brücke aufgehalten«, sagte Moxie.

Das Colloquial, das wie die meisten Theater zu diesem Zeitpunkt keine Phantasiewelt simulierte, sah aus wie eine Mischung aus einem vergammelten Lagerhaus und einer notleidenden Kirche. Auf der einen Seite der Bühne war Gerümpel gestapelt, auf der anderen Seite bedeckten halbverspeiste Käselaibe und jede Menge leere Weinflaschen einen langen, altersschwachen Tisch. Vor der Bühne reihten sich trübselige, zerschlissene, durch Tränen und Gelächter, Tragödie und Komödie ihres Daseins überdrüssig gewordene Sessel aneinander.

Als Moxie und Fletch durch die Seitenkulissen auf die Bühne gekommen waren, hatten andere Mitglieder des Ensembles und des Bühnenpersonals Moxie mit kühl abschätzenden Blicken gemustert und fachkundig ihre Art zu gehen und zu stehen taxiert. Ein mehr persönliches Interesse an ihr hatte außer dem Direktor, der ihr entgegenging, keiner bekundet.

»Wenigstens bist du am Leben«, sagte der Direktor. »Und bist hier. Wir müssen ja schon für jeden noch so kleinen Gunstbeweis dankbar sein.«

»Und ich habe das Textbuch von *In Love* studiert«, sagte Moxie mit kleiner Stimme. »Ich finde es wundervoll, Paul.«

»Morgen wirst du den Autor kennenlernen, hoffe ich«, sagte der Direktor. »Er ist zwar schon heute nachmittag von New York eingeflogen, war aber zu erschöpft, um sich aufzuraffen. Jedenfalls behauptet er das. In Wahrheit, fürchte ich, wird er die Zeit hier drüben nutzen wollen, sich einen lukrativen Job beim Fernsehen zu angeln.« Der Direktor sah mit erhobenen Augenbrauen zu Fletch empor. »Ist das der Junge, den du mir vorstellen wolltest?«

»Das ist Fletch«, sagte Moxie. »Du sagtest mir am Telefon, daß du von Sam nicht übermäßig begeistert wärst...«

Der Direktor trat einen Schritt zurück und musterte Fletch mit immer noch hoch erhobenen Augenbrauen von oben bis unten und wieder zurück, als wollte er seine Anzuggröße abschätzen.

»Sieht gut aus, unverdorben«, sagte der Direktor. »Körperlich würdet ihr wohl gut zusammenpassen, vermute ich.«

»Tun wir«, bestätigte Fletch.

»Was halten Sie davon, nackt zu sein?« fragte der Direktor.

»So bin ich auf die Welt gekommen«, antwortete Fletch.

»Sie sind aber nicht auf einer Bühne zur Welt gekommen«, sagte der Direktor. »Im Gegensatz zur Moxie. Apropos, Moxie, wie geht's denn dem lieben Freddy Mooney, deinem unverwüstlichen Herrn Papa?«

»Unverwüstlich, danke.«

»Aber, mein Gott, badet sich dieser junge Mann hier denn nicht?« fragte der Direktor. »Ich meine, ich weiß ja, daß Dreck auf manche Leute stimulierend wirkt, aber so viele sind das nun auch wieder nicht, daß man damit ein Theater dieser Preisklasse füllen könnte.«

»Bin ich denn dreckig?« fragte Fletch Moxie.

»Rußig«, antwortete Moxie. »Fleckig.«

»Ich könnte schwören, daß ich erst im Herbst geduscht habe.«

»Normalerweise ist er wirklich pieksauber«, sagte Moxie. »Es ist nur so, daß er auf dem Weg hierher...«

»Daß er was?« unterbrach der Direktor. »Rückwärts durch die städtische Müllhalde gerobbt ist?«

»Er hat einer Frau das Leben gerettet«, sagte Moxie. »War ein ziemlich Stück Arbeit.«

»Aber kann er denn überhaupt spielen?« fragte der Direktor.

»Nein«, antwortete Fletch. »Überhaupt nicht.«

»Wie erfrischend, daß Sie das sagen. Da muß ich erst nach Kalifornien kommen, um endlich mal eine neue Platte zu hören: Nein, ich kann nicht spielen. Wenn Sie sich ernsthaft um die männliche Hauptrolle in *In Love* bewerben, Mister Fletch, oder wie Sie auch immer heißen, dann müssen Sie wissen, daß Sie nicht nur einmal, sondern zweimal nackt auf der Bühne zu erscheinen haben. Ich werde darauf achten, daß Sie vor jeder Vorstellung unter die Dusche gehen. Danach können Sie machen, was Sie wollen.«

Fletch wandte sich Moxie zu und fragte sie in ernsthaftem Ton: »Moxie, Liebling, was tust du hier eigentlich?«

»Ihm erzählen, welch großartiger Schauspieler du bist, Fletch.«

»Aber ich kann doch überhaupt nicht spielen.«

»Unsinn«, sagte Moxie, »du hast dein ganzes Leben lang Theater gespielt.«

»Noch nie.«

»Du brauchst den Job, Fletch.«

»Aber keinen als Schauspieler.«

»Wäre doch ein Riesenspaß«, sagte Moxie. »Du und ich.«

»Es wäre die Hölle.«

»Du hast doch gar nichts anderes zu tun.«

»Und ob ich etwas anderes zu tun habe.«

»Und das wäre? Noch mehr Leichen interviewen vielleicht?«

»Moxie?«

»Wie auch immer«, ließ sich der Direktor vernehmen, »du solltest Sam kennenlernen, Moxie, deinen augenblicklichen Hauptdarsteller. Sag mir, was du von ihm hältst. He, Sam!«

Auf der anderen Bühnenseite erhob sich ein junger Mann mit dunklen Haaren und buschigen Augenbrauen von einem Haufen Gerümpel und schlenderte auf sie zu.

»Lackaffe«, sagte der Direktor leise. »Läuft wie ein Orang-Utan mit Tripper. Dicke Oberschenkel. Das Publikum heutzutage mag keine dicken Oberschenkel. Oh, Sam, sag Moxie Moooney guten Tag.«

»Tachchen«, sagte Sam.

»Tachchen«, sagte Moxie.

»Kinderchen, warum gebt ihr euch keinen Kuß zur Begrüßung? Schließlich werdet ihr zusammen arbeiten.«

Moxie und Sam streckten beide ihren Kopf vor, jeder in der Erwartung, vom anderen geküßt zu werden. Nach einigen zaghaften, unbeholfenen Manövern kam schließlich ein Kuß zustande.

»Das geht in die Theatergeschichte ein«, bemerkte der Direktor sarkastisch.

»Es wird sicher Spaß machen, mit Ihnen zu arbeiten«, sagte Moxie.

»Sicher«, sagte Sam. »Ich hab' Ihren Daddy als *King Lear* gesehen. Stimmt es, daß er mal auf einem Jahrmarkt eine Messerstecher-Nummer aufgeführt hat?«

Moxies Augen wurden zu Schlitzen.

»Und schon ist der Funke übergesprungen«, sagte der Direktor. »Welch glückliche Fügung! Ich muß sofort nach Hause eilen und dies alles in meinem Tagebuch für die Nachwelt festhalten.«

»Bis später«, verabschiedete sich Sam.

»Morgen früh zehn Uhr«, sagte der Direktor.

Sam schlenderte hinter der Bühne durch die Kulissen.

Der Direktor seufzte. »Was denkst du?« fragte er Moxie.

»Ich denke nicht«, antwortete Moxie, »ich spiele.«

»Na, wenigstens bist so vernünftig, das einzusehen, Liebes. Ich wünschte, andere Schauspieler wären genauso einsichtig und gäben es auf zu denken, daß sie denken könnten. Hören Sie«, wandte sich der Direktor an Fletch. »Machen Sie sich ein paar gemütliche Tage. Ich glaube nicht, daß aus Sam was wird. Ich hasse es, jemanden wegen seiner dicken Oberschenkel rauszuschmeißen –«

»Wie?« sagte Fletch. »Nein.«

»Okay«, sagte Moxie. »Er ist einverstanden.«

»Euch beide kann ich mir viel besser als Team vorstellen. Ich meine, ihr wärt phantastisch zusammen, wenn einer von euch mal unter die Dusche ginge. Richtig erregendes Schauspiel.«

»Tut mir leid, daß ich mit dreckigem Gesicht auf Ihrer Party erschienen bin«, sagte Fletch.

»Dreck kann durchaus effektvoll sein«, sagte der Direktor. »Vor allem, wenn man Tulpen damit düngt.«

»Können wir jetzt gehen, Moxie?«

»Wir sind doch gerade erst gekommen. Ich habe die Mannschaft noch gar nicht kennengelernt.«

»Ich muß unter die Dusche.«

»Er muß wirklich unter die Dusche, Moxie. Das restliche Ensemble kannst du ja morgen kennenlernen. Versuche um zehn Uhr hier zu sein. Entschuldigungen werden nicht akzeptiert.« Der Direktor deutete auf Fletch. »Bring diesen Jungen nach Hause und säubere ihn!«

»Ich habe dir eine Gefälligkeit erwiesen«, sagte Moxie mehrmals im Laufe des Abends.

Nachdem sie geduscht und Erdnußbutterbrote gegessen hatten, nachdem Fletch Moxie ein zweites Mal erklärt hatte, daß er nicht die Absicht hege, sich als Schauspieler zu versuchen, und sie ihm ein zweites Mal geduldig erklärt hatte, daß er, wenn er es nur versuchen wollte, zweifellos weit besser in der Rolle wäre als Sam, und außerdem geradere Beine hätte, und nachdem sie einander ein zweites Mal körperlich erforscht und sich dann im dunklen Zimmer auf dem Bett ausgestreckt hatten, da fragte Moxie: »Fletcher?«

»Ja, Ma'm?«

»Wo warst du heute morgen?«

»Wann heute morgen?«

»Ich bin um drei Uhr aufgewacht. Da warst du nicht im Bett und auch nicht im Bad. Du warst überhaupt nicht in der Wohnung.«

»Ich bin ausgegangen, um ein bißchen Einbrecher zu spielen.«

»Himmel«, sagte Moxie. »Du hast eine Art dich auszudrücken, daß ich dir fast glauben könnte. Und du willst kein Schauspieler sein, hä?«

»Kein Grund zur Aufregung. Ich bin nicht erwischt worden.«

»Na gut.« Sie räkelte sich, schlang einen Arm und ein Bein um ihn, um bequemer zu liegen. »Ich habe dir eine Gefälligkeit erwiesen. Eine Tausenddollar-Gefälligkeit. Oder eine Vierundzwanzigtausenddollar-Gefälligkeit, je nachdem, wie man's sieht.«

»Was soll das denn nun wieder bedeuten?«

»Ich habe dir tausend Dollar gestohlen. Aus der Brieftasche.«

»Wie? Was meinst du damit?«

»Na, das liegt doch auf der Hand, Fletch. Du würdest, obwohl du's wirklich brauchen könntest, das Geld nicht ausgeben, weil du dem Mann die kompletten fünfundzwanzigtausend Dollar zurückgeben möchtest. Richtig?«

»Richtig.«

»Gut, nun kannst du dem Mann die kompletten fünfundzwanzigtausend Dollar eben nicht mehr zurückgeben. Weil ich nämlich tausend Dollar davon genommen habe. Also kannst du ruhig die einzig logische Konsequenz daraus ziehen und auch den Rest des Geldes für dich behalten. Richtig?«

»Meinst du das ernst?«

»So ernst wie eine plötzlich über Abu Dhabi hereinbrechende Überschwemmung.«

»Unlogisch.«

»Was?«

»Unlogische Argumentation.«

»Kaum.«

»Moxie, du hast tausend Dollar gestohlen, die mir nicht gehören.«

»Richtig. Und dadurch kommst du in den Genuß von vierundzwanzigtausend Dollar.«

»Das ist unmoralisch. Du bist eine Verbrecherin.«

»Ich bin eine vernünftige, kluge Frau.«

»Was hast du mit dem Geld gemacht?«

»Es versteckt.«

»Wo?«

»Wo du's nie finden wirst.«

»Und wo wäre das?«

»Es reicht, wenn ich's weiß, dich geht das nichts an.«

»Du meinst es also ernst.«

»Völlig.«

»Hast du die Absicht, das Geld auszugeben?«

»Wenn ich Lust dazu habe, ja. Wenn es irgend etwas gibt, was ich gerne hätte und was tausend Dollar kostet, gebe ich's aus.«

»Gibt es denn irgendwas, was du gerne hättest und was tausend Dollar kostet?«

»Nicht, daß ich wüßte. Vielleicht fällt mir ja noch was ein. Ich habe das Geld eigentlich nicht gestohlen, um es auszugeben.«

»Oh, ganz sicher nicht. Daran zweifle ich keine Sekunde.«

»Du redest, als ob ich eine verdächtige Person wäre.«

»Du bist keine verdächtige Person. Du bist eine Verbrecherin.«

»Fletcher, wenn du fünfundzwanzigtausend Dollar Bargeld verloren hättest, glaubst du, daß dann irgendwer durchs Land kutschieren und versuchen würde, dir das Geld zurückzugeben?«

»Das möchte ich doch schwer hoffen.«

»Dann bist du ein kaum weniger hirnverbrannter Idealist als Ikarus.«

»Welcher Ikarus?«

»Der Knabe, der mit Flügeln der Sonne entgegenflog, die mit Wachs befestigt waren. Mit Wachs, das schmilzt.«

»Ach so, dieser Ikarus. Dieses Wachs.«

»Hirnverbrannt.«

»Moxie, es gibt so etwas wie einen sozialen Vertrag, ohne den die Welt nicht funktionierte.«

»Mir ist nicht aufgefallen, daß Frank Jaffe oder deine Zeitung sich an irgendeinen sozialen Vertrag mit dir gehalten hätte.«

»Natürlich haben sie das. Ich habe allem Anschein nach Mist gebaut, und sie haben mich rausgeschmissen. Das ist völlig in Ordnung.«

»Du bist von irgendwem bei Wagnall-Phipps hereingelegt worden.«

»Von Charles Blaine. Und Enid Bradley hat versucht, den sozialen Vertrag mit mir einzuhalten. Sie bot mir Geld an als Ausgleich für den Schaden, der mir durch Wagnall-Phipps zugefügt wurde.«

»Hast du's angenommen?«

»Nein.«

»Sieht eher so aus, als hätte sie dir das Geld angeboten, damit du verschwindest.«

»Der Meinung bin ich auch.«

»In diesem sozialen Vertrag steht auch, daß des Verlierers Pech des Finders Glück ist.«

»Wo steht das?«

»Seite 38, Paragraph 74.«

»Das ist der soziale Vertrag für junge Leser zwischen vier und sieben.«

»Ehrlich, Fletch.«

»Moxie, was soll ich machen, wenn ich diesen Mann, diesen James St. E. Crandall, finde und die kompletten fünfundzwanzigtausend Dollar nicht mehr vorweisen kann?«

»Ich habe dir einen Grund dafür geliefert – nennen wir ihn Notlage –, die Suche nach James St. E. Crandall einzustellen. Hast du denn den springenden Punkt nicht kapiert? Du bist dermaßen begriffsstutzig!«

»Und du bist kriminell. Du hast tausend Dollar gestohlen.«

»Ich habe dir eine Gefälligkeit erwiesen.«

»Hör auf, mir Gefälligkeiten zu erweisen. Um sieben Uhr erweist du mir eine Gefälligkeit mit dem Versuch, mir einen Job als Stripteasetänzer an Land zu ziehen. Um elf Uhr erzählst du mir, daß du mir die Gefälligkeit erwiesen hast, mir tausend Dollar zu stehlen. Wie sieht die nächste Gefälligkeit aus, die du mir erweisen wirst? Mir Keuchhusten anzudrehen?«

»Ich werde darüber nachdenken.«

»Himmel noch mal!«

»Du wirst auch darüber nachdenken.«

»Worüber?«

»Über all die netten Gefälligkeiten, die ich dir erwiesen habe. Morgen früh wirst du dich schon viel besser fühlen. Du wirst aufwachen und begreifen, daß du vierundzwanzigtausend Dollar auszugeben hast. Du bist so reich, daß du es dir sogar leisten kannst, im Theater zu arbeiten.«

»Gute Nacht, mein Schatz.«

»Nacht, Geliebter. Träume süß.«

Fletch öffnete die Wohnungstür und blickte unversehens auf sich selbst herab: auf sein von Dreck und Schweiß geschecktes Konterfei auf der Titelseite der *News-Tribune.*

»Oh, nein!«

AUTOFAHRER VERHINDERT SELBSTMORDVERSUCH AUF DER BRÜCKE lautete die Headline über dem Foto.

Das Handtuch um die Hüften geschlungen hob er die Zeitung auf, schloß die Tür und setzte sich auf die Couch im Wohnzimmer.

*Ein aufmerksamer Passant, bereit, unter Einsatz seines Lebens das*

*Leben eines anderen Menschen zu retten, kletterte gestern abend nach Einbruch der Dunkelheit auf das Gerüst der Guilden Street Bridge und brachte eine potentielle Selbstmörderin mittleren Alters durch ein Gespräch auf sicheren Boden zurück.*

*»In dieser Welt sitzen wir doch alle im gleichen Boot«, sagte Irwin Maurice Fletcher, 24.*

*Bis Freitag vergangener Woche war Fletcher Redaktionsmitglied der* News-Tribune.

*Fletcher sagte, als er gerade über die Brücke gefahren wäre, hätte er zufällig den im Wind flatternden Rock der potentiellen Selbstmörderin gesehen ...*

Das Telefon läutete. Immer noch lesend hob Fletch geistesabwesend den Hörer ab.

»Hallo?«

»Fletch? Janey. Frank möchte dich sprechen.«

»Frank wer?«

»Hey, Fletch!« Für einen Montagmorgen klang Frank Jaffes Stimme zu munter. »Du hast Stoff für die Titelseite geliefert.«

»Nicht zum ersten Mal, ehrwürdiger Chefredakteur.«

»Die *News-Tribune* hat dir ganz schön viel Platz gewidmet.«

»Sie liegt auf meinen Knien. Nett von euch Jungs, im dritten Absatz zu erwähnen, daß ihr mich letzte Woche rausgeworfen habt. Trägt ungemein zum seelischen und leiblichen Wohlergehen von Irwin Maurice Fletcher bei.«

»Macht den Eindruck, als ob wir Schweinehunde wären, was?«

»In der Tat.«

»Mußten es erwähnen. Journalistische Sorgfaltspflicht, verstehst du?«

»Mußtet ihr es denn ausgerechnet im Vorspann bringen?«

»Na ja, da gebe ich dir ja recht – das ist nicht ganz astrein. Einige Leute haben dich hier ganz schön auf dem Kieker, falls du es noch nicht wissen solltest. Einer der alten Redakteure überlegte heute morgen laut, warum du die Frau nicht hast springen lassen, damit du sie anschließend interviewen konntest. Nachdem sie ertrunken war, meine ich.«

»Hab' schon kapiert, Frank.«

»Einige von den Jungs haben einen richtig niederträchtigen Humor.«

»Richte ihnen aus, wenn sie sich nicht am Riemen reißen, würde ich sie nach ihrem Ableben nicht interviewen.«

»Ich nehme an, daß du die Headline, die sie eigentlich bringen wollten, nicht erfahren willst.«

»Du gehst recht in der Annahme.«

»Vielleicht willst du sie aber doch erfahren.«

»Das bezweifle ich.«

»Ich meine, wo du doch einen so unbezähmbaren Sinn für Humor hast.«

»Okay, Frank. Heraus damit. Bring mich zum Lachen. Ich habe noch nicht gefrühstückt.«

»Die Headline, die sie bringen wollten, lautet GUILDEN-STREET-BRIDGE-HELD VON DER ZEITUNG IHRES VERTRAUENS GEFEUERT.«

»Viel zu lang für eine Schlagzeile. Warum rufst du an, Frank? Um mir zu gratulieren?«

»Um Himmels willen, nein. Ich hab' ja schon immer gewußt, daß du sogar imstande bist, die Rinde von einem Baum herunterzuquasseln. Also kein großes Kunststück, eine Frau von einer Brücke herunterzuquasseln. Jedenfalls nicht für dich.«

»Warum rufst du also an?«

»Es ist Montagmorgen, und ich bin im Büro.«

»Na und?«

»Du hast vorausgesagt, daß ich nicht da wäre. Du hast Clara Snows Kochkünste schlechtgemacht.«

»Du mußt den Magen eines Ziegenbocks haben, Frank. Seine Hörner hast du ja schon, soviel ich weiß.«

»Um ehrlich zu sein, Fletch, ich habe nachgedacht.«

»Ich kann den Rauch bis hierher riechen.«

»Du schreibst verdammt gut.«

»Wenn ich Gelegenheit dazu habe.«

»Du hast sie. Ich gebe sie dir. Was ich meine, ist, daß dies doch ein grandioser Anlaß für einen Bericht aus erster Hand wäre, verstehst du? Mordsreportage.«

»Unter dem Motto WIE ICH DIE SELBSTMÖRDERIN VON DER BRÜCKE HERUNTERQUASSELTE VON I. M. FLETCHER, meinst du so was in der Richtung?«

»Genau das.«

»Nein, danke, Frank.«

»Warum nicht? Hast du heute schon was anderes vor?«

»Ja.«

»Wir bezahlen dich. Gastschreiber-Honorar.«

Gastschreiber-Honorare bewegten sich an der unteren Grenze des Zumutbaren.

»Toll, danke, Frank. Aber ich arbeite nicht mehr für euch, falls du dich erinnerst?«

»Könnte deinen Ruf ein bißchen aufpolieren.«

»Könnte euch ein paar Zeitungen verkaufen helfen.«

»Auch das.«

»Weißt du was, Frank? Du bist eigentlich gar kein so übler Chefredakteur – auch wenn du diese Story über den Bruder des Pressereferenten des Gouverneurs, der Autos an die Bundespolizei verkaufte, untern Teppich gekehrt hast.«

»Weißt du was, Fletch? Du bist eigentlich gar kein so übler Kerl – auch wenn du Leichen interviewst.«

»Mach's gut, Frank.«

»Du auch, Fletch.«

Als Moxie ins Wohnzimmer kam, warf sie einen Blick auf die Zeitung und sagte: »Du bist nicht vierundzwanzig.«

Fletch, der immer noch auf der Couch saß, schüttelte betrübt den Kopf. »Was wieder mal beweist, daß man nie alles glauben sollte, was in der Zeitung steht.« Er sah zu Moxie auf, die nur mit seinem alten, zerrissenen Baumwollhemd bekleidet war. »Los, zieh dich an. Ich fahre dich ins Theater.«

»Wo ist das Frühstück?« fragte sie.

»Da, wo sich auch dieser Tausenddollarschein befindet, den du gestern aus der Brieftasche gestohlen hast.«

Sie sah ihn scharf an. »Und wo ist das?«

Er zuckte die Achseln. »Wenn ich das bloß wüßte.«

»Sind Sie der Direktor dieser Bank?« fragte Fletch den schmächtigen, in einem abgetragenen Anzug steckenden Mann, der hinter der Absperrung an einem riesigen Schreibtisch saß.

»In der Tat, der bin ich.« Der Mann lächelte ihm aufmunternd zu. »Sie sehen aus wie jemand, der einen Autokredit gebrauchen könnte. Wir können Ihnen ein sehr günstiges Angebot machen.«

»Nein, danke. Ich habe schon einen Autokredit.« Fletch wedelte mit einem Tausenddollarschein. »Ich wüßte gern, ob der hier echt ist.«

Der Direktor sah auf den Schein und winkte Fletch um die Absperrung herum zu sich an den Schreibtisch. Dann faßte er den Schein mit beiden Händen und befühlte ihn wie ein Textilhändler, der einen Stoff prüft. Anschließend betrachtete er ihn eingehend durch seine Brillengläser, wobei er dem Stahlstichporträt von Grover Cleveland besondere Aufmerksamkeit widmete.

»Haben Sie irgendeinen Grund, seine Echtheit anzuzweifeln?« fragte der Direktor.

»Sicher. So einen Schein habe ich vorher noch nie gesehen.«

»Bilder von Grover Cleveland bekommt man auch nicht allzu häufig zu Gesicht.«

»Ach, ist der das? Ich war der Meinung, daß es Karl Marx sein könnte.«

Der Direktor sah ihn schockiert an. »Karl Marx?«

Fletch zuckte die Achseln. »Von dem hab' ich auch noch nicht allzu viele Bilder gesehen.«

Der Direktor kicherte in sich hinein. »Soweit ich sehe, ist er in Ordnung.«

»Würden Sie ihn mir einwechseln?«

»Selbstverständlich.«

Fletch zog einen weiteren Tausenddollarschein aus seiner Jeanstasche. »Den hier auch?«

Den zweiten Tausenddollarschein prüfte der Bankdirektor sogar noch eingehender als den ersten. »Woher haben Sie die?«

»Mein Arbeitgeber ist etwas exzentrisch. Haßt es, Schecks auszustellen.«

»Muß ja ein gutbezahlter Job sein.« Der Direktor musterte Fletch aufmerksam. »Ich habe Sie schon irgendwo gesehen.«

»Tatsächlich?«

»Ihr Bild. Ich habe Ihr Bild irgendwo gesehen – erst kürzlich.«

»Ach, das«, sagte Fletch. »Ich bin auf der Fünftausenddollarnote abgebildet.«

»Vielleicht auf einem Fahndungsplakat?« Der schmächtige Mann lachte. »Wie wollen Sie die Scheine gewechselt haben?«

»Hunderter, Fünfziger, Zwanziger, Zehner, Fünfer.«

Der Bankdirektor stand auf. »Sie wollen also nur, daß man's besser ausgeben kann, richtig?«

»Richtig.«

»Ich bin gleich wieder zurück.«

Das Geldbündel, das der Direktor zu Fletch zurückbrachte, war dicker, als er erwartet hatte. Der Direktor zählte Fletch das Geld noch einmal auf dem Schreibtisch vor.

»Vielen Dank.« Fletch hatte Schwierigkeiten, die Scheine in den Taschen seiner Jeans zu verstauen.

»Ich bin wirklich ein wenig verunsichert.« Der Direktor sah Fletch nochmals prüfend ins Gesicht. »Ich habe irgendwo Ihr Bild gesehen – heute morgen, glaube ich.«

»Haben Sie die Witzseite gelesen?«

»Ja«, antwortete der Direktor. »Im Bus.«

»Dann muß es dort gewesen sein«, sagte Fletch.

»Wann ist der Anzug fertig?«

»In zehn Tagen.«

»Zu spät.«

»Wann benötigen Sie ihn?«

»Am Mittwoch.«

»Heute ist bereits Montag.«

»Dann am Donnerstagmorgen.«

»Wir werden sehen, was wir tun können.«

In einem sehr teuren Herrengeschäft hatte Fletch außer einem maßgeschneiderten Straßenanzug in dezentem Blau noch Hemden, Schuhe, Krawatten, Tennisschuhe, Shorts, Sporthemden und einen Koffer gekauft.

»Fahren Sie in Urlaub?« fragte der Verkäufer.

»Ja«, antwortete Fletch. »Außer dem Anzug möchte ich alles sofort mitnehmen.«

»Gewiß, Mister Fletcher. Wie möchten Sie bezahlen? Sie können uns gerne einen Scheck geben.«

»Bar.« Fletch zog ein Bündel Scheine aus seinen Jeans.

»Ausgezeichnet, Sir. Ich werde alles für Sie einpacken lassen.«

»Nicht nötig. Ich packe einfach alles in den Koffer.«

»Wie Sie wünschen.«

Während der Verkäufer die Rechnung ausschrieb und das Wechselgeld abzählte, packte Fletch den Koffer.

»Mister Fletcher«, sagte der Verkäufer zögernd. »Ich wüßte gerne, ob Sie wohl ein Geschenk des Hauses annehmen würden.«

»Ein Geschenk?«

»Was Sie da gestern abend getan haben – diese Frau von der Brücke herunterzuholen –, das war wirklich großartig.«

»Das wissen Sie.«

»Das wissen alle.« Die Augen des Verkäufers beschäftigten sich eingehend mit dem dunklen Teppichboden. »Unsere Kassiererin befand sich letztes Jahr in einer ähnlichen Notsituation. Verstehen Sie, keiner wußte, keiner begriff...«

»Die Leute lesen also wirklich Zeitung.«

»Wir sind stolz, Sie zu unseren Kunden zählen zu dürfen.«

Wie Fletch erst jetzt bemerkte, standen noch weitere Verkäufer um ihn herum und beobachteten ihn.

Der Verkäufer überreichte Fletch ein Etui mit Bürste und Kamm, die in Silber gefaßt waren.

»Wau«, machte Fletch.

»Sie wurden in England hergestellt«, sagte der Verkäufer.

»Sehr nett.« Fletch schüttelte dem Verkäufer die Hand. »Wirklich sehr nett von Ihnen.«

»Es kommt so selten vor, daß einer sich um den anderen bemüht...« Der Verkäufer schien verlegen.

»Ich danke Ihnen«, sagte Fletch.

Den Koffer in der einen Hand, das Etui mit Bürste und Kamm in der anderen, schickte sich Fletch an, den Laden zu verlassen.

Alle Verkäufer lächelten ihm zu, als er an ihnen vorüberging, und applaudierten.

»Sie wollen doch gar nicht nach San Orlando«, sagte die stark geschminkte Frau in der eng anliegenden Kostümjacke. An der Wand des Reisebüros hingen Plakate, die Acapulco, Athen, Nizza, Neapel, Edinburgh, Amsterdam und Rio de Janeiro anpriesen. Am liebsten wäre Fletch überall hingefahren.

»Ich muß«, antwortete Fletch.

»Kein Mensch muß nach San Orlando.« Sie hielt den Telefonhörer am Ohr und wartete auf die Auskunft der Fluggesellschaft. »Wissen Sie eigentlich, wo San Orlando liegt? Weit unten an der mexikanischen Küste. Dauert ewig, um dahin zu kommen. Die sind mit den Bauarbeiten noch gar nicht fertig. Haben gerade erst damit angefangen. Nur ein Hotel. Der Ort ist unerträglich heiß, staubig – hallo?« Sie notierte die Auskunft der Fluggesellschaft. »Grauenvoll ist das«, sagte sie, als sie den Hörer auflegte. »Grauenvolle Verbindungen auf der ganzen Strecke. Die Reise ist das viele Geld, das sie kostet, im Moment nicht wert. Wenn Sie ein paar Jahre warten würden, bis die den Ort hergerichtet haben...«

An den Schalter gelehnt informierte sie Fletch über die grauenvollen Verbindungen nach San Orlando und die Reisekosten.

»Prima«, sagte Fletch. »Buchen Sie bitte für eine Person.«

»Für eine Person?« Die Frau sah ehrlich schockiert aus.

»Eine«, wiederholte Fletch.

»Junger Mann«, sagte die Frau. »Ist es denn wirklich *so* schlimm, ein Held zu sein?« Sie ließ sich an dem kleinen Schreibtisch hinter dem Schalter nieder. »Rückreise wann?«

»Mittwoch.«

»Mittwoch? Heute ist doch schon Montag.«

»Muß einen neuen Anzug abholen«, sagte Fletch. »Am Donnerstagmorgen.«

Sie spannte das Flugticketformular in die Schreibmaschine ein. »Was sich doch so manche Leute unter Vergnügen vorstellen! Na ja, wahrscheinlich sind sie mit allem einverstanden, solange sie dem Reisebüro die Schuld dafür in die Schuhe schieben können.«

»Hey, Fletch«, antwortete Alston Chambers am anderen Ende der Telefonleitung. »Bist ja schon wieder ein arbeitsloser Held.«

Fletch, der in seiner Wohnung auf der Couch saß, stellte den Kaffeebecher genau über sein Konterfei auf der Titelseite der *News-Tribune*. Moxie hatte die Zeitung auf dem Couchtisch liegengelassen.

»Allmählich glaube ich, daß das dein Normalzustand ist«, sagte Alston. »Heldenhaft arbeitslos.«

»Ach, Quatsch. Nicht der Rede wert.«

»Mich hätte man nicht mal für eine Million Dollar auf dieses Brückenkabel da rausgekriegt. Nicht für eine Million plus Gefahrenzulage. Schon gar nicht bei Dunkelheit.«

»Ehrlich gesagt hab' ich gar nicht groß nachgedacht, ob ich's tun soll. Ich hab's einfach getan.«

»Ein Glück, daß du so unbekümmert bist, Fletch.«

»Rufe ich zu früh an?« Auf Fletchs Uhr war es halb drei.

»Nee, nee. Ich habe die US-Botschaft in Genf angerufen, bevor ich von zu Hause weg bin, und noch vor zwölf hatten sie hier zurückgerufen. War der Name, den du mir genannt hast, Thomas Bradley, B–r–a–d–l–e–y?«

»Exakt.«

»In der Schweiz ist kein amerikanischer Bürger namens Thomas Bradley gestorben.«

»Zu keiner Zeit?«

»Zu keiner Zeit.«

»In der Schweiz ist zu keiner Zeit ein Thomas Bradley gestorben?« Fletch bewunderte seinen neuen Koffer, der gleich hinter der Wohnungstür auf dem Fußboden stand. »Sind sie auch über Todesfälle in Privatsanatorien informiert?«

»Sie behaupten ja. Sie versicherten mir, ihre Unterlagen über Todesfälle im Inland wären hundertprozentig vollständig. Halte ich durchaus für glaubhaft.«

»Auch, wenn der Bursche verbrannt wurde?«

»Ich hatte sie gebeten, Todesfälle und Begräbnisse, Überführungen und dergleichen unter allen Begleitumständen zu überprüfen. Hinter der Gründlichkeit, mit der die Schweizer alles dokumentieren, kann sich der Rest der Welt schamhaft verstecken, weißt du. Wo immer dein Mann auch gestorben sein mag, in der Schweiz war es jedenfalls nicht. Hast du die Ankündigung in den Mittagnachrichten gehört, daß dich der Bürgermeister zum ›Guten Bürger des Monats‹ ernennen will?«

»Der Monat ist noch nicht um. Was ist mit der Asche, die ich dir gegeben habe?«

»Ja, richtig. Die habe ich auf dem Weg ins Büro im Polizeilabor gelassen. Warum hast du mir die eigentlich gegeben?«

»Was ist dabei herausgekommen?«

»Herausgekommen ist, daß einer der netten Weißkittel-Herren anrief, als ich vom Mittagessen zurück war, und sich erkundigte, ob der D.A. wirklich ernsthaft den Wunsch gehabt hätte, daß diese Asche analysiert würde. Ich habe dem Herrn hoch und heilig versichert, daß dem so gewesen sei. Allerdings habe ich ihm verschwiegen, daß ich mit D.A. einen dämlichen Armleuchter namens Fletch gemeint habe.«

»Alston –«

»Teppich.«

»Was?«

»Teppich. Brücke, verstehst du? Die Asche stammt von einem dicht geknüpften Teppich hoher Qualität. Vermutlich Perser.«

»Ein Teppich?«

»Ein Quantum Petroleum, heißt es hier, vermutlich Kerosin, etwas Holzasche, vermutlich Kiefer, und eine Spur Erde und Sand.«

»Können sich diese Burschen denn nicht auch mal irren?«

»Hör zu, Fletch, diese Burschen erledigen bei allem, was in diesem

Bundesstaat nach Brandstiftung riecht, die Laborarbeit. Wenn die einen verbrannten Teppich vor die Nase kriegen, dann identifizieren sie ihn auch. Sie waren äußerst neugierig, welchen Brandstiftungsfall wir gerade bearbeiten. Ach, übrigens, Fletch, welchen Brandstiftungsfall bearbeiten wir eigentlich gerade?«

»Mir ist keiner bekannt.«

»Verbrennt Moxie etwa die Familienerbstücke, damit sie eine Rolle in der *Walküre* bekommt?«

»So was Ähnliches.«

»Fletch, hatte Audrey recht?«

»Vermutlich. Womit?«

»Bist du an einer Mordgeschichte dran?«

»Das weiß ich im Moment noch nicht.«

»Und was weißt du im Moment?«

»Im Moment weiß ich...« Fletch überlegte einen Augenblick. »...daß Thomas Bradley ein Teppich war.«

*Liebe Moxie,*

*bin nach Mexiko geflogen, um einen Mann wegen eines Teppichs aufzusuchen. Versuche, dir selbst was zum Abendessen zu besorgen. Solltest du etwas aus dem Kühlschrank nehmen, dann hinterlege bitte einen 1000-Dollar-Schein im Eisfach. Bin wahrscheinlich Mittwochabend zurück.*

*– F.*

Die spätmorgendliche Sonne, die über dem Pazifischen Ozean und dem weißen Sandstrand von San Orlando flimmerte, mußte jeden blenden und irritieren, der den größten Teil der vorangegangenen Nacht damit zugebracht hatte, wie ein Kaninchen mit offenen Augen in Flugzeugen vor sich hinzudösen. Fletch war morgens um Viertel vor drei im Hotel eingetroffen, hatte feststellen müssen, daß es nichts mehr zu essen gab, war nach drei Stunden Schlaf aufgewacht und vor lauter Hunger nicht wieder eingeschlafen, hatte dann im Hotel-Pool herumgepaddelt, bis um sieben Uhr der Frühstücksraum öffnete, wo er ein Steak, Eier mit Speck, einheimischen Fisch und gebratene Tomaten verzehrte, war dann an den Strand gegangen und wieder eingeschlafen.

Die Frau im Reisebüro hatte recht gehabt. Die Flugverbindungen waren grauenvoll gewesen: Drei verschiedene Flüge, und jeder Zwischenaufenthalt hatte länger gedauert als der jeweilige Flug selbst. Sie hatte recht damit gehabt, daß Puerto de San Orlando noch eine einzige Baustelle wäre: Am Hotel fehlten noch ganze Wände; aus Zementblökken wucherndes Unkraut prägte das Landschaftsbild; Trampelpfade führten von der eingerichteten Bar zum Speisesaal und Pool. Der Lärm von stampfenden Bulldozern, schlagenden Hämmern, kreischenden Sägen erfüllte die staubige Luft. Und sie hatte auch recht gehabt mit der unerträglichen Hitze in San Orlando.

Am späten Vormittag setzte sich Fletch an einen Zweiertisch in der palmgedeckten, rundum offenen Strandbar und bestellte ein Bier. Ihm war heiß, und das Bier war lauwarm. Seine Augen brannten von den drei Jet-Hopsern während der vergangenen Nacht, von dem auf Meer und Sand gleißenden Sonnenlicht, vom Schwimmen im Salzwasser. Langsam trank er sein Bier aus und bestellte dann eine Coca-Cola. Sie war auch nur lauwarm.

Kurz vor zwölf sah er Charles Blaine in buntkarierten Bermudas, gelbem Polohemd und Sandalen und mit einer schweren Hornbrille auf der Nase aus dem bogenförmigen Hoteleingang herauskommen und über den Sand auf die Strandbar zustapfen. Als Blaine in den Schatten des Palmdaches trat, blieb er stehen und schaute sich um. Seine Augen streiften Fletch, der nur mit einer Badehose bekleidet am Tisch saß, blinzelten und kehrten zu Fletch zurück. Blaine runzelte mißbilligend die Stirn wie ein Rechnungsprüfer, der in Geschäftsbüchern, die ihm nicht ganz einwandfrei erscheinen, mit dem Rotstift herumkritzelte. Er wandte sich zum Gehen, besann sich aber offensichtlich eines Besseren, blickte nochmals zu Fletch, zögerte noch, kam dann aber doch auf Fletchs Tisch zu.

»Sie würden einen guten Rechnungsprüfer abgeben«, sagte Charles Blaine zu Fletch. »Sie lassen nicht locker.«

Fletch blickte aufs Meer hinaus. »Ich würde auch einen guten Reporter abgeben. Ein Jammer, daß ich weder den einen noch den anderen Job bekommen kann.«

Blaine legte die Hand auf den anderen Stuhl. »Soll ich mich setzen?«

»Ich bin nicht nach San Orlando gekommen, um Wasser zu trinken«, sagte Fletch gemächlich.

Blaine setzte sich.

»Einen Drink?« fragte Fletch. »Warmes Bier oder warme Cola?«

»Gin-Tonic.«

»Klingt gut«, sagte Fletch. »Für mich auch.«

»In Mexiko gibt es ausgezeichneten Lime«, empfahl Blaine.

»Das will ich hoffen.«

Sie bestellten bei der jungen Bedienung, deren Hüften an ihr klebten wie ein Lavastrom an einem Vulkan.

»Schöner Urlaub?« erkundigte sich Fletch.

»Ja, danke.«

»Bißchen weit weg vom Schuß, Ihr Urlaubsort.«

»Ist nicht allzu teuer – wenn man erst mal hier ist«, erwiderte Charles Blaine und zählte dann für alles, was es in Puerto de San Orlando, Mexiko, zu kaufen gab – alles Eßbare, jedes Getränk, jedes Kleidungsstück und jedes Souvenir –, die Preise auf, sowohl in Pesos als auch in Dollars.

»Was macht Ihr Nervenzusammenbruch?« fragte Fletch.

»Habe ich denn einen?«

»Enid Bradley behauptete es jedenfalls.«

»Wirklich? Schon möglich, daß einer von uns einen Nervenzusammenbruch hat – entweder Enid oder ich.«

»Sie behauptet, daß Sie ihn hätten. Sie sagt, Sie hätten so sehr an Ihrem Mann gehangen, daß Sie ihn einfach nicht in Frieden ruhen lassen, sich nicht mit seinem Tod abfinden könnten. Sie redeten immer noch in der Gegenwartsform von ihm.«

»Ich an Thomas Bradley gehangen?«

»Stimmt das denn nicht?«

»Thomas Bradley war mein Chef. Ich habe an ihm ebenso gehangen, wie ich an meinem Schreibtisch, meinem Stuhl, meinem Aktenschrank und meiner Rechenmaschine hänge. Er war ein notwendiger Teil des Büroinventars und in meinem Leben ebenso auswechselbar wie jeder andere Chef.«

»Es gibt gewisse Anzeichen dafür«, sagte Fletch, »daß Sie so versessen darauf sind, die Legende, Thomas Bradley sei noch am Leben, fortbestehen zu lassen, daß Sie nicht einmal davor zurückschrecken, Aktennotizen von ihm zu fälschen.«

Ein kleines, seltsames Lächeln huschte über Blaines Gesicht.

»Warum sind Sie hergekommen, Fletcher? Was wollen Sie erfahren?«

Fletch sah Charles Blaine mit unschuldiger Miene an. »War Thomas Bradley wirklich ein Teppich?«

Blaine runzelte die Augenbrauen. »Ich kann Ihnen nicht folgen.«

»Wundert mich nicht. Ich kann Ihnen nämlich auch nicht folgen.«

Blaine leerte sein Glas und signalisierte der Bedienung, ihm einen neuen Drink zu bringen. »Wer zum Säufer werden will, braucht nur in Mexiko Urlaub zu machen. Hier ist es heiß und trocken, und die Anweisung, das Wasser nicht zu trinken, ist eine hervorragende Reklame. Ich schätze, daß die Umsätze mit mexikanischem Schnaps hier nur deswegen rund dreihundert Prozent höher liegen als vielleicht anderswo, weil das mexikanische Wasser für seine durchschlagende Wirkung berühmt ist.«

»Niemand ist zynischer als ein guter Rechnungsprüfer.«

»Das stimmt«, antwortete Blaine. »Oder ein guter Reporter, nehme ich an.«

»Wenn wir beide so gut sind«, sagte Fletch, »wie kommt es dann, daß wir hier am Ende der Welt hocken und bei unseren Arbeitgebern ungefähr genauso beliebt sind wie Kopfschmerzen und Ohrensausen?«

Blaine nippte an seinem neuen Drink. »Soll das, was Sie vorhin sagten, bedeuten, daß Sie Ihren Job losgeworden sind?«

»Ich bin meinen Job losgeworden. Ich bin meine Karriere losgeworden. Ich könnte nicht einmal mehr einen Job bei der *Leavenworth Levity* bekommen.«

»Gibt's so eine Zeitung überhaupt?«

»Die Tante Ihrer Frau erzählte, daß Sie ein umbarmherziger Pedant seien.«

»Happy? Sie haben mit Happy gesprochen?«

»Natürlich. Sonst hätte ich Sie ja nicht gefunden.«

»Die Tante meiner Frau ist etwas ...«

»... unbekümmert?«

»Yeah.«

»Eine reizende Dame. Was nach Fletchs Definition bedeutet, daß sie mich verpflegt hat.«

»Es überrascht mich, daß Sie die Mittel hatten, hierher zu kommen«, sagte Blaine. »Ich meine die finanziellen Mittel. Das Geld.«

»Habe ich gar nicht. Bezahlt Wagnall-Phipps Ihren sogenannten Urlaub?«

»Ja«, gab Blaine zu.

»Ich bin froh, daß Enid Bradley Ihnen nicht befohlen hat, Ihren Nervenzusammenbruch auf McDonald Island auszukurieren.«

»Wo ist das denn?«

»Wie wär's, Mister Blaine, wenn Sie jetzt mal aufhörten, auf

Nebensächlichkeiten herumzureiten, und sich statt dessen auf das Wesentliche konzentrierten?«

Charles Blaine nickte, als ob er sich nach langwierigen Verhandlungen schließlich mit den schwierigen Vertragsbedingungen einverstanden erklärte. »Also gut.« Er lehnte sich in seinem Stuhl zurück. »Ich schätze, ich muß mich bei Ihnen entschuldigen.«

»Na, endlich kommen wir der Sache näher.«

»Ich gestehe, daß ich Sie benutzt habe. Vorsätzlich. Nicht Sie persönlich, diese Sache tut mir leid. Nein, ich benutzte die Presse. Ich fand es wohl ganz in Ordnung, mich der Presse zu bedienen. Der Gedanke, daß hinter den Medien ja Menschen stehen, Menschen aus Fleisch und Blut, die man verletzen, zerstören kann, dieser Gedanke ist mir nicht gekommen, das habe ich vergessen.«

»So was Dummes«, sagte Fletch. »Jetzt habe ich doch glatt vergessen, meine Violine mitzubringen.«

»Das war eine Entschuldigung.«

»Sie können sie als vorläufig angenommen betrachten. Und jetzt bitte zu den Fakten.«

»Und eben die kenne ich nicht«, sagte Blaine. »Die möchte ich ja gerade herausfinden. Sie können mir kaum die Schuld geben.«

»Auch darüber wird später zu entscheiden sein.«

»Okay, ich arbeitete – arbeite – für Wagnall-Phipps Inc. Keines der vierzig Spitzenunternehmen der Welt, aber ein hübscher, solider kleiner Konzern, der einen einträglichen Profit abwirft. Thomas Bradley, der Gründer, der Motor und der Verwaltungsratsvorsitzende des Unternehmens. Ein feinfühliger, ein zurückhaltender Mann, ein guter Geschäftsmann. Zurückhaltend, wenn man von den langen, schmutzigen Geschichten absieht, die er gern erzählte.«

»Sie mochten seine schmutzigen Witze nicht?«

»Die meisten habe ich gar nicht verstanden. Meine Frau und ich führen ein ziemlich – wie soll ich sagen? – konventionelles Leben. Seit jeher.« Blaine nieste.

»Daran zweifle ich nicht.«

»Ein tüchtiger Geschäftsmann. Er und Enid waren zwanzig oder mehr Jahre verheiratet. Zwei Kinder.«

»Das ist mir alles bekannt.«

»Ist geritten, um sich fit zu halten, oder weil's ihm Spaß machte oder ... aus welchen Gründen man auch immer reitet.«

»Gut für die Verdauung.«

»Dann hörte ich, daß er krank wäre.«

»Von wem? Wann?«

»Nun ja, von Alex Corcoran, der, falls Sie es noch nicht wissen, Präsident von Wagnall-Phipps ist.«

»Weiß ich.«

»Neben Alex Corcoran sieht natürlich fast jeder krank aus. Er ist ein kräftiger, blühender Mann, spielt nahezu an jedem Tag der Woche Golf. Aber dagegen ist nichts einzuwenden. Auf dem Golfplatz bringt er Wagnall-Phipps mehr Geld ein als alle anderen Verkäufer zusammen.«

»Wann erwähnte Alex Ihnen gegenüber, daß er Bradley für krank hielt.«

»Vor zwei Jahren ungefähr. Ich weiß es nicht, ehrlich. Ich glaube eigentlich sogar, daß es mir schon selbst aufgefallen war.«

»Was aufgefallen?«

»Bei Tom? Er verlor an Gewicht. Er schien ... noch zurückhaltender zu werden. Verschlossener. Irgendwie machte er einen gequälten Eindruck. Ich weiß es wirklich nicht.«

»Und Sie schlossen daraus, daß mit ihm irgend etwas nicht in Ordnung sein könne.«

»Richtig. Dann kam die Mitteilung, daß er zu medizinischen Behandlungen, die längere Zeit dauern würden, nach Europa führe. Einzelheiten wurden nicht mitgeteilt. Und das konnte in einem solchen Fall doch wohl nur das Schlimmste bedeuten. Krebs.«

»Soweit Ihnen bekannt ist, verlangte also niemand eine genaue Erklärung.«

»Natürlich nicht. Es wurde verkündet, daß Enid Bradley während seiner Abwesenheit stellvertretend den Vorsitz im Verwaltungsrat übernehmen würde. Und das hat sie auch ganz prima gemacht. Es kam zwar manchmal vor, daß sie auf meine Fragen nicht sofort eine Antwort wußte oder noch unschlüssig war, aber am nächsten Morgen hatte sie dann immer die Antwort parat, und die stellte sich auch stets als die richtige heraus.«

»Wie erklärten Sie sich das? Dachten Sie vielleicht, daß sie über Nacht mit Thomas Bradley gesprochen hätte?«

»Ja, das dachte ich. Zu Anfang jedenfalls. Ich hatte auch keinerlei Grund, daran zu zweifeln, weil ich morgens oftmals, etwa ein oder zweimal die Woche, ziemlich ausführliche Aktennotizen von Bradley erhielt – ich meine von Thomas Bradley. Da standen keine persönlichen Dinge drin, sondern nur Sachen, die Finanzinterna von Wagnall-Phipps betrafen.«

»Was meinen Sie mit *erhalten?* Mit der Post? Von wo?«

»Nein. Sie lagen einfach auf meinem Schreibtisch. Ich nahm an, daß Enid Bradley sie mit ins Büro gebracht und mir hingelegt hatte.«

»Okay. Der Bursche lag also irgendwo, vielleicht in Europa, im Krankenhaus, hielt mit seiner Frau telefonisch Kontakt und behielt seine Finger im Geschäft, indem er seinem Finanzdirektor ausführliche Aktennotizen zukommen ließ.«

»Ja. Dann, an einem Freitagnachmittag im letzten November, ging das Gerücht im Büro um, daß Thomas Bradley gestorben wäre. Haben Sie eine Ahnung, wie sich Gerüchte in einem Büro verbreiten?«

»Fragen Sie den Mann, der eins ist. Ein Gerücht, meine ich.«

»Im Grunde sagt niemand etwas. Aber der Geräuschpegel, die Stimmung in einem Büro verändert sich. Die Leute bewegen sich anders. Ihr Gesichtsausdruck verändert sich. Manchmal bildet man sich auch nur ein, daß etwas nicht stimmt, und versucht dann herauszukriegen, was nicht stimmt. Verstehen Sie, was ich meine?«

»Klar. Aber ich kann nicht verstehen, daß ein pedantischer Mensch wie Sie die Dinge einfach auf sich beruhen läßt. Gerade von Ihnen würde ich erwarten, daß Sie nicht locker lassen, wenn sich irgendwo ein Verdachtsmoment findet.«

»Das habe ich ja getan. Ich war beunruhigt, ängstlich. Gegen acht Uhr an jenem Abend rief ich Alex Corcoran an. Nun, wie soll ich es ausdrücken? Er hatte getrunken. Er klang schrecklich erregt. Er bestätigte meinen Verdacht.«

»Er sagte Ihnen, daß Thomas Bradley gestorben wäre?«

»Ja. Er konnte nur mit Mühe sprechen, atmete unregelmäßig. Er sagte, daß Enid jetzt eine schrecklich schwere Zeit durchmachte, und bat mich, nicht mit Enid darüber zu sprechen. Sie wäre sehr tapfer, wollte keine Beileidsbezeugungen, keine Blumen, plante auch keinen Trauergottesdienst.«

»Und das kam Ihnen merkwürdig vor.«

»Nicht unbedingt. Die Bradleys waren sehr ruhige, etwas introvertierte Leute. Sie hatten, soweit ich weiß, nur wenige Freunde, wenn überhaupt welche. Ihr gesellschaftlicher Kontakt zu den Leuten im Büro war oberflächlich, wenn Sie verstehen, was ich meine. Wie auch immer, Alex bat mich, auf eine etwas betrunkene Art und Weise, Enid nicht auf den Tod ihres Mannes anzusprechen.«

»Und das taten Sie dann auch nicht.«

»Nein. Ich war nur überrascht, sie am Montag im Büro anzutreffen. Erst am Dienstag reiste sie in die Schweiz.«

»Wissen Sie, daß sie in die Schweiz reiste?«

»Lassen Sie mich nachdenken. Ich weiß, daß Alex Corcoran sagte, sie führe in die Schweiz.«

»Weil Thomas Bradley dort gestorben wäre?«

»Ja. So habe ich es wenigstens verstanden.«

»Wie lange war sie fort.«

»Oh, sie kam am Ende der darauffolgenden Woche wieder. Donnerstag oder Freitag.«

»Also ungefähr zehn Tage.«

»Zehn Tage. Und daran war ja auch nichts Ungewöhnliches. Aber als intelligenter Mensch fragte ich mich wie jeder Angestellter, ob intelligent oder nicht, wie sich Toms Tod wohl auf das Unternehmen auswirken würde.«

»Und wie wirkte er sich aus?«

»Null. Außer der Mitteilung, die mir Alex Corcoran gemacht hatte, wurde niemals offiziell bestätigt, daß Thomas Bradley gestorben war.«

»Und das akzeptierten Sie.«

»Nur mehr oder weniger. Ich meine, Enid ist keine warmherzige Frau, aber man sollte doch wenigstens erwarten, daß sie für ihren toten Ehemann irgendwo eine Blume pflanzt. Außerdem wurde sie weiterhin als stellvertretende Vorsitzende geführt und nicht als Vorsitzende.«

»Das leuchtet mir ein. Francine ...«

»An der Routine änderte sich nichts. Ich meine, ich hatte natürlich finanzielle Verschiebungen innerhalb des Unternehmens erwartet, kleine Warnsignale, wie zum Beispiel eine Reduzierung der Kosten, Veräußerung von Vermögenswerten, Veränderungen im Aktienbesitz. Nichts dergleichen. Das Aktienkapital wird freilich von einer Einrichtung gehalten, die sich Bradley Family Company nennt.«

»Sie sprechen von den Erbschaftssteuern, Nachlaßsteuern oder wie die auch heißen, die gezahlt werden müssen.«

»Ich vermutete, daß die Familie genügend Privatvermögen besäße, um die Steuern zu zahlen, und darum das Firmenkapital nicht angreifen müßte.«

»Ist das wahrscheinlich?«

»Es ist möglich. Die Bradleys waren nie sehr verschwenderisch. Soweit ich weiß, besitzt die Familie ein Haus, vier Autos und ein

Pferd. Wieviel mag es wohl kosten, ein Pferd durchzufüttern? Zu den privaten Ausgaben kommen lediglich noch die Studiengelder für den Sohn hinzu.«

»Und die könnte man genauso gut zum Fenster hinauswerfen.«

»Wie kommen Sie darauf?«

»Bis hierher, Mister Blaine, ist also alles einleuchtend.«

»Keineswegs. Ich sagte ja bereits, daß sich an der Routine nichts änderte. Fragte man Enid Bradley um Rat, wußte sie offenkundig nie, was sie antworten sollte, was sie tun sollte, wie sie entscheiden sollte. Aber am folgenden Tag hatte sie dann die Antworten für mich, die richtigen, wie sich immer wieder herausstellte.«

»Und sie telefonierte nicht mit ihrem Ehemann?«

»Es sei denn, die Telefongesellschaft hätte einen technologischen Fortschritt erzielt, den sie noch geheimhält.« Charles Blaine lachte so über seinen eigenen Witz, daß sein Bauch bebte.

»Wissen Sie über Thomas Bradleys Schwester Francine Bescheid?«

»Ja. Ich habe gehört, daß sie und Tom sich sehr nahestanden. Sie soll eine clevere Geschäftsfrau sein, und Tom soll sie häufig zu Rate gezogen haben.«

»Also könnte Francice Enid geraten haben, wie sie das Unternehmen leiten soll.«

»Ja, das nehme ich an.«

»Ist Ihnen bekannt, daß Enid möglicherweise nur für Francine die Stellung hält? Daß Francine möglicherweise herüberkommt, um Wagnall-Phipps zu übernehmen?«

Charles Blaine lächelte. »Ich habe den Eindruck, Fletcher, daß Sie mittlerweile mehr über das Unternehmen wissen als bei unserem Gespräch in der vergangenen Woche.«

»Ich hole in dieser Woche nach, was ich schätzungsweise schon vor zwei Wochen hätte tun sollen. Aber ehrlich gesagt bin ich immer noch nicht davon überzeugt, daß eine zwölf Absätze lange Story über eine unbedeutende kleine Firma wie Wagnall-Phipps diese Mühe wert ist.«

»Warum lassen Sie's denn dann nicht bleiben?«

»Weil ich die Mühe wert bin. Ich bin ein guter Reporter.«

Blaine schob seine Brille zurück, die auf seiner schweißnassen Nase heruntergerutscht war. »Ja, ich weiß über Francine Bescheid. Und ich stimme Ihrer Vermutung zu, daß sie Enid beraten hat. Logisch. Vernünftig.«

»Ich danke Ihnen.«

»Aber das ist noch keine Erklärung für die Aktennotizen.«

»Womit wir nun endlich bei den Aktennotizen angekommen wären.«

»Die Aktennotizen trafen auch weiterhin ein. Zunächst nahm ich an, daß sie noch unterwegs gewesen wären – mit Verspätung bei mir einträfen.«

»Wieder eine logische Schlußfolgerung.«

»Bis sie sich dann auf Vorgänge in der Firma bezogen, die sich erst nach Thomas Bradleys Tod abspielten.«

»Nach.«

»Ich sagte doch *nach,* verdammt noch mal, *nach.«*

»Gespenstisch.«

»Genug zumindest, um einen neugierig zu machen.«

»Das möchte ich meinen.«

»Mit Initialen versehen, versteht sich. Nicht unterschrieben. Jeder kann Initialen nachmachen. Sie haben die Aktennotizen ja gesehen. Sie haben auch die Initialen gesehen.«

»In der Tat, ja. Darum geht's ja im Grunde. Daß Sie mir nämlich diese Dinger gezeigt haben.«

»Wollen Sie mir etwa meine Neugier vorwerfen? Sie waren ja nicht nur wie gewöhnlich mit den Initialen unterzeichnet, sondern immer auch im selben Stil abgefaßt. Obwohl ich darin kein Experte bin. Ich habe Ihnen absichtlich Aktennotizen vorgelegt, die aus der Zeit vor und nach der Mitteilung über seinen Tod stammten. Konnten Sie vielleicht einen Unterschied entdecken?«

»Danke der Nachfrage, aber man hat mich leider nicht aufgefordert, auf irgendwelche Unterschiede zu achten.«

»Ich war neugierig.«

»Konnten Sie auch sein. Haben Sie irgendwen auf diese Aktennotizen angesprochen?«

»Ja, ich habe Alex Corcoran davon erzählt. Er schien keine Silbe von dem zu verstehen, was ich sagte. Er hat mich noch nie verstanden. Ich glaube, ich rede nicht laut genug für ihn oder so was.«

»Aber irgendwie mußte er doch reagieren. Sie haben ihm die Aktennotizen doch gezeigt, oder?«

»Er hat kaum einen Blick darauf geworfen. Er verstand nicht, was ich sagte. Er hörte gar nicht zu. Ich bin zweimal zu ihm hingegangen, versuchte ihm klarzumachen, was ich meinte. Schließlich sagte er, *Verdammt noch mal, lassen Sie Enid in Ruhe, ja?«*

»Und haben Sie das?«

»Ich bin ein Angestellter, Mister Fletcher.«

»Okay, Mister Blaine. Welche Vermutung schien Ihnen zu jenem Zeitpunkt die wahrscheinlichste zu sein? Vorausgesetzt natürlich, daß Sie nicht daran glauben, gewisse Leute hätten das Privileg, Aktennotizen aus dem Jenseits zu schicken.«

»Ich stelle nicht gerne Vermutungen an. Ich halte mich lieber an die Fakten.«

»Sie haben etliche Monate mit dieser gespenstischen Situation gelebt.«

»Nur wenige Monate.«

»Was haben Sie sich gedacht?«

»Naheliegenderweise dachte ich, daß entweder Enid Bradley die ganze Zeit über die Aktennotizen geschrieben und mit den Initialen ihres Mannes unterzeichnet hatte, um ihnen mehr Gewicht, mehr Autorität zu verleihen, wissen Sie, oder ...« Blaine zuckte die Achseln.

»Die Spannung raubt mir fast den Atem.«

»... oder, daß die Aktennotizen die ganze Zeit über von seiner Schwester, von Francine, geschrieben worden sind, die seine Initialen fälschte, oder ...«

»Mit zwei Riemen läßt sich ein Boot rudern.«

»... oder, daß Thomas Bradley gar nicht tot war.«

»Mit drei Riemen rudern wir im Kreis.«

»Was meinen Sie damit?«

»Sie hätten die Initialen auch selbst fälschen können.«

»Warum hätte ich das tun sollen?«

»Weil Sie verrückt sind.«

»Aus Ihrer Sicht gesehen ist diese Möglichkeit vermutlich nicht von der Hand zu weisen.«

»Welche Vermutung schien Ihnen die wahrscheinlichste zu sein?«

»Sie haben eine andere Möglichkeit außer acht gelassen, Mister Fletcher. Eine, die mich sehr beunruhigte. Ich weiß nicht, ob Sie das verstehen können. Ich halte mich für einen verantwortungsbewußten Geschäftsmann. Ich bin ein amtlich zugelassener Wirtschaftsprüfer. Diese andere Möglichkeit hat mich nächtelang nicht schlafen lassen.«

»Und die wäre?«

»Daß ein gänzlich Unbekannter die Firma leitete, über Enid Bradley. Irgendeine völlig verantwortungslose Person, die dazu keinerlei rechtliche Befugnisse hatte. Enid wäre nicht die erste Witwe, die einem skrupellosen, ehrgeizigen Parvenü, Wahrsager, Gigolo oder was auch immer in die Hände fällt.«

»Klangen die Aktennotizen denn danach? Waren sie ohne Sachverstand, ohne Verantwortungsgefühl formuliert?«

»Nein. Aber manche Betrüger sind ganz schön gerissen, nach meiner Erfahrung zumindest. Ein Wahrsager, oder wie man ihn auch nennen mag, kann in neun von zehn Fällen recht haben. Und dann geht bei der zehnten Anweisung, die man befolgt, alles in die Hose.«

»Nun ja, Mister Blaine, diese Möglichkeit ist mir bislang noch nicht in den Sinn gekommen.«

»Aber mir. Und sie beunruhigt mich. Während unseres Gesprächs haben Sie mich schon mehrfach als pedantischen Menschen bezeichnet. Ein wahrheitsliebender Mensch, das bin ich. Hier ging offensichtlich etwas Merkwürdiges vor, und ich mußte herausfinden, was das war.«

»Und da kommt dieser Reporter von *News-Tribune* anspaziert –«

»Und ich habe Ihnen in aller Offenheit gezeigt, mit welchem Instrumentarium die Firma Wagnall-Phipps in Wirklichkeit geleitet wird.«

»Mit Aktennotizen eines Toten.«

»Ja.«

»Allerdings ging Ihre Wahrheitsliebe nicht soweit, mir zu sagen, worum es sich handelt. Sie haben mir nicht erzählt, daß Bradley tot ist.«

»Dafür muß ich mich entschuldigen.«

»›Huch‹, sagte der Henker erschrocken, nachdem er die Falltür geöffnet hatte.«

»Mir ist nie in den Sinn gekommen, daß man Sie entlassen könnte. Ich gebe zu, daß ich Sie benutzt habe. Ich habe versucht, diese Angelegenheit publik zu machen, sie aufzuklären. Ich trage schließlich Verantwortung. Wer, zum Teufel, leitet Wagnall-Phipps?«

»Mister Blaine, wer profitiert vom Tode Thomas Bradleys?«

»Das weiß ich nicht. Soweit ich es überblicken kann, niemand. Das Aktienkapital von Wagnall-Phipps ist im Besitz eines Art Familienfonds, dessen genaue Konstruktion ich nicht kenne. Und ob Bradley irgendeine Lebensversicherung hatte, weiß ich nicht. Und ebensowenig weiß ich, wer emotionell von seinem Tod profitieren könnte.«

»Interessanter Aspekt: emotionell.«

»Wollen Sie damit etwa andeuten, daß er möglicherweise ermordet wurde?«

»Mister Blaine, ich habe eine Überraschung für Sie. Können Sie eine Überraschung verkraften?«

»Ich wäre dankbar für ein paar Antworten.«

»Eine Antwort habe ich nicht. Nur eine Überraschung.«

»Welche?«

»Thomas Bradley ist nicht in der Schweiz gestorben. Ich habe es nachgeprüft.«

Charles Blaine starrte Fletch eine ganze Weile an. »Das ist wohl eher eine Frage als eine Antwort, oder?«

»Genau.«

Blaine beugte sich vor und stützte die Ellbogen auf den Tisch. »Um Ihre Frage präziser zu beantworten: Finanziell gesehen wäre wohl, fürchte ich, der Fiskus Hauptnutznießer von Thomas Bradleys Tod.«

»Und Sie sagten, Sie können keine Anzeichen dafür entdecken, daß Erbschaftssteuern gezahlt wurden.«

»Genau. Noch eine Sorge mehr. Ich habe nicht die Absicht, an einem Steuerbetrug mitzuwirken. Ich möchte nicht einmal den Anschein erwecken, als ob ich an einem Steuerbetrug mitgewirkt hätte.«

»Völlig klar«, sagte Fletch. »Besser, meine Karriere wird ruiniert als Ihre.«

Schwitzend, das Gesicht gerötet, lehnte sich Blaine wieder zurück. »Tut mir leid, daß Sie es so interpretieren. Kein Wunder. Ich habe einen großen Fehler gemacht.«

»Na, na, nun machen Sie sich mal keine allzu großen Gedanken darüber. Ist ja nur Öl auf Entenfedern.«

Blaine betrachtete sein leeres Glas. »Diesen Ausdruck verstehe ich nicht. Was passiert, wenn man Öl auf Entenfedern gießt?«

»Die Ente geht unter.«

»Oh.« Blaine ließ seinen Blick langsam über den Strand schweifen, der jetzt zur Mittagszeit menschenleer war. »Wir scheinen nicht schlauer zu sein als zu Anfang unseres Gesprächs, was?«

»Hat Enid Bradley Ihnen gegenüber jemals ausdrücklich erklärt, daß ihr Mann tot sei?«

»Ja. Vergangenen Donnerstag. Nachdem Ihr Zeitungsartikel erschienen war. Kurz bevor sie mich für verrückt erklärte und darauf bestand, daß Mary und ich einen hübschen langen Urlaub in diesem mexikanischen Paradies verbringen.« Blaine nieste und lachte dann.

»Hat denn Enid Bradley Puerto de San Orlando ausgesucht?«

»Ja. Sie bezahlt.«

»Aber Sie waren doch vorher schon einmal in Mexiko.«

Blaine nieste erneut. »In Acapulco.«
»Aha.«
»Ein fades Nest ist das hier. Wann reisen Sie zurück?«
»Vor morgen mittag kann ich keine Maschine bekommen.«
»Was wollen Sie bis dahin unternehmen?«
»Am Strand dösen, schätze ich.«
»Würden Sie Mary und mir erlauben, Sie heute abend zum Dinner einzuladen?«
»Gewiß. Nett von Ihnen.«
»Das kann man eigentlich nicht sagen«, meinte Blaine. »Mir scheint, daß ich Ihnen, ohne es wirklich zu wollen, beträchtlichen Schaden zugefügt habe.« Er erhob sich. »Ist Ihnen neun Uhr recht?«
»Bis dann«, sagte Fletch.
»Im Terrassenrestaurant des Hotels.« Blaine streckte Fletch die Hand entgegen. »Wollen wir nicht mit diesem ›Mister Blaine – Mister Fletcher‹-Blödsinn aufhören? Wir beide sind, fürchte ich, demselben Unfall zum Opfer gefallen – oder ich habe Sie in meinen Unfall verwickelt oder so ähnlich.«
Fletch erhob sich ebenfalls und schüttelte ihm die Hand. »Okay, Charley.«
»Soll ich Sie Irwin nennen?«
»Nur, wenn Sie das Dinner nicht mehr erleben wollen. Ich höre nur auf Fletch.«
Blaine beugte sich zu Fletch herüber, durch die Brillengläser wirkten seine Augen unnatürlich groß. »Fletch, bin ich verrückt oder ist die Welt verrückt?«
»Das, so scheint mir, ist eine überaus kluge Frage.«

Drei Personen, Mary Blaine, Charles Blaine und Fletch, beim Dinner auf der Hotelterrasse unter dem Sternenhimmel von Puerto de San Orlando, Mexiko.
Charles: Gin-Tonics, bitte, mit Lime.
Fletch (zu Mary Blaine): Ich habe Ihre Tante kennengelernt. Eine ausgesprochen nette Dame. Sie hat mir etwas zu essen gegeben.
Mary: Ist sie nicht großartig? Sie sagt, sie wäre schon als glückli-

cher Mensch auf die Welt gekommen, und ich glaube ihr das. Diese Frau hat soviel Leid, soviel Tragisches erlebt und ist trotzdem tagein, tagaus glücklich.

Fletch: Ich weiß, daß sie Happy genannt wird. Wie ist ihr richtiger Name?

Mary: Mabel.

Mary: Seht euch doch nur den Mond an.

Charles: Sogar in Puerto de San Orlando sind, wie ich befürchte, die Preise pro Warenartikel ein wenig höher als notwendig. Ich weiß zwar, daß es ein neuer Urlaubsort ist oder besser: ein Urlaubsort in spe, und daß die mexikanische Regierung bemüht ist, Touristen hierher zu locken, Aber dennoch wage ich zu behaupten, daß man ein paar Kilometer landeinwärts, in einigen der echten Dörfer, alles, vom Lime bis zu Antiquitäten, zum halben Preis finden wird...«

Charles: Gin-Tonics, bitte. Mit Lime.

Mary: An Enid Bradley ist irgend etwas Unnatürliches. Ich meine, sie ist die einzige moderne Frau, die ich kenne, die mit einem Korsett auf die Welt gekommen zu sein scheint.

Fletch: Tom Bradley stammt aus Dallas, Texas, nicht wahr?

Mary: Sie meinen von dort, wo Männer noch echte Männer sind?

Charles: Ich weiß es nicht.

Mary: Enid sieht immer so aus, als fürchte sie sich entsetzlich vor dem, was im nächsten Augenblick geschehen könnte – wissen Sie, als ob sie Angst hätte, daß gleich irgend jemand etwas Unanständiges sagen könnte.

Charles: Was ihr Mann ja auch für gewöhnlich tut. Tat, meine ich.

Charles: Gin-Tonics. Lime.

Mary: Seht euch doch nur die Monde an.

Charles: Habe ich heute morgen nicht etwas über Leute gesagt, Fletch, die in Mexiko Urlaub machen und dreimal soviel Alkohol trinken wie sonst? Die verdienen hier eine schöne Stange Geld damit, daß wir Angst haben, das hiesige Wasser zu trinken.

Mary: Ich kann mir einfach nicht vorstellen, meine ich, daß sich jemals irgendwer mit Enid Bradley im Bett amüsiert hat. Ich meine, ich kann mir Enid Bradley einfach nicht ohne ihre Gesundheitsschuhe vorstellen.

(Mary: Ist das nicht romatisch, Charley? Sieh dir doch nur mal die Monde im Meer an. Ich habe eine Idee. Warum bringen wir diesen netten Jungen nicht ins Bett?)

Charley: Ich glaube, wir sollten das Essen bestellen, meinst du nicht auch, Mary?

Fletch: Ist Thomas Bradley tot?

Mary: Warum sollte er denn nicht tot sein?

Charles: Ehrlich gesagt, ich glaube es nicht. Ich glaube, daß er sich ein paar grobe Unregelmäßigkeiten zuschulden kommen ließ und beschloß, sich aus dem Staub zu machen. Das Problem ist nur, daß ich nicht entdecken kann, welche groben Unregelmäßigkeiten er sich zuschulden kommen ließ. Als Finanzdirektor von Wagnall-Phipps habe ich die verdammte Pflicht, das herauszufinden. Ich bin ein amtlich zugelassener Wirtschaftsprüfer und kann keine Fehler entdecken. Bitte verzeihen Sie mir, Fletch. Bitte haben Sie Verständnis. Das alles macht mir sehr große Sorgen.

Mary: Er ist tot. Nur trauert niemand besonders um ihn.

Als er am späten Mittwochabend in seine Wohnung zurückkam, fand Fletch auf dem Couchtisch außer Rechnungen und Reklamesendungen eine Nachricht und drei interessante Briefe vor.

*F.–*

*Deine Ex, Linda, hat angerufen. Ich habe ihr erzählt, daß du mit deiner Yacht auf Kreuzfahrt nach Mexiko bist.*

*– M.*

*Lieber Mister Fletcher:*

*Der Bürgermeister hat sein Amt davon unterrichtet, daß er Sie in Anerkennung Ihrer Heldentat, unter Einsatz Ihres Lebens am Sonntagabend auf der Guilden Street Bridge das Leben eines Mitbürgers zu retten, mit dem Preis ›Guter Bürger des Monats‹ auszuzeichnen gedenkt.*

*Die Zeremonie wird am Freitag pünktlich um zehn Uhr im Bürgermeisteramt stattfinden.*

*Sie haben sich am Freitagmorgen pünktlich um acht Uhr dreißig bei Mrs. Goldovsky im Bürgermeisteramt, Rathaus, zu melden. Mrs. Goldovsky wird Sie davon in Kenntnis setzen, was Sie während und nach der Zeremonie zu tun und zu sagen haben. Der Termin mit Mrs. Goldovsky ist strikt einzuhalten, jegliche Verspätung ist unzulässig.*

*Die Zeremonie wird in Form einer Pressekonferenz abgehalten, das heißt, daß Mitglieder der Presse – Reporter, Fotografen und Kameraleute – anwesend sein werden. Ihr Erscheinen in normaler Straßenkleidung ist angezeigt.*

*Hochachtungsvoll*
*Amt des Bürgermeisters*

*Lieber Mister Fletcher –*

*ich habe gelesen, wie Sie diese Frau von der Brücke gerettet haben. Ich muß auch gerettet werden. Meine Eltern behandeln mich furchtbar schlecht. Sie sind noch nie mit mir ins FANTAZYLAND gefahren – noch nicht ein einziges Mal in meinem ganzen Leben. Bitte kommen Sie schnell und retten Sie mich.*

*Tommy Adresse oben*

*Lieber Mister Fletcher:*

*Obwohl ich sicherlich zu jenen Millionen Menschen gehöre, die Ihre Heldentat vom Sonntagabend, als Sie jene schwangere Frau vor einem Selbstmord bewahrten, rühmen, wissen wahrscheinlich nur mein Mitarbeiter, der in diesem Hotel tätige Mister Smith, und ich, daß Sie kein vollkommen ehrlicher Mensch sind. Heute morgen brachte der* Chronicle *einen Bericht über Ihre Tat. Es ist uns gelungen, auf Ihrem Bild den Mann wiederzuerkennen, der mich am vergangenen Donnerstag in meinem Büro aufsuchte und sich als Geoffrey Armistad vorstellte. Sie zeigten uns eine Brieftasche, die Sie nach Ihren Angaben irgendwo außerhalb des Hotelgeländes gefunden hatten. Sie enthielt fünfundzwanzigtausend Dollar Bargeld und gehörte augenscheinlich einem vor kurzem in diesem Hotel abgestiegenen Gast, einen Mister James St. E. Crandall. Diese Namen haben wir der Polizei genannt, als wir ihr diesen Zwischenfall meldeten. Sie haben uns nachdrücklich versichert, daß auch Sie der Polizei Meldung erstatten würden. Dies haben Sie offenkundig nicht getan. In Wahrheit haben Sie, wie die Zeitung berichtete, vergangenen Freitag Ihren Job bei der* News Tribune *aufgegeben. (Uns haben Sie erklärt, Sie arbeiteten als Parkwächter.) All dies beweist uns, daß Sie nicht die Absicht haben, das Geld seinem rechtmäßigen Besitzer zurückzugeben. Mister Smith und ich betrachten es jedoch als nur recht und billig, Sie darauf aufmerksam zu machen, daß wir die Angelegenheit unsererseits aufgeklärt und der Polizei Ihren richtigen Namen und, nach zweiminütiger Suche im Telefonbuch, auch Ihre richtige Adresse mitgeteilt haben. Sie wird sich zweifellos mit Ihnen in Verbindung setzen und Sie bitten, ihr das Geld auszuhändigen, bis eine ordnungsgemäße Übergabe erfolgen kann.*

*Ihr sehr ergebener*
*Jacques Cavalier*
*Direktor*
*Park Worth Hotel*

»Wo sind die tausend Dollar?«

»Welch reizende Begrüßung!« Kurz vor Mitternacht stand Moxie in der Wohnungstür und ließ ihre Flugtasche auf den Boden fallen. Der Reißverschluß der Tasche war kaputt, und aus der Tasche quollen das Textbuch, ein Turnschuh und ein Handtuch.

»Hallo«, sagte Fletch vom Sofa her.

»Hallo.«

»Du siehst schachmatt aus.«

»Bin ich auch. Habe seit Mittag geprobt. Und du siehst aus, als hätte dich ein Sonnenbrand schachmatt gesetzt. O nein! Das ist ja wirklich ein Sonnenbrand!«

Sie betrachtete ihn in der schummrigen Wohnzimmerbeleuchtung wie eine Kosmetikerin.

»Das ist ein richtiger Sonnenbrand. Bin am Strand eingeschlafen.«

»Hast du ihn überall?«

»Wo überall?«

»Überall auf deinem Astralleib.«

»Nein. Danke der Nachfrage.«

»Dann ist es ja gut. Dann wird er ja wohl noch vor der Premiere abgeklungen sein. Morgen auf der Probe wirst du zwar noch etwas ulkig aussehen, aber das ist alles.«

»Ich gehe morgen nicht zur Probe.«

»Fletch, du mußt.«

»Ach, wirklich?«

»Sam ist einfach unmöglich in der Rolle. Er stellt sich dermaßen unbeholfen an. Und ist so was von eingebildet.«

»Und nicht zu vergessen, daß er mit dicken Oberschenkeln oder so was Ähnlichem gestraft ist.«

»Man könnte meinen, er spielt in *Endstation Sehnsucht.* Ihm fehlt jegliches Timing für Komik. Ich habe Paul versprochen, daß du morgen ganz bestimmt zur Probe kommst.«

»Paul, dem Direktor?«

»Paul, dem Direktor. Er ist so nett, dir eine Chance zu geben, obwohl er weiß, daß du noch nie richtig gespielt hast. Auf der Bühne, meine ich.«

»Ich werde morgen ganz bestimmt nicht im Theater sein. Weder morgen noch morgen, noch morgen. Ist das nicht aus irgendeinem Stück?«

»So ähnlich. Ich hab' dir ja gesagt, daß du spielen kannst.«

»Ich habe heute schon einmal Striptease machen müssen. Und das ohne Musik.«

Moxie nahm irgendwelche Sachen aus ihrer Flugtasche und verstreute sie auf dem Fußboden. »Womit du sagen willst, daß dich eine Horde mexikanischer Pfadfinderinnen entführt und vergewaltigt hat – richtig?«

»So ähnlich. Der Zoll. Auf der Rückreise. Der Zoll der Vereinigten Staaten. Sie zerrten mich in einen kleinen Raum, befahlen mir, mich auszuziehen, und fingen dann an, in allen meinen Spalten und Öffnungen herumzustochern und zu wühlen.«

»Im Ernst?«

»Mir kam es jedenfalls so vor. Hat mir keinen sonderlichen Spaß gemacht. Sie haben sogar meine Stiefel, meinen Koffer und meine Zähne durchleuchtet.«

»Das ist ja schrecklich.«

»Über zwei Stunden haben sie sich mit mir beschäftigt. Oder in mir.«

»Aus welchem Grund?«

»Sie wollten einfach nicht glauben, daß jemand in meinem Alter mit drei verschiedenen Flugzeugen nach Puerto de San Orlando, Mexiko, fliegt und mit drei verschiedenen Flugzeugen wieder zurück, nur um dreißig Stunden am Strand zu liegen. Ich habe ihnen erzählt, daß ich ein paar freie Tage gehabt hätte.«

»Wahrscheinlich dachten sie, daß du Drogen oder so was schmuggelst.«

»So was.« Fletch schnickte mit dem Finger gegen den Brief des Bürgermeisteramtes, der auf dem Couchtisch lag. »Wohl kaum die feine Art, den ›Guten Bürger des Monats‹ zu behandeln.«

Moxie kniete sich neben Fletch aufs Sofa und nahm seinen Kopf in ihre Arme. »Ach, mein armer Fletch. Konntest du wenigstens auf Kommando einen fahren lassen?«

»Es hat natürlich nicht gerade dazu beigetragen, sie von meiner Unschuld zu überzeugen, daß ich über eintausend Dollar in bar in meiner Tasche hatte.«

»Haben sie sich zum Schluß wenigstens beim ›Guten Bürger‹ entschuldigt?«

»Sie sagten, daß sie mich das nächste Mal schon schnappen würden. Dürfte ich jetzt vielleicht nach dem Verbleib der tausend Dollar fragen?«

»Welche tausend Dollar?«

»Die tausend Dollar, die du aus der Brieftasche genommen hast.«

»Oh, diese tausend Dollar.«

»Genau jene.«

»Ich habe einen Sweater gekauft.«

»Einen Tausend-Dollar-Sweater?«

»Einen Rock. Ein paar Schallplatten. Und etwas Mettwurst. Möchtest du ein Mettwurst-Sandwich?«

»Wir leben weit über unsere Verhältnisse.«

»Und ein Auto.«

»Ein Auto.«

»Ein kleines Auto. Sogar noch kleiner als deins.«

»Was für ein Auto?«

»Gelb.«

»Ein *gelbes* Auto. Verstehe.«

»Und es macht so hübsch Tüt-tüt.«

»Also ein kleines gelbes Auto mit einer Hupe. Habe ich das soweit richtig verstanden?«

»Einen Motor hat es vermutlich auch. Jedenfalls funktioniert der Zündschlüssel.«

»Wie tröstlich. Man sollte nie nach dem Motor schauen, bevor der Zündschlüssel nicht funktioniert. Könnte Unglück bringen.«

»Ich brauchte einen Wagen. Um beweglich zu sein, verstehst du.«

»Die tausend Dollar sind also weg.«

»Aber keine Spur! Ich habe einen Rock, einen Sweater, ein paar Schallplatten – ein paar tolle Schallplatten –, ein Auto und etwas Mettwurst. Das kann man doch nicht *weg* nennen, so, als ob ich das Geld aus dem Fenster geworfen hätte. Willst du ein Mettwurst-Sandwich?«

»Klar.«

In der Küche strich Moxie den Senf so dünn auf die Mettwurst, daß kaum ein Hauch davon zu sehen war.

»Soll der etwa reichen, bis alle Menschen in Freiheit leben?« fragte Fletch.

»Wer?«

»Der Senf.« Er nahm ihr das Glas und das Messer weg und klatschte eine ordentliche Portion Senf auf die Sandwiches.

Als sie am Küchentisch saßen, fragte sie: »Was hast du in Mexiko gemacht? Ich meine, außer Diamanten und Drogen zu schmuggeln und auf deiner Yacht herzumzukreuzen?«

»Ich wollte Charles Blaine besuchen, den Vizepräsidenten und Finanzdirektor von Wagnall-Phipps.«

»Oh.«

»Und er erzählte mir«, sagte Fletch, während er die oberen Brothälften so sorgfältig auf die unteren setzte, daß sie nicht herunterrutschen konnten, »daß er die Aktennotizen von einem toten Mann erhalten hätte.«

»Kommt mir vor, als hätte ich das schon mal in der Zeitung gelesen. So was Ähnliches jedenfalls.«

»Indirekt ja, vermute ich.«

»Was ist dann das Neue dran?«

»Daß er die Aktennotizen offensichtlich nicht von einem toten Mann erhalten hat.«

»Wie schön, das von dir zu hören. Eine Weile hast du mich richtig verunsichert.«

»Fragt sich nur, von wem er die Aktennotizen erhalten hat.«

»Muß wohl Madame Polanka gewesen sein.«

»Muß wohl.« Er reichte ihr ein Sandwich. »Wer ist Madame Polanka?«

»Ein Medium in San Francisco. Sie übermittelt Nachrichten aus dem Jenseits. Mannomann. Viel zuviel Senf.«

»Wer hat, obwohl Thomas Bradley schon tot war, immer noch mit seinem Namen unterzeichnete Aktennotizen geschrieben?«

»Vielleicht eine Sekretärin aus alter Gewohnheit?«

»Wer leitet Wagnall-Phipps?«

»Wen interessiert das schon?«

»Wahrscheinlich nahmen sie an, daß sich niemand dafür interessieren würde – nicht übermäßig jedenfalls.«

»Da hatten sie ja auch recht. Wer sind ›sie‹?«

»Die großen ›sie‹. Keinen blassen Schimmer.«

»Aber du interessierst dich dafür.«

»Ich muß mich entweder dafür interessieren oder mich für eine komplette Null halten, verstehst du.«

»Puh! Was für eine Alternative! Ein Jemand sein oder kein Niemand sein... wie reimt sich das denn zusammen? Entweder ein Jemand sein oder ein Jemand...? Mein Gott! Da komme ich nicht mehr mit.«

»Etwas ist faul im Staate Dänemark. Ist das dasselbe Stück?«

»Nichts ist faul im Staate Dänemark«, widersprach Moxie. »Ich bin dort gewesen. In Dänemark würde mir garantiert niemand ein Mettwurst-Sandwich anbieten, vor dem sogar die Mettwurst zu flüchten versucht.«

»Charles Blaine interessiert sich auch dafür, wer Wagnall-Phipps leitet.«

»Fletch, ist dir eigentlich noch nie der Gedanke gekommen – nur so am Rande –, daß du dich vielleicht ein wenig in die Sache verbissen hast?«

»Es kommt nicht alle Tage vor, daß einem Aktennotizen von einem Toten präsentiert werden.«

»Das gebe ich zu.«

»Und es kommt auch nicht alle Tage vor, hoffentlich, daß durch eben diese mysteriösen Aktennotizen die Karriere eines Menschen ruiniert wird.«

»Du bleibst also dabei, daß dein unwiderstehlicher Drang, den Verfasser dieser Aktennotizen und seine Motive aufzuspüren, berechtigt ist?«

»Dabei bleibe ich.«

»Warum vergißt du nicht einfach diese ganze hirnrissige Geschichte, kommst morgen zu den Proben, versuchst dich als Hauptdarsteller von *In Love,* arbeitest fleißig mit mir zusammen und sonnst dich in einem überwältigenden Erfolg? Du könntest dir am Theater eine völlig neue Karriere aufbauen.«

»Bestimmt. Und selbst dann wäre ich immer noch als jener Journalist bekannt, den man rausgeschmissen hat, weil er einen Toten zitierte.«

»Dann komme wenigstens morgen zur Probe.«

»Kann nicht.«

»Wieso nicht?«

»Fliege nach New York.«

»Du fliegst nach New York? Das kannst du nicht.«

»Und ob ich das kann. Habe einen frühen Flug gebucht, während ich auf dich wartete.«

»Warum fliegst du nach New York?«

»Weil in diese ganze Geschichte noch eine Person verwickelt ist, die ich bis jetzt nicht kenne – Tom Bradleys Schwester Francine.«

»Was kann die denn schon darüber wissen? Sie sitzt doch am anderen Ende des Kontinents!«

»Ja, weiß ich. Aber sie ist meiner Meinung nach die einzige, die von Bradleys Tod profitiert. Es sei denn, daß du mehr der Theorie zuneigst, Mrs. Bradley profitiere emotionell, weil sie den alten Knaben losgeworden sei.«

»Ich neige überhaupt keiner Theorie zu. Außer der, daß irgendwann einmal der Zeitpunkt kommt, an dem man aufgeben muß! Und über diesen Zeitpunkt bist du schon lange hinaus!«

»Francine Bradley«, sagte Fletch geduldig, »wird irgendwann herüberkommen und die Leitung von Wagnall-Phipps übernehmen. Tom Bradley hat sich jahrelang von ihr beraten lassen. Enid Bradley läßt sich von ihr beraten. Meinst du nicht auch, daß ich ihr wenigstens mal in die Augen schauen und den Versuch machen sollte, ihre Einstellung zu der ganzen Sache zu erfahren?«

»Ich fürchte, sie wird zurückschauen und dich einen Trottel nennen. Das wird sich alles als Schreibfehler herausstellen, Fletch.«

»Das glaube ich nicht. Und Charles Blaine glaubt es auch nicht.«

»Wie dem auch sei, heute morgen wurde in der *News-Trib* angekündigt, daß du am Freitag im Bürgermeisteramt als ›Guter Junge der Woche‹ geehrt wirst.«

»›Guter Bürger des Monats‹, wenn's beliebt.«

»Du kannst nicht nach New York fliegen. Du hast eine Verabredung mit dem Bürgermeister.«

»Der Bürgermeister hat eine Verabredung mit der Presse. Ich glaube kaum, daß ich dabeisein werde.«

»Um Himmels willen, warum denn nicht? Wenn wir zum Freitag bekanntgeben könnten, daß du ein Ensemblemitglied von *In Love* bist, das im Colloquial Theater demnächst Premiere hat –«

»Jeder macht es auf seine Weise.«

»Ganz recht.«

»Ich werde am Freitag in New York sein. Du hast dein Sandwich nicht gegessen.«

Moxie stieß ihren Teller beiseite. »Deine kulinarischen Fähigkeiten reichen für Mettwurst-Sandwiches noch nicht aus, Fletch. Bleibst wohl besser noch eine Weile bei Ernußbutter-Sandwiches.«

Der Pförtner des exklusiven Apartmenthauses auf der New Yorker East Side legte seine Hand über die Sprechmuschel des Haustelefons und sagte mit leichter Verwunderung, aber untadeligem Respekt in der Stimme: »Miss Bradley sagt, daß Sie ihr unbekannt sind, Mister Fletcher.«

Fletch streckte seine Hand nach dem Hörer aus. »Dürfte ich bitte selbst mit ihr sprechen?«

»Selbstverständlich, Sir.«

Er reichte Fletch den Hörer und trat einen halben Schritt zurück. Er war jung und mager, hatte einen festen Blick, und die Goldtressen an seiner Uniform wirkten genauso lächerlich wie ein Spinnaker auf einem Flugzeugträger.

»Miss Bradley?« fragte Fletch ins Telefon.

»Ja?« antwortete eine kehlige Frauenstimme.

»Miss Bradley, mein Name ist Fletcher. Ich muß Sie unbedingt wegen der Geschäftsführung von Wagnall-Phipps, der Firma Ihres Bruders, sprechen. Ich bin eigens aus diesem Grund von Kalifornien herübergekommen.«

Nach einer Pause fragte Francine Bradley: »Wer sind Sie, Mister Fletcher?«

»Ich bin ein Reporter – Ex-Reporter –, der im Wirtschaftsteil der *News-Tribune* einen Artikel über Wagnall-Phipps geschrieben hat. Darin ist mir, schätze ich, so eine Art Irrtum unterlaufen. Allerdings habe ich die Wahrheit noch nicht herausgefunden.«

»Wie könnte ich Ihnen behilflich sein?«

»Keine Ahnung. Aber ich habe bereits mit Ihrer Schwägerin, Enid Bradley, gesprochen und mit Ihrer Nichte Robertina, Ihrem Neffen Tom –«

»Die Person, mit der Sie sprechen sollten, ist Alex Corcoran. Er ist der Präsident.«

»Mit dem habe ich auch schon gesprochen. Ich habe auch noch einmal – vor ein paar Tagen – mit Charles Blaine gesprochen.«

Am anderen Ende der Leitung blieb es eine Weile still. »Sie haben in den letzten Tagen mit Charles Blaine gesprochen?«

»Ich bin extra deswegen nach Mexiko geflogen.«

»Nun, da haben Sie sicherlich eine Menge zusätzlicher Arbeit gehabt. Konnten Ihnen Corcoran und Blaine denn nicht helfen?«

»Nicht viel.«

»Mir ist zwar nicht klar, wie ich Ihnen helfen könnte, aber kommen Sie herauf. Wer sich soviel Kosten und Mühen aufgeladen hat, sollte nicht an der Haustür abgewiesen werden.«

»Okay«, sagte Fletch. »Ich geben Ihnen noch einmal den Pförtner.«

»Wirklich, Mister Fletcher – habe ich den Namen richtig verstanden?«

»Ja.«

»Sie hätten sich eine Unmenge Kosten und Mühen ersparen können, wenn Sie mich einfach von Kalifornien aus angerufen hätten. Möglicherweise hätte ich Ihnen am Telefon sagen können, ob ich Ihnen helfen kann...«

Francine Bradley hatte die Tür des Apartments 12 M geöffnet, ihn mit einem schnellen, leicht überraschten Blick angesehen und augenblicklich zu sprechen begonnen, so, als setzte sie die Unterhaltung, die sie gerade über das Haustelefon geführt hatten, fort.

Sie hatte blonde, sorgfältig frisierte Haare. Ihre Gesichtshaut schien mit teuren Cremes gepflegt worden zu sein. Die Kette, die sie um den Hals trug, und die dazu passenden Ohrringe waren aus schwerem Goldgeflecht. Sie trug ein vorteilhaft und ziemlich streng geschnittenes grünes Satinkleid mit tiefem Dekolleté. Für eine Mittvierzigerin war sie bemerkenswert schlank.

»...Ich bezweifle, ob ich soviel über Toms Firma weiß, wie Sie erwarten.« Sie führte ihn in ein gut, aber sparsam möbliertes Wohnzimmer. Blendendes Licht, das durch das große, die Stadt überblickende Fenster hereinfiel, erfüllte den Raum. »Von den Mitarbeitern dort drüben kenne ich keinen persönlich. Mit den Zahlen bin ich natürlich vertraut. Seit Toms Tod war Enid, nun ja, nicht unerheblich auf meine Unterstützung angewiesen. Wie Sie wahrscheinlich wissen, hat Enid keinerlei kaufmännische Erfahrung.«

Francine, die mit dem Rücken zum Fenster Fletch gegenüberstand, zögerte, als überlege sie, ob sie damit wohl schon alle seine Fragen beantwortet hätte. Da Fletch jedoch schwieg, deutete sie zur Couch hinüber. »Na schön, nehmen Sie Platz. Ich werde zwar bald zum Dinner erwartet, aber bis dahin will ich versuchen, Ihnen nach besten Kräften zu helfen.«

Als er Platz genommen hatte, knöpfte Fletch sein Jackett auf und zog seine Hosenbeine hoch, damit sein neuer Anzug nicht zerknitterte.

Vor ihm auf dem Couchtisch lagen ihre Handtasche und Handschuhe.

»Ich bin Ihnen dankbar, daß Sie mich empfangen«, sagte Fletch. Sie hatte sich, immer noch mit dem Rücken zum Fenster, in einen hellgeblümten Sessel gesetzt. »Sie werden mich, bevor ich alle meine Fragen gestellt habe, möglicherweise für einen sonderbaren Kauz halten, aber ich hoffe zumindest, daß Sie meine Verwirrung verstehen werden.«

»Ich werde Sie sicherlich nicht für einen sonderbaren Kauz halten, Mister Fletcher.« Sie lächelte, als hielte sie ihn bereits dafür. »Ich muß allerdings gestehen, daß ich nach Ihrer Ankündigung, Sie wären ein Reporter, ein Ex-Reporter, eigentlich erwartet habe, einem ... reiferen, älteren Mann die Tür zu öffnen, ich meine ... einem Menschen, dem man vielleicht ansieht, daß er schon ein paar Kämpfe mehr durchgefochten hat als Sie.«

»Ich habe mir eben ein unschuldiges Aussehen bewahrt.« Fletch lächelte. »Das kommt daher, daß ich meine Cornflakes mit Orangensaft mische.«

Francine Bradley lachte herzlich.

Nachdem sich seine Augen an das grelle Licht gewöhnt hatten, bemerkte Fletch die auf einem Bücherregal stehenden Fotografien, Schulaufnahmen von Roberta Bradley und Thomas Bradley jr. in verschiedenen Altersstufen, zwei Aufnahmen von Enid Bradley, einer jüngeren und einer älteren, und eine große Gruppenaufnahme von der Familie. Fletch vermutete, daß der dunkelhaarige Mann, der seinen Arm um Enid Bradleys Taille gelegt hatte, Thomas Bradley war. An der ihm gegenüberliegenden Wand hing ein Mosaik aus braunen und blauen Keramiksteinchen. Ein unvollendetes Mosaik lag auf einem niedrigen Tisch in der Nähe des Fensters.

»Hat Ihr Bruder dieses Mosaik dort an der Wand gemacht?«

»Ja.« Francine Bradley betrachtete es mit bekümmertem Gesicht. Dann seufzte sie und deutete auf das unfertige Mosaik auf dem niedrigen Tisch. »Und an diesem dort hat er gearbeitet. Tom wohnte gewöhnlich bei mir, wenn er nach New York kam, um die Ärzte aufzusuchen. Kurz vor seiner Abreise in die Schweiz hat er noch daran gearbeitet. Ich habe es dort liegenlassen. Wahrscheinlich ist das albern von mir. Aber er scheint dadurch – nun ja – manchmal, wenn ich abends nach Hause komme, dann glaube ich fast, ihn dort in seinem Morgenrock und seinen Hausschuhen über der Arbeit sitzen zu sehen.«

»Meine Fragen werden Ihnen vermutlich merkwürdig vorkommen.«

»Schon gut.« Sie warf einen Blick auf ihre Uhr. »Ich werde nur gleich abgeholt...«

»Ja. Wie ich vermute, drehen sich alle meine Fragen darum, daß man mir, als ich wegen eines Artikels zu Wagnall-Phipps kam, erst kürzlich verfaßte Aktennotizen Ihres Bruders vorlegte und ich daraus zitierte. Daraufhin hat man mich natürlich entlassen.«

Im ersten Moment sah sie ihn an, als ob er in einer unverständlichen Sprache redete. »Was meinen Sie mit ›kürzlich‹?«

»Daß das Datum erst ein paar Wochen zurücklag.«

»Tom starb vor einem Jahr.«

»Aus diesem Grund bin ich ja hier.«

Francine blickte auf ihre rotlackierten Fingernägel in ihrem Schoß. »Was für eine sonderbare Geschichte.«

»Ja. In der Tat.«

»Wie ist das zu erklären?«

»Ich wünschte, ich wüßte es.«

»Wer hat Ihnen diese Aktennotizen gezeigt?«

»Charles Blaine. Vizepräsident und Finanzdirektor von Wagnall-Phipps. Normalerweise, sollte man meinen, eine zuverlässige Quelle.«

»Oh, Blaine. Sie hatten schon früher einige Probleme mit ihm. Enid hat es einmal erwähnt. Was seine Arbeit angeht, ist er wohl sehr gut, glaube ich, aber... Enid sagt, daß er alles so tierisch ernst nimmt. In seiner Abteilung soll er sich als eine Art Menschenschinder aufführen.« Francine nickte. »Ja, nach dem, was ich von Blaine gehört habe, kann ich mir das durchaus vorstellen. Wenn nicht jedes T einen Querbalken, nicht jedes I ein Pünktchen hat, bekommt er offensichtlich einen seiner Wutanfälle.«

»Hier geht es nicht um T's ohne Querbalken und I's ohne Pünktchen, Miss Bradley. Hier geht es um Aktennotizen, die mit Initialen unterzeichnet waren – Initialen von jemandem, der eigentlich keine Initialen mehr schreiben konnte.«

Francine zuckte die Achseln. »Dann hat sich irgendwer einen üblen Scherz erlaubt. Irgend jemand aus dem Kreis der Büroangestellten. Einer von Blaines Mitarbeitern. Ich kann mir durchaus vorstellen, daß jemand, der unter einem so engstirnigen Mann wie Blaine arbeiten muß, ihm vielleicht gerne mal einen Streich spielen, ihm einen Schreck einjagen, ihn mit etwas völlig Absurdem konfrontieren möchte.«

»Könnte sein.«

»Was hat Enid gemeint, als Sie sie fragten?«

»Sie glaubt, daß Blaine einen Nervenzusammenbruch erlitten hat. Sie hat ihn nach Mexiko in Urlaub geschickt.«

»Dann wird es wahrscheinlich auch so sein.«

»Ich bin in Mexiko gewesen. Er macht nicht den Eindruck, als habe er einen Nervenzusammenbruch erlitten. Er macht eher den Eindruck, als verbringe er einen heißen, staubigen Urlaub.«

»Wie können Sie das beurteilen, Mister Fletcher? Besitzen Sie ein Diplom in Psychiatrie?«

»Das habe ich in meinem anderen Anzug vergessen.«

»Ich will mich durchaus nicht als Untersuchungsrichter aufführen. Aber es ist nun mal so, daß ... die meisten Menschen eine harmlose Miene aufsetzen können. Hinter dem Äußeren eines Menschen spielt sich stets mehr ab, als wir vermuten würden.«

»Charles Blaine versichert mir, daß er die Aktennotizen nicht gefälscht hat.«

Wieder zuckte Francine die Achseln. »Dann hat ihm irgend jemand einen üblen Streich gespielt.« Sie lächelte Fletch freundlich zu. »Der Geist der Allerheiligen wandelt immer noch auf Erden. Leute, die in Büros arbeiten, treiben untereinander gerne ihre Scherze.«

»Miss Bradley, wann genau ist Ihr Bruder gestorben?«

»Das sagte ich bereits – vor einem Jahr.«

»Das sagt Enid auch. Corcoran und Blaine sagen allerdings übereinstimmend, daß er erst sechs Monate später starb – im letzten November.«

»Oh, das. Daß Sie das verwirrt hat, kann ich Ihnen nicht verdenken. Tom ist tatsächlich vor einem Jahr gestorben. Sein Tod traf uns völlig unvorbereitet. Enid war während Toms Abwesenheit als amtierende Verwaltungsratsvorsitzende von Wagnall-Phipps eingesetzt worden und hatte noch nicht richtig Fuß gefaßt. Ich glaube, die Leute haben sie einfach gewähren lassen, weil sie wußten, daß Tom irgendwann zurückkommen würde. Toms Autorität gab ihr den Rückhalt, verstehen Sie. Sie hat mit mir darüber gesprochen. Wir beschlossen, lassen Sie es mich mal so ausdrücken, die Nachricht von Toms Tod zurückzuhalten, bis sich ihre Position als Vorsitzende des Verwaltungsrates mehr gefestigt hatte. Können Sie das verstehen?«

»Ja, ich glaube schon.«

»Dabei spielte noch eine andere Überlegung eine Rolle. Ein eher menschliches Motiv. Enid hat meinen Bruder außerordentlich geliebt. Soweit ich weiß, wurde er von allen Mitarbeitern, von Leuten wie Corcoran, Blaine und anderen, maßlos verehrt. Enid wollte eine Weile für sich allein trauern. Bei ihrem Bemühen, die Firma zu leiten – nun ja, da hätte sie die langen Gesichter, das Mitleid der Leute, von denen sie ja zwangsläufig abhängig war, einfach nicht ertragen können. Verstehen Sie?«

Fletch runzelte die Stirn.

»Es gab eine Menge Gründe, die Todesnachricht zurückzuhalten. Die jüngeren Mitarbeiter hätten die Firma verlassen, zumindest bis sie Enid mehr vertraut hätten ... eine Menge Gründe.«

»Ihr Bruder starb vor einem Jahr. Die Leute bei Wagnall-Phipps wurden erst sechs Monate später davon in Kenntnis gesetzt, an einem Freitagnachmittag im November. Und erst am darauffolgenden Dienstag ist Enid in die Schweiz abgereist. Stimmt das?«

Francine ließ ihren Blick über das Mosaik an der Wand schweifen, als versuche sie, sich zu erinnern. »Ja, das stimmt ungefähr.« Dann sah sie ihm in die Augen. »Wollen Sie damit fragen, warum wir nicht sofort in die Schweiz gefahren sind, sechs Monate früher, als wir die Nachricht von Toms Tod erhielten?«

»Genau das wollte ich fragen.«

»Wir hielten das unter den gegebenen Umständen für das richtigste. Tom war tot. Wir waren nicht darauf vorbereitet gewesen. Die Nachricht von seinem Tod erreichte Enid erst vierundzwanzig Stunden später. Man empfahl uns eine Einäscherung. Enid teilte telegrafisch ihre Einwilligung mit. Wir fuhren erst sechs Monate später in die Schweiz, hielten einen Gedenkgottesdienst ab, nur für uns beide, brachten Toms Asche nach Hause.«

»Sie haben Enid in die Schweiz begleitet?«

»Sagte ich das nicht gerade?«

»Wohin in die Schweiz?«

»Tom starb in einer kleinen Klinik außerhalb von Genf.«

Fletch holte tief Luft und schüttelte den Kopf. »Miss Bradley, Ihr Bruder starb nicht in der Schweiz.«

Ihre Augenbrauen schnellten in die Höhe. »Was sagen Sie da?«

Mit müder Stimme antwortete Fletch: »Ich habe mich bei der amerikanischen Botschaft in der Schweiz erkundigt. In der Schweiz ist weder im vergangenen Jahr noch zu irgendeinem anderen Zeitpunkt in jüngster Vergangenheit ein amerikanischer Bürger mit dem Namen Thomas Bradley gestorben.«

Ihre Lippen zu einem perfekten O geformt, zog Francine tief die Luft ein. »Das haben sie gesagt?«

»Genau das hat die amerikanische Botschaft in Genf gesagt.«

»Das ist unmöglich, Mister Fletcher.«

»Und ich bin sicher, daß sie sich keinen Jux erlaubt haben.«

»Nun gut.« Lautlos machte Francine den Mund auf und zu. »Ich weiß nicht, was ich dazu sagen soll.«

»Da geht es Ihnen wie mir.«

»Da liegt wahrscheinlich ein Irrtum der Behörden vor. Ich werde dafür sorgen, daß das überprüft wird.«

»Diese Information wurde mit der ausdrücklichen Versicherung der Botschaft übermittelt, daß ihre Unterlagen über Todesfälle innerhalb des Landes hundertprozentig zuverlässig sind.«

»O Mister Fletcher. Zeigen Sie mir irgendwann, irgendwo eine Behörde, die hundertprozentig zuverlässig arbeitet, und ich werde mit einem einzigen Sprung über den Mond springen.«

Fletch beugte sich vor. »Sie sehen, Miss Bradley, ich habe viele Fragen zu vielen Dingen.«

In der Diele war ein Summen zu hören.

»Entschuldigen Sie mich«, sagte sie und ging in die Diele. Man hörte, wie ein Telefonhörer abgenommen wurde und Francine Bradley sagte: »Hallo? . . . ja. Bitte richten Sie Mister Savenor aus, daß ich in fünf Minuten unten sein werde.«

Als Francine Bradley in den Wohnraum zurückkam, stand Fletch in der Nähe des Fensters und sagte, auf das unvollendete Mosaik auf dem niedrigen Tisch deutend: »Sie haben sogar die losen Steine liegengelassen.«

»Ja«, antwortete sie. »Sie haben ihren eigenen Reiz.«

»Könnten wir uns noch einmal treffen?« fragte er.

»Ja. Ich bin überzeugt, daß Sie es nur gut meinen.«

»Ich fürchte, ich habe Ihnen genügend Überraschungen vorgesetzt, jedenfalls für den Moment.«

»Ich bin überzeugt, daß sich für alles eine logische Erklärung finden wird«, sagte Francine. »Ein übler Büroscherz . . . ein in der Botschaft falsch abgelegter Totenschein.«

»Wahrscheinlich.«

»Hätten Sie Zeit, morgen abend mit mir zu essen?«

»Das wäre schön. Wo, wann?«

»Mögen Sie französische Küche?«

»Ich esse gern.«

»Wollen wir uns um acht Uhr im Chez Claire treffen? Es ist nur zwei Häuserblocks von hier entfernt.« Sie deutete vage nach Süden.

»Acht Uhr«, sagte er.

Sie folgte ihm in die Diele. »Es tut mir leid, daß ich jetzt gehen muß«, sagte sie. »Ich bin gespannt, was Sie noch zu erzählen haben.« Sie hielt ihm die Tür auf. »Ich bin überzeugt, daß wir dieses Rätsel lösen werden. Gemeinsam.«

In der Halle, neben dem Pförtner, wartete nur ein einziger Mann, der um die fünfzig Jahre alt war, silbergraues Haar hatte, einen perlgrauen Anzug trug und den Anschein erweckte, als säße er in einem unglaublich steif aussehenden, schmalsitzigen, hochlehnigen Stuhl wie in Abrahams Schoß.

Um Viertel vor acht am Freitagmorgen stand Fletch im Nieselregen auf der gegenüberliegenden Straßenseite von Francine Bradleys East-Side-Apartmenthaus. Er trug einen Regenmantel mit Regenhut, die er sich gekauft hatte, außerdem eine bereits am Abend zuvor in Times Square erstandene Brille mit Fensterglas und eine *New York Post,* die er unter einen Arm geklemmt hatte. In diesem Aufzug hoffte er so wenig wie möglich aufzufallen.

Er wartete darauf, daß Francine aus dem Gebäude kam. Zu seiner Überraschung fuhr jedoch um zehn Minuten nach acht ein Taxi vor, und Francine stieg aus und eilte ins Haus. Sie trug einen kurzen Regenmantel und hohe Stiefel.

Um zwanzig Minuten nach neun kam sie wieder heraus, diesmal mit einem längeren Regenmantel bekleidet, unter dem sie offensichtlich ein Kleid oder einen Rock trug, und versuchte ein Taxi herbeizurufen. Der Pförtner unterstützte sie mit seiner Trillerpfeife.

Auf seiner Straßenseite gelang es Fletch schneller, ein Taxi zu bekommen.

Als er im Taxi saß, sagte er: »Umdrehen und anhalten.«

Der Fahrer kam der Aufforderung nach.

»Sehen Sie die Frau, die ein Taxi anzuhalten versucht?«

»Yeah.«

»Ich möchte feststellen, wohin sie fährt.«

Der Taxifahrer sah ihn durch den Rückspiegel an. »Wohl'n bißchen pervers, was?«

»Steuerfahndung«, sagte Fletch.

»Dreckskerl. Pervers wär mir lieber.«

Sie folgten Francinces Taxi in die Innenstadt, wo es vor dem Gebäude der Bennet Bank hielt.

»Na, was hab' ich gesagt?« sagte Fletch. »Die Dame hat mich zu ihrem Geld geführt.«

»Ich wünschte, ich könnte Ihnen mehr berechnen.« Der Fahrer beugte sich vor, um den Taxameter abzulesen. »Ich muß nämlich auch Steuern zahlen, wissen Sie. Gebt Ihr Burschen von der Steuerfahndung eigentlich Trinkgeld?«

»Klar«, sagte Fletch. »Und wir erstatten genau Bericht über die Person, der wir Trinkgeld gegeben haben – Name, Datum, Ort –, damit wir feststellen können, ob ihr's auch angebt.«

Der Fahrer wandte sich in seinem Sitz um. »Ich will Ihr verdammtes Trinkgeld nicht! Scheren Sie sich raus aus meinem Taxi!«

»Okay«, sagte Fletch.

»Verflixt und zugenäht!« Der Fahrer klatschte Fletch das Wechselgeld in die Hand. »Vor mir die Regierung in blauen Uniformen... hinter mir die Regierung auf meinem Rücksitz!«

»Sie können mir wohl kein Zehn-Cent-Stück wechseln?«

»Raus aus meinem Taxi!«

Fletch wartete ein paar Minuten, ehe er das Gebäude der Bennet Bank betrat.

Auf der Hinweistafel in der Halle war *Bradley & Co. – Investments* aufgeführt.

Mittags kehrte er zu dem Bankgebäude zurück und folgte Francine Bradley zu Wayne's Steak House. Sie wurde von einem Mann begleitet, der nicht viel älter als zwanzig war und eine Aktentasche bei sich trug. Sein Anzug stammte nicht gerade aus dem feinsten Laden, seine Schuhe waren nicht geputzt, er hatte keinen Regenmantel an, aber seine Aktentasche sah neu aus. Sie blieben fünfzig Minuten in dem Restaurant. Fletch folgte ihnen zum Bankgebäude zurück und lungerte eine Stunde in der Halle herum. Während dieser Zeit verließ der junge Mann nicht das Gebäude.

Kurz vor siebzehn Uhr kam Fletch wieder zum Gebäude der Bennet Bank zurück. Um zehn Minuten nach siebzehn Uhr kam Francine heraus und nahm ein Taxi. Fünfzehn Minuten später verließ der junge Mann das Gebäude und eilte die Straße hinunter.

Fletch folgte ihm in die Subway bis auf den Bahnsteig. Während er vorgab, auf einen Zug zu warten, versuchte er den jungen Mann auf sich aufmerksam zu machen, indem er ihn ununterbrochen anstarrte.

Als ihm der junge Mann schließlich einen angewiderten Blick zuwarf, schob sich Fletch an ihn heran.

»Entschuldigung«, sagte Fletch. »Zerbreche mir schon die ganze Zeit den Kopf darüber, ob ich Sie heute nicht mit Francine Bradley zusammen beim Lunch in Wayne's Steak House gesehen habe?«

Die Miene des jungen Mannes hellte sich auf. »Sie kennen Miss Bradley?«

»Klar«, sagte Fletch. »Ich habe sie mal wegen einiger meiner Investitionen konsultiert. Großartige Frau.«

»Ja, das ist sie.« Der junge Mann nickte heftig. »Ich habe verdammtes Glück, glaube ich, daß ich für sie arbeiten kann. Sehr lehrreich.«

»Sie verwaltet das Vermögen ihres Bruders, nicht wahr?«

»Nun ja, wir verwalten die Bradley Family Company. Vor allem Wagnall-Phipps, wissen Sie. Auch andere Sachen. Nicht viel, meine ich, keine Millionen. Aber mit dem, was da ist, geht sie verdammt clever um.«

»Warum hat Tom die Verwaltung denn nicht selbst in die Hand genommen?«

Der junge Mann sah Fletch erstaunt an, zögerte und sagte dann: »Wissen Sie denn nicht Bescheid? Ihr Bruder ist doch gestorben. Vor einem Jahr.«

»Himmel, nein, ich hatte keine Ahnung. Wie schrecklich. Ist schon eine Weile her, schätze ich, daß ich den guten alten Tom getroffen habe. Wie lange arbeiten Sie schon für Francine?«

»Sieben Monate.« Ein Zug fuhr ein. »Wirklich sehr lehrreich.«

Der junge Mann wartete darauf, daß Fletch zuerst in den Zug stieg.

»Nicht mein Zug«, sagte Fletch.

»Das ist der einzige Zug, den Sie von hier aus kriegen können«, sagte der junge Mann.

»Ich werde auf einen warten, der weniger überfüllt ist«, antwortete Fletch, ehe er bemerkte, daß der Zug keineswegs überfüllt war.

Als der Zug anfuhr, starrte der junge Mann Fletch durch das Fenster an. Auf seinem Gesicht kämpften Gleichgültigkeit und Neugier miteinander – die Neugier siegte.

Um acht Uhr betrat Fletch das Chez Claire, wo Francine an einem Tisch für zwei Personen an der rückwärtigen Wand bereits auf ihn wartete.

Auf dem Tisch stand eine Kerze.

»Ich glaube, Ihr Neffe Tom ist in ernsthaften Schwierigkeiten«, sagte Fletch. Sie hatten Wodka-Gimlets on the rocks bestellt. »Ich habe ihn vergangenen Sonntag besucht.«

Über die Kerze hinweg versuchte er, Francines Gesichtsausdruck zu ergründen, und stellte fest, daß sie besorgt, ja, sogar aufrichtig besorgt aussah. Francine machte auf Fletch nicht den Eindruck, als wäre sie nur die ferne, unverheiratete Tante, die der Familie ihres verstorbenen Bruders zwar freundliche, aber distanzierte Gefühle entgegenbringt. Dennoch mußte es, wie er bemerkte, familiäre Dinge geben, die sie nicht wußte und in die man sie nicht miteinbezog.

»Was meinen Sie damit?« fragte sie in beinahe ängstlichem Ton. »Soweit ich weiß, absolviert Tom gerade seine vorklinischen Kurse und ist sehr erfolgreich.«

»Nicht ganz. Er nutzt alles, was er in Chemie lernt, um sein Erinnerungsvermögen zu betäuben.«

»Drogen? Tom nimmt Drogen?«

»Sieht übel aus«, sagte Fletch. »Seit letzten Herbst hat er keine Vorlesungen mehr gehört. Sein Zimmergenosse hat es ihm in einer gepolsterten Badewanne gemütlich gemacht, und dort verträumt er seine Tage und Nächte. Der Junge weiß nicht, was er sonst mit Tom anstellen soll.«

»O nein! Nicht Tom!«

»Ich versprach, daß ich versuchen würde, alles mir Mögliche zu unternehmen – ein weiterer Grund, warum ich Sie aufgesucht habe. Über den Tod seines Vaters redet er natürlich nur unsinniges Zeug.«

»Was sagt er über Toms Tod?«

»Er meint irgendwie, daß sein Vater sich umgebracht hat. Er wirft Ihrem Bruder irgendwie vor, daß er tot ist. Für einen jungen Menschen ja irgendwie normal, finde ich, daß er es einem Elternteil übelnimmt, wenn er stirbt, ihn verläßt. Manchmal geben sich junge Leute sogar selbst die Schuld am Tod von Vater oder Mutter.«

»Sie spielen schon wieder den Psychiater, Mister Fletcher.«

»Ich werde Fletch genannt«, sagte Fletch. »Und ich spiele nicht den Psychiater. Ich bin – ebenso wie Sie – in einer verrückten Situation und versuche, sie zu begreifen.«

»Ich bin in gar keiner Situation.«

»O doch, Sie auch«, widersprach Fletch. »Der überwiegende Teil der Gelder, die Sie über Ihre kleine Firma im Bennet-Bank-Gebäude investieren, stammt von Ihrem Bruder.« Augenblicklich verengten sich ihre Augen. »Ich habe recherchiert, welche Maßnahmen wegen des Vermögens Ihres Bruders beim Nachlaßgericht eingeleitet wurden – keine, fürchte ich. Und da kommt doch der gar nicht mal so abwegige Verdacht auf, daß Sie und Enid sich schlichtweg um die Steuerzahlungen drücken. Enid Bradley höchstpersönlich hat mir gegenüber erklärt, daß Sie die Absicht hätten, nach Kalifornien zu gehen und selbst die Leitung von Wagnall-Phipps zu übernehmen. Jeder, der da nicht auf die Idee gekommen wäre, daß Sie während des vergangenen Jahres die Initialen Ihres Bruders auf diesen Aktennotizen für die Finanzabteilung gefälscht haben, hätte kurzsichtig sein müssen.«

Der Kellner setzte ihnen die Gimlets vor. Wie in den meisten schummrig beleuchteten Restaurants, die Fletch kannte, hatte der Kellner schmutzige Hände.

»Sie scheinen ziemlich aus dem Gleichgewicht geraten zu sein, Fletch.« Francine nippte an ihrem Drink. »Möchten Sie mich Francine nennen?«

»Mit Vergnügen.«

»Wie bei Ihnen üblich«, sagte Francine, »weiß ich mal wieder nicht so recht, was ich sagen soll. Da kommen Sie von Kalifornien herüber mit all diesen Informationen, all diesen Fragen ... am meisten bestürzt mich, was Sie gerade über Tom berichtet haben.«

»Er braucht Hilfe. Beträchtliche Hilfe. Und zwar schleunigst.«

»Ich hatte wirklich keine Ahnung ...«

»Offensichtlich gelingt es ihm, seine Mutter zu täuschen. Er macht sich ordentlich zurecht, fährt nach Hause, erzählt, daß auf dem College alles prima läuft, kassiert Geld und macht es sich dann wieder mit einer Sechserpackung Tranquilizer in seiner Badewanne gemütlich.«

Im Schein der Kerze glitzerten Tränen in Francines Augen. »Ich versichere Ihnen«, sagte sie. »daß wir etwas unternehmen werden – umgehend. Schleunigst. Ich bin Ihnen sehr dankbar, daß Sie mich darüber informiert haben.«

»In gewisser Beziehung macht mir Ta-ta, Ihre Nichte, genauso große Sorgen. Toms Zimmerkollege nannte sie ein aufgezogenes Spielzeug. Sie scheint sich mit einem Schutzpanzer umgeben zu haben, verschanzt sich in einer Mädchenschule, schirmt Tom ab. Ich weiß, ihr Vater ist gestorben – vor einem Jahr –, aber beide machen einen ungeheuer gequälten Eindruck.«

»Wenn ich drüben bin ...«, sagte Francine. »Es gibt jedoch so vieles, was nur Enid erledigen kann.«

»Wann fahren Sie?«

»Ich fürchte, das wird noch ein paar Monate dauern. Ich habe hier noch etliche Dinge abzuwickeln.«

»Werden Sie die Leitung von Wagnall-Phipps übernehmen?«

»Das war Toms Wunsch. Das ist auch Enids Wunsch. Ich habe meine Firma – eine kleine Firma – vor ein paar Jahren verkauft.«

Fletch beschäftigte sich mit seinem Gimlet, nippte daran und sah sie dann über die Flamme der Kerze hinweg an. »Fallen Ihnen irgendwelche Antworten zu den Fragen ein, die ich gerade gestellt habe?«

»Sie meinen, ob Enid und ich Steuern hinterziehen?«

»Yeah, fangen wir damit an.«

»Nicht, daß ich wüßte. Es ist natürlich durchaus möglich, daß Enid manches nicht völlig korrekt macht. Ich würde sogar sagen, daß das äußerst wahrscheinlich ist. Sie ist kein Charles Blaine. Sie hat keinerlei Praxis, keinerlei Erfahrungen gesammelt, wenn man einmal von ihrem Leben mit Tom absieht. Ich könnte mir gut vorstellen, daß sie eine Menge vermasselt hat, aber ich bin sicher, daß dies nicht in betrügerischer Absicht geschehen ist.«

»Haben Sie diese Aktennotizen gefälscht?« fragte Fletch aufs Gratewohl.

»Ich habe mich mit meiner Schwägerin telefonisch beraten. Fast täglich. Da Sie ja so fleißig Ihre Hausaufgaben erledigen und bereits über mein Büro im Bennet-Bank-Gebäude und meine Tätigkeit Bescheid wissen, könnten Sie ruhig auch noch unsere Telefonrechnungen überprüfen. Enids und meine. Sie sind gigantisch.«

»Dann sind wir also der Lösung des Rätsels immer noch nicht nähergekommen.«

»Wie wäre es, wenn wir uns erst einmal mit einem weiteren Drink und einem guten Essen stärken und dann in meine Wohnung zurückkehren? Dort können wir dann weiterreden. Hat Ihnen eigentlich schon einmal jemand gesagt, daß Sie attraktiv sind?«

»Nur ein Zollbeamter der Vereinigten Staaten.«

Sie legte ihre Hand auf seine. »Keine Sorge. Ich gehöre nicht zu diesen schon etwas älteren Frauen, die es kaum erwarten können, einem jungen Mann in die Hose zu steigen. Ich werde Ihnen Ihre Orangensaft-und-Cornflakes-Unschuld nicht rauben.« Sie zog ihre Hand wieder fort und nahm die Speisekarte auf. »Die Orangenente kann ich Ihnen sehr empfehlen.«

»Lassen Sie uns die Sache doch noch einmal durchgehen«, sagte Fletch.

Es war Viertel nach elf, als sie Francines Wohnung betraten. Sie hatten drei Cocktails getrunken, vier Gänge verzehrt, sich zwei Flaschen Wein geteilt und ihr Dinner mit einem Brandy für ihn und einem Crème de Menthe für sie beschlossen. Fast den ganzen Hauptgang über hatte Francine eine lange, verworrene Geschichte erzählt, die in einer eher vulgären als witzigen Pointe gipfelte.

In der Wohnung ließ Fletch erst seinen Mantel und dann sich selbst auf die Couch fallen. Er lockerte seinen Hemdkragen, lehnte sich zurück und legte seinen Kopf gegen das Rückenpolster.

»Wie Sie meinen«, antwortete sie ruhig.

Die Lampen verbreiteten gedämpftes Licht. Francine Bradley bewegte sich geräuschlos im Zimmer hin und her. Aus den Wänden ertönten Violinenklänge.

»Ich setze nur noch den Kaffee auf.«

Fletch konzentrierte sich auf die Violinen. Ihr Seufzen rief Erinnerungen an ein vollbusiges Mädchen wach, dessen Leidenschaft erweckt worden war. Francines Kleid raschelte, als sie ins Zimmer zurückkam.

Mit sanfter Stimme fragte sie: »Nun, wie lauten Ihre Fragen?« Sie saß entspannt in dem geblümten Sessel.

»Wer benachrichtigte Sie vom Tod Ihres Bruders?«

»Enid. Sie rief mich im Büro an. Sie war schrecklich aufgeregt. Weinte. Stammelte. Ich rief sie eine Stunde später zurück. Genaugenommen haben wir fast die ganze Nacht miteinander geredet.«

»Und da faßten Sie beide den Entschluß, nicht umgehend in die Schweiz zu reisen?«

»Eigentlich haben wir das erst am nächsten Morgen beschlossen. Als die Nachricht eintraf, waren wir zunächst gar nicht in der Lage, irgendeine Entscheidung zu treffen. Am anderen Morgen, nachdem wir uns ein wenig ausgeruht hatten, war Tom bereits zwei Tage tot. Um in die Schweiz zu kommen, hätten wir noch einmal zwei Tage gebraucht, da Enid ja in Kalifornien und ich in New York war und wir beide arbeiteten. Statt dessen telegrafierte Enid, daß sie mit einer Feuerbestattung einverstanden sei.«

»Okay. Und dann liefen die Geschäfte weiter wie bisher, und Sie berieten sich täglich per Telefon mit Enid.«

»Ja.«

»Und dann, im November, fuhren Sie beide in die Schweiz?«

»Ja.«

»Gemeinsam?«

»Ja. Enid machte hier eine Nacht und einen Tag Station. Wir flogen gemeinsam hinüber.«

»Was haben Sie getan, als Sie dort angekommen waren?«

»Einen Wagen gemietet. Ein Hotel gebucht. Uns ausgeruht. Am nächsten Tag holte Enid dann die Urne im Krematorium ab. Es kostete uns einige Zeit, bis wir in einer Kapelle eine kleine Andacht arrangieren konnten. Wir kannten ja keinen Menschen. Es ist richtig, daß wir die Botschaft nicht um Hilfe gebeten haben – wir dachten einfach nicht daran. Wir hielten einen kleinen Gottesdienst ab, am späten Nachmittag, am Dienstag, glaube ich, in einer kleinen Kapelle unweit der Klinik. Nur Enid, ich und der Pfarrer. Er sprach Englisch. Die Urne, die Enid zum Gottesdienst mitgebracht hatte, stand die ganze Zeit über auf einem kleinen Tisch, einem Altar.«

»Und dann sind Sie und Enid mit der Urne nach New York zurückgeflogen.«

In der Küche pfiff der Wasserkessel.

»Ja«, sagte Francine. »Enid flog nach Kalifornien weiter.«

»Warum haben Sie die Kinder nicht in die Schweiz mitgenommen?«

»Tom und Ta-ta?«

»Ja.«

»Enid war damals der Meinung, daß die beiden gerade angefangen hätten, sich mit dem Tod ihres Vaters abzufinden. Sie wollte ihre Trauer nicht von neuem wecken. Bedenken Sie, daß bereits sechs Monate vergangen waren.« Francine stand auf. »Lassen Sie mich den Kaffee holen.«

Als sie ins Wohnzimmer zurückkam, saß Fletch aufrecht, die Ellbogen auf die Knie gestützt, auf dem Sofa. Während ihrer Abwesenheit war er im Zimmer auf und ab gelaufen. Das Mosaik auf dem niedrigen Tisch nahe dem Fenster war nicht mehr ganz so unvollendet, wie er es in Erinnerung hatte. Er sah aus dem Fenster hinaus auf die Dächer und Lichter der anderen Häuser, bevor er zu der Couch zurückkehrte. Sie stellte eine Tasse Kaffee vor ihn hin und nahm ihre Tasse mit hinüber zum Sessel.

»Francine«, sagte Fletch, während er seinen Kaffee umrührte, »ich glaube, daß Ihre Schwägerin Ihren Bruder ermordet hat.«

Ihre Tasse sprang in der Untertasse hoch. »Mein Gott!« sagte sie. »Was haben Sie da eben gesagt?«

»Ich glaube, daß Ihre liebe, unerfahrene Schwägerin Sie total hinters Licht geführt hat – und Sie sind darauf hereingefallen.«

Francines Atem ging plötzlich ganz flach, ihre Kiefermuskeln verspannten sich. Sie schluckte zweimal schnell hintereinander. »Also wirklich, Fletch! Sie muten mir ungeheuer viel zu.«

»Tut mir leid«, sagte Fletch. »Aber ich fürchte, ich habe einige Beweise.«

»Für Mord?« Sie schrie beinahe.

»Für Mord«, sagte er sanft. »Ich wollte Sie mit diesen Beweisen nicht konfrontieren, bevor ich Sie nicht ein wenig kannte und bis ich, nun ja, sicher war...«

»Sicher im Hinblick auf die Beweise oder sicher, daß ich sie verkrafte?«

»Oh, was die Beweise angeht, so bin ich ganz sicher.«

»Nun gut, Fletcher.« Francine Bradley saß kerzengerade und steif in ihrem Sessel und starrte Fletch mit wachsbleichem Gesicht durch das schummrige Licht an. »Welche Beweise haben Sie?«

»Die Asche, die als diejenige Ihres Bruders ausgegeben wird, stammt nicht von ihm.«

»Die Asche...« Sie schien versuchen zu wollen, seine Worte zu wiederholen. »Nicht die Asche meines Bruders?«

»Nein. Es ist nicht die Asche Ihres Bruders.«

»Wie kann jemand so etwas behaupten?«

»Samstagnacht vergangener Woche – bzw. am frühen Sonntagmorgen – bin ich zu Enids Haus in Southworth gefahren und habe eine kleine Probe von der Asche geholt. Enid hatte sie mir am Nachmittag zuvor gezeigt und gesagt, dies wäre die Asche Ihres Bruders.«

»Sie sind in das Haus meines Bruders eingebrochen?«

»Die Tür war nicht abgeschlossen. Ich habe die Asche analysieren lassen.«

»Sie haben die Asche meines Bruders gestohlen?« Ihre Kehle war so zugeschnürt, daß nur noch ein Flüstern herauskam.

»Das ist der entscheidende Punkt, nicht wahr?« fragte Fletch. »Die Asche war nicht von Ihrem Bruder. Sie war überhaupt von niemandem. Es war schlicht und einfach Asche.«

»Was? Wie will denn jemand unterscheiden können, welche Asche von welcher Person stammt? Verraten Sie mir das mal! Dann wurde die Asche eben im Krematorium vertauscht. Und das müssen Sie uns unbedingt mitteilen?«

»Es war überhaupt keine menschliche Asche, Francine. Und es handelt sich nicht darum, ob irgendein Krematorium die Asche verwechselt hat. Es handelt sich um das, was Ihre Schwägerin gesagt hat. Daß es nämlich menschliche Asche sei. Daß es Toms Asche sei – obwohl das nicht stimmt.«

»Woher stammt die Asche denn dann?«

»Von einem Teppich«, sagte Fletch. »Einem dicht geknüpften Teppich. Plus etwas Kiefernholz, etwas Sand und einem Petroleumerzeugnis, vermutlich Kerosin.«

Francine setzte Kaffeetasse und Untertasse so heftig auf dem Couchtisch ab, daß die Untertasse zersprang und die Tasse umfiel.

»Ich kann das nicht länger ertragen.«

»Francine, Sie haben mir doch gerade erzählt, daß Enid bei Ihrer Ankunft in der Schweiz vergangenen November die Asche im Krematorium abgeholt hat. Sie haben sie nicht begleitet. Sie kam mit einer Urne ins Hotel zurück, in der, wie sie behauptete, Toms Asche war.«

»Habe ich das gesagt?«

»Ist das die Wahrheit?«

»Sie haben mich völlig durcheinandergebracht.«

»Enid hat die Asche ihres Perserteppichs in die Schweiz mitgenommen.«

Im Dämmerlicht des Wohnzimmers sahen Francines Augenhöhlen wie schwarze Löcher aus. Die Geigenmusik aus den Lautsprechern jaulte schmerzhaft in Fletchs Ohren.

»Hören Sie, Francine.« Fletch beugte sich vor und sprach sachlich und ruhig in Francines bleiches, eingefallenes Gesicht. »Enid benachrichtigte Sie vom Tod Ihres Bruders. Sie haben nur ihre Aussage als Beweis für den Tod Ihres Bruders. Aufgrund Ihres Hinweises, daß die Nachricht von Toms Tod ihr die Leitung von Wagnall-Phipps unmöglich machen würde, fahren Sie nicht auf dem schnellsten Wege in die Schweiz. Sie warten sechs Monate. Sie haben den Leichnam Ihres Bruders nie gesehen. Nach dem, was Sie gerade über Ihre Reise mit Enid in die Schweiz erzählten, haben Sie weder mit Toms Ärzten noch mit dem Leichenbestatter gesprochen. Die amerikanische Botschaft in der Schweiz teilte mit, daß in den letzten Jahren kein amerikanischer Bürger mit Namen Thomas Bradley gestorben sei. Die Urne, die auf dem Kaminsims im Haus Ihres Bruders in Southworth steht, enthält nicht die Asche Ihres Bruders.«

Fletch schwieg eine ganze Weile. Francinces Kinn sah spitz aus. Dann ergriff er ihre Hand.

»Hören Sie, Francine. Die Ehe war nicht glücklich. Ich sprach mit einem ihrer Nachbarn in Southworth, der nicht der Typ des klatschsüchtigen Nachbarn zu sein schien. Aber er sagte, daß er und seine

Frau früher gehört hätten, wie Enid die ganze Nacht lang schrie, wie Türen geknallt wurden, Gegenstände zerbrachen. Und das etwa nicht nur gelegentlich, sondern ständig. Und während dieser Krach noch in vollem Gange war, donnerten die Kinder für gewöhnlich mitten in der Nacht mit ihren Autos auf und davon.«

»Das ist unmöglich.«

»Ich weiß nicht, ob Ihr Bruder ernstlich erkrankt war. Wissen Sie es vielleicht?«

»Er war sehr krank.«

»Enid könnte sich überlegt haben, daß sie ohne Tom besser dran ist, vor allem, wenn Sie kämen, um die Geschäftsleitung zu übernehmen.«

»Sie glauben also, daß Enid Tom umgebracht hat.« Francines Feststellung landete wie ein Wurfgeschoß zwischen ihnen. Sie zog ihre Hand fort.

»Sagen Sie mir, was ich sonst glauben soll.«

»Ich glaube, daß dies alles überflüssig ist.« Francine erhob sich aus ihrem Sessel und durchquerte mit steifen Schritten das Zimmer, öffnete einen Wandschrank und betätigte einen Schalter. Die Musik verstummte. Dann drehte sie eine dreistrahlige Stehlampe so hell auf wie möglich. »Ich glaube, daß Sie mich zur Genüge verleumdet haben, Irwin Fletcher.«

»Verleumdet?«

Wie sie da in ihrem zerknitterten Cocktailkleid und mit nicht mehr ganz so perfekter Frisur auf der anderen Seite des Raumes neben der hellen Lampe stand, machte Francine Bradley zum erstenmal auf Fletch einen zarten, zerbrechlichen Eindruck.

»Sie haben mich und Enid verleumdet. Wegen absolut nichts.«

»Ich würde den Beweis, den ich geliefert habe, nicht gerade als ›absolut nichts‹ bezeichnen. Sondern eher als recht stichhaltig.«

»Es gibt absolut keinen Beweis, Fletcher. Sie versuchen lediglich, Ihren Job zu retten. Das ist es – schlicht und ergreifend. Ob Sie sich das alles ausgedacht haben, entzieht sich meiner Kenntnis, aber zweifellos haben Sie ein erhebliches Interesse daran, die Dinge so zu sehen, wie sie nicht sind. Falls Sie es bis jetzt noch nicht wissen sollten, so werden Sie es vielleicht begriffen haben, bis Sie mal in meinem Alter sind: Daß Sie sich nämlich mit irgendeinem beliebigen Ereignis nur intensiv genug beschäftigen müssen, um vermeintliche Tatsachen zu entdecken, die in Diskrepanz, im Widerspruch zu dem stehen, was Ihnen als die Realität bekannt ist – Aktennotizen, die nicht abgelegt oder falsch unterzeichnet wurden, Dokumente, die in einer Behörde verlorengehen –«

»Teppichasche in einer Urne?«

»Mein Gott! Wir sind doch erst sechs Monate später in die Schweiz gefahren! Woher sollen wir denn wissen, was irgendso ein obskurer Schweizer Leichenbestatter anstellt? Er brauchte ja wohl kaum damit zu rechnen, daß die Asche, die er Enid gegeben hat, jemals analysiert wird.«

»Aber er wäre ja doch wohl in der Lage gewesen, menschliche Asche zu liefern – das heißt, falls die Asche überhaupt von einem Schweizer Leichenbestatter geliefert worden ist. Wir haben schließlich alle unseren Berufsstolz.«

Sie drehte sich zur Seite: »Fletcher, ich ertrage das einfach nicht länger. Nicht heute abend. Ich bin mir klar darüber, daß in der Firma meines Bruders etwas geschehen ist, was Sie Ihren Job gekostet hat, und daß dieser Charles Blaine Sie mit allem möglichen Unsinn vollgestopft hat. Ich habe versucht, Ihnen mit Freundlichkeit und Offenheit zu begegnen und Ihre Fragen zu beantworten.« Obwohl sie mit dem Rücken zum Licht stand, konnte Fletch sehen, daß Francine weinte. »Und ich bin Ihnen dankbar, daß Sie sich um Tom und Ta-ta Sorgen machen und mir von ihnen erzählt haben. Soweit glaube ich Ihnen. Aber wenn Sie dann behaupten, daß Enid Tom ermordet hat! Noch nie in meinem Leben habe ich etwas so Idiotisches gehört! Das ist einfach zuviel, zu . . . zu idiotisch!«

Er stand auf und zog sein Jackett über. »Werden Sie wenigstens darüber nachdenken?«

Sie blinzelte ihn mit feuchten Augen an. »Glauben Sie etwa, ich wäre in der Lage, über irgend etwas anderes nachzudenken?«

»Ich möchte Sie ja nur bitten, darüber nachzudenken. Sie haben eine andere Frau unterschätzt, Francine. Man hat Sie hereingelegt.«

Sie öffnete die Wohnungstür. »Gute Nacht, Fletch.« Ihre rotgeränderten Augen sahen ihn flehend an. »Würde es etwas nützen, wenn ich Sie bäte, zu verschwinden und uns in Ruhe zu lassen?«

Fletch gab Francine Bradley einen Kuß auf die Wange. »Gute Nacht, Francine. Danke für das Abendessen.«

»Guten Morgen, Moxie. Habe ich dich geweckt?«

»Natürlich hast du mich geweckt. Wer ist da?«

»Dein Gastgeber. Dein Bankier.«

»Himmel, Fletch, es ist Samstag. Vor zwei Uhr brauche ich nicht auf der Probe zu sein.«

»Kalifornische oder New Yorker Zeit?«

»Bist du etwa immer noch in New York?«

»Yeah, aber in ein paar Minuten schwirre ich nach Texas ab.«

»Was willst du denn in Texas?«

»Ich suche nach einer Leiche, Schätzchen. Und bis jetzt habe ich noch keine gefunden.«

»Dann ist Thomas Bradley also nicht quicklebendig und lediglich in New York untergetaucht?«

»Allem Anschein nach nicht. Obwohl ich mir große Mühe gegeben habe, seine Schwester aus ihrer Ruhe aufzuscheuchen, hat sie ihn mir nicht vorgeführt.«

»Was sagt sie denn?«

»Alles, was ich ihr erzähle, scheint sie echt aus der Fassung zu bringen. Sie ist eine smarte, beherrschte, tüchtige Dame und weiß ganz bestimmt, daß ich früher oder später den Startpfiff gebe und alle Beweise, die ich habe, den Behörden vorlege. Im Grunde bin ich überzeugt, daß sie ihren Bruder mittlerweile aus der Versenkung geholt hätte – wenn sie könnte.«

»Mann, ist ja toll, Fletch. Mir kommt da eine Idee – angenommen, Thomas Bradley ist tatsächlich gestorben, trotz dieses Artikels in der *News-Tribune.* Hast du das schon mal in Erwägung gezogen?«

»Ich fange gerade an, mich mit meinen eigenen Theorien anzufreunden.«

»O nein.«

»O ja.«

»Bis jetzt, mein Schatz, sind deine Theorien ungefähr soviel Wert gewesen wie ein aufmunterndes Grinsen in einem Ringkampf.«

»Probieren geht über studieren, empirische Methode.«

»Was ist in Texas los?«

»Alles, wenn du einen Texaner fragst. Die Familie Bradley stammt dorther.«

»Und wenn schon«, sagte sie von dem einzigen Wunsch beseelt, sich wieder in die Kissen zu kuscheln und weiterzuschlafen.

»Würdest du denn nicht, wenn du jemanden suchst, tot oder lebendig, in seiner Heimat nachsehen?«

»Nein, heutzutage nicht mehr. Wir haben keine Heimat mehr, nur noch Wohnstätten. Um die Wahrheit zu sagen, Fletch, du hast keine Ahnung, was du tust.«

»Richtig.«

»Du jagst in der Gegend herum und landest nirgends.«

»Auch richtig.«

»Du düst von Mexiko nach New York, von New York nach Texas und Gott weiß wohin, nur, weil du dich tief im Innern deiner eitlen kleinen Seele einfach nicht damit abfinden kannst, daß du so entsetzlich dämlich warst, öffentlich einen Mann zu zitieren, als ob er noch unter den Lebenden weilte.«

»Dein Scharfsinn, Moxie, trägt nicht gerade dazu bei, mir Mut zu machen.«

»Das will ich hoffen. Ebenso richtig ist auch, daß du nicht wie eine läufige Hündin durch die Gegend hecheln würdest, wenn du nicht von einem unbekannten James St. E. Crandall eine Erbschaft erhalten hättest und, möchte ich hinzufügen, von mir die Erlaubnis, sie anzutreten.«

»Auch richtig.«

»Ich dumme Gans.«

»Ich hoffe, du schämst dich.«

»Ich schäme mich nicht. Ich friere so allein in meinem Bett. Das ist ein gänzlich anderes Gefühl.«

»Du solltest mal hier bei mir sein, in meinem überheizten New Yorker Hotelzimmer. Dampfende Hitze und rundum Spiegel.«

»Wie schön. Hoffentlich genießt du deine einsamen Ferientage. Falls es dich interessiert: Du hast noch einen Job verloren.«

»Habe gar keinen anderen Job gehabt.«

»O doch. Ich habe dir davon erzählt. Die männliche Hauptrolle in *In Love.*«

»Diesen Job habe ich verloren? Oh, wehe mir! Wehe! Wehe, sage ich!«

»Sam ist fort. Wurde durch Rick Caswell ersetzt. Er ist absolut hinreißend.«

»Da bin ich aber froh.«

»Er sieht phantastisch aus, lange Wimpern, du weißt schon.«

»Nein.«

»Sein Timing ist perfekt.«

»Keine Probleme mit dicken Oberschenkeln, hä?«

»Was? O nein. Er war Querfeldeinläufer für Nebraska. Er ist hinreißend.«

»Das sagtest du bereits, meine ich.«

»Ach ja? Tut mir leid. Er ist wirklich hinreißend.«

»Oh.«

»Ehrlich.«

»Da kommt mir gerade *die* Idee. Sag mal, Moxie – ?«

»Darf ich jetzt wieder ins Bett? Ich meine, ich bin doch bloß ans Telefon gegangen, weil ich hoffte, daß deine Ex-Frau wieder dran wäre und ich ihr noch ein paar Märchen erzählen könnte.«

»Hättest du Lust, mir ein bißchen Buddelarbeit abzunehmen?«

»Für diese Bradley-Geschichte?«

»Ich weiß ja, daß du nicht daran glaubst; du möchtest am liebsten meiner Inkompetenz und Dämlichkeit die Schuld an allem zuschieben...«

»Ich habe eigentlich nicht viel Zeit, Fletch. Das Stück steht kurz vor der Premiere –«

»Nur ein ganz bißchen Buddelarbeit, Moxie.«

»Stets zu Diensten, mein Liebling, mein Gastgeber, mein schwerreicher Bankier.«

»Könntest du ein paar Leute zusammentrommeln – vielleicht deine Spezies vom Theater – und den Garten hinter Enid Bradleys Haus umgraben? Zwischen neun und fünf Uhr ist sie normalerweise nicht zu Hause.«

»Was?«

»Du kannst ihnen ja erzählen, daß du einen Schatz suchen würdest oder so was.«

»Verstehst du das etwa unter Buddelarbeit?«

»Ihr werdet mehr als einen Spaten brauchen, wenn ihr den ganzen Garten in acht Stunden umgraben wollt.«

»Willst du Enid Bradley jetzt bei der Gartenarbeit helfen?«

»Nein, nein. Du verstehst nicht, worum es geht. Ich suche etwas.«

»Was?«

»Das, was ich pausenlos suche: Thomas Bradley.«

»Wie bitte? Fletch, das ist doch nicht dein Ernst!«

»Ich glaube, daß Enid Bradley ihren Herrn Gemahl in den Garten gepflanzt hat.«

»Fletch.«

»Ja.«

»Fletch, du denkst nicht nach.«
»Nein?«
»Falls du Thomas Bradley unter den Rhododendronbüschen seiner Frau Gemahlin finden solltest, hättest du damit seinen Tod bewiesen.«
»Das ließe sich wohl kaum vermeiden.«
»Und falls Thomas Bradley tot ist, bist du erledigt.«
»Ein Zustand, in dem ich mich ohne Zweifel bereits befinde.«
»Warum willst dann ausgerechnet *du* seine Leiche finden?«
»Aus zwei Gründen. Erstens: Es würde meine Neugier befriedigen.«
»Eine reichlich kostspielige Neugier. Und der zweite überwältigende Grund?«
»Es wäre natürlich eine verdammt heiße Story.«
»Fletcher –«
»Wirst du mir helfen?«
»Nein.«
»Ein bißchen Bewegung würde euch allen jetzt guttun. Vor allem diesem Burschen Rick. Überlege doch mal, was ihr euch mit dem Gartenumgraben für einen netten Tag machen könntet.«
»Rick braucht keine Bewegung. Er ist –«
»Ich weiß.«
»– hinreißend.«
»Moxie, du erfindest die gemeinsten, unannehmbarsten Ausreden, um dich vor deinen Pflichten zu drücken.«
»Und du bringst es einfach nicht fertig, dich auf würdevolle Weise mit einem Rausschmiß abzufinden! Kratz die Kurve, Fletch. Mach Schluß!«
»Ich bin hier einer Sache auf der Spur, Moxie. Ehrlich. Geh den Garten umgraben. Bitte!«
»Wiedersehen, Fletcher. Bin gerade wieder eingeschlafen.«
»Moxie? . . . Moxie? . . . Moxie?«

Endlich rollte ein Taxi an den Bordstein vor dem Standesamt von Dallas. Der Fahrer kurbelte die Seitenscheibe herunter.
»Drei neunundvierzig Grantchester Street«, sagte Fletch.
»Was hamse denn da zu suchn?« Der Taxifahrer machte das gleiche

Gesicht wie alle Taxifahrer auf der Welt, wenn sie mit *diesen verdammten Fremden, die keinen blassen Schimmer haben, worüber sie reden,* sprechen.

»Warum sollte ich da nichts zu suchen haben?«

»Suchense wen?«

»So könnte man's nennen.«

»Na bitte, den wernse nich finden.«

»Der Gedanke kommt mir auch allmählich.«

»Bin ziemlich sicher, daß die ganze Straße da 'n riesiger Orkus is.«

»Ein riesiger was?«

»Ob grad die Nummer da, weiß ich natürlich nich. Was für 'ne Nummer hamse gesagt?«

»Drei neunundvierzig.«

»Na, dann steigense halt mal ein. Sehn aus, als könntense's besser verkraften als ich, 's Fahrgeld aus'm Fenster zu schmeißn.«

Die trockene Hitze trieb Fletch den Schweiß aus allen Poren. Als er die Fondtür hinter sich zugeschlagen hatte, hörte er das laute Surren der Klimaanlage. Im Innern des Wagens war es um etliche Grade kälter als draußen. Der Fahrer startete den Motor und ließ sich, unbeeindruckt von irgendwelchen anderen Autofahrern in Dallas, die ihn überholen wollten, in aller Gemütsruhe mit dem Verkehrsstrom treiben. Während der Fahrt kurbelte er das Seitenfenster wieder hoch, wodurch es im Wageninnern noch kälter wurde.

»Die ganze Straße da unten is 'n Riesenorkus.«

Fletch war am Montagmorgen um neun Uhr auf dem Standesamt in der Innenstadt von Dallas erschienen. Eine schlanke, grauhaarige Frau hatte sich seiner simplen Anfrage nicht nur mit großem Interesse und persönlichem Engagement angenommen, sondern sie auch als eine Gelegenheit genutzt, sich einem eindeutig nichtgebürtigen Texaner gegenüber gastfreundlich zu erweisen. Sie schenkte Fletch aus der Bürokanne Kaffee ein, bot ihm einen Krapfen an, der, wie sie ausdrücklich betonte, versehentlich bestellt worden wäre, verschwand in den Magazinen und kehrte mit einem Band zurück, der für sie eigentlich viel zu schwer und obendrein so staubig war, daß ihre Bluse aussah, als wäre sie unter die Räder eines Omnibusses geraten. Außer dem Geburtsdatum legte sie ihm die Bestätigung vor, daß Thomas Bradley tatsächlich in Dallas, Texas, im Dallas Hospital als Sohn von Lucy Jane (McNamara) und John Joseph Bradley, drei neunundvierzig Grantchester Street, geboren worden war.

»Wie ich Ihnen ja grad gesagt hab, is das da 'n Riesenorkus.

Machense mir also, wenn wir da sin, keinen Zirkus nich, Jüngelchen, daß ich Se hingebracht hab'.«

»Ich mache keinen Zirkus«, versprach Fletch.

»Wose schon nich vom Bau sin.«

»Von was?«

»Wennse ausgesehn hättn, als wennse vom Bau wärn, hätt ich ja nix gesagt. Tunse aber nich.«

»Aha«, sagte Fletch.

Unzählige Spiegel – die Fenster der Gebäude, die Windschutzscheiben und das Chrom der Autos – reflektierten das Sonnenlicht während der Fahrt. Der Taxifahrer hatte eine Sonnenbrille aufgesetzt.

Auf Fletchs Haut gefror der Schweiß. Fröstelnd preßte er die Arme an seinen Oberkörper.

Die Dame im Standesamt war sehr freundlich und sehr hilfsbereit gewesen, hatte einen Band nach dem anderen für ihn herangeschleppt. Fletch bezweifelte, daß ihre Bluse jemals wieder blütenweiß werden würde.

Der Taxifahrer bog nach rechts ab und dann nochmals nach rechts. Das Schild mit der Aufschrift *Grantchester* war verbogen.

Vor ihnen, zu beiden Seiten der Straße, erstreckte sich ein riesiger Bauplatz. Rechts und links von den Bürgersteigen war eine Sicherheitskette gespannt. Mitten im Bauschutt döste ein unbeschäftigter Bulldozer vor sich hin. Arbeiter waren keine zu sehen. Was dort auch immer an Geschäftsgebäuden, Wohnhäusern, Bäumen gestanden haben mochte, man hatte es dem Erdboden gleichgemacht. Weder auf der einen noch auf der anderen Straßenseite war mit dem Bau neuer Häuser begonnen worden.

»Stadtsanierung«, sagte der Fahrer. Er bremste den Wagen ab und fuhr näher an den verschmutzten Bordstein heran. »'n Riesenorkus.«

»Oh«, sagte Fletch. Er war noch nie so weit gefahren, um ein Loch zu besichtigen. »Eine tote Gegend.«

»Kein Mensch hier«, stellte der Fahrer lakonisch fest. »Nach wemse auch immer gesucht ham.«

»Sieht so aus.«

»Nich mal wer, den man fragen kann.«

»Nein.«

»Wird 'ne Menge gebaut in Dallas«, sagte der Fahrer.

»Da sind Sie wohl stolz drauf, was?«

Er nannte dem Fahrer den Namen des Hotels, wo er die Nacht zum Montag verbracht hatte und keine weitere mehr verbringen würde.

»Francine?«

Fletch war sich nicht sicher gewesen, ob sie seinen Anruf entgegennehmen würde. Er hatte sich bei ihrer Sekretärin mit seinem richtigen Namen gemeldet.

Nach der Rückkehr ins Hotel hatte er geduscht, die Badehose angezogen und eine Weile im Swimmingpool auf dem Dachgarten des Hotels herumgeplanscht, bis sein Puerto-de-San-Orlando-Sonnenbrand wieder zu schmerzen begann. Jetzt saß er auf der Kante seines Bettes und überlegte, was er auf der Reise anziehen sollte.

»Ja, Mister Fletcher. Ich meine, Fletch.« Francine sprach mit tiefer, zurückhaltend und erschöpft klingender Stimme.

»Irgendwelche neuen Ideen?« fragte Fletch. Er hatte direkt gewählt. Weder die Sekretärin noch Francine konnten daher feststellen, daß er von Dallas aus in New York anrief.

»Wozu?«

»Dazu, worüber wir am Freitagabend gesprochen haben.«

»Nun ja, ich sehe ein, daß man Ihnen Schaden zugefügt hat, Fletch. Ich verstehe das. Irgendein Durcheinander bei Wagnall-Phipps hat Sie Ihren Job gekostet. Ihren Beruf. Ich würde gerne mit Enid über eine Entschädigung für Sie sprechen.«

»Wie meinen Sie das?«

»Finanziell. Ob es nun Charles Blaines Fehler war oder ein Versehen im Büro – oder ob Enids und meine Entscheidung, die Mitteilung über Toms Tod sechs Monate zurückzuhalten, daran schuld war –, die Tatsache bleibt bestehen, daß Sie darin verwickelt wurden und Schaden erlitten. Es ist zum Teil unsere Schuld – das sehe ich ein – oder die Schuld von Wagnall-Phipps. Sie haben durch uns Schaden erlitten, sogar einen so erheblichen, daß Sie sie alle möglichen Dinge einbilden. Abenteuerliche Dinge.«

Ihre kehlige Stimme klang so sanft, daß Fletch sich dabei ertappte, wie er den Telefonhörer ganz fest an sein Ohr preßte.

»Ich möchte Enid vorschlagen, daß wir Sie irgendwie entschädigen – mit einem halben Jahresgehalt zum Beispiel. Genug, um Ihnen eine Reise nach Europa zu ermöglichen, einen Urlaub oder was auch immer, damit Sie in Ruhe darüber nachdenken können, wie Sie Ihr Leben künftig gestalten wollen.«

»Das ist nett von Ihnen«, sagte er.

»Nun, ich bin aufrichtig davon überzeugt, daß wir Ihnen das schuldig sind. Meiner Meinung nach ist dieses ganze Durcheinander nur entstanden, damit Enids Autorität in der Firma gewahrt, ihr über eine schwere Zeit hinweggeholfen wurde. Es besteht keinerlei Grund, Sie dafür büßen zu lassen.«

»Francine, wo wurden Sie geboren?«

Am anderen Ende der Leitung blieb es eine Weile still, ehe sie antwortete: »Mein Vater war Ingenieur, wissen Sie. Ich wurde auf einer Forschungsstation geboren.«

»Wo war die?«

»In Juneau, Alaska.«

»Aha.«

»Fletch, warum lassen Sie mich nicht über all das mit Enid sprechen?«

»Sie scheinen nicht viel über den Beweis nachgedacht zu haben, den ich Ihnen lieferte, Francine.«

»O doch, ich habe sehr wohl darüber nachgedacht. Und ich habe für alles eine ganz einfache Erklärung gefunden, unglaublich naheliegende Erklärungen. Allerdings werde ich Enid eine Sache niemals erzählen, daß ihr nämlich der Schweizer Leichenbestatter die Asche einer verbrannten Perserbrücke, oder was für ein Teppich das auch war, ausgehändigt hat. Das ist grauenvoll. Ich vertraue darauf, daß auch Sie Enid niemals davon erzählen werden.«

Fletch betrachtete lächelnd seine Fußzehen.

»Kann ich Sie noch einmal sehen?« fragte er.

»Ich würde mich darüber freuen. Gegen Ende der Woche?«

»Donnerstagabend?«

»Gut. Kommen Sie Donnerstagabend in meine Wohnung. Bis dahin habe ich alles ausführlich mit Enid besprochen und werde wissen, was sie davon hält. Ich bin sicher, daß sie mir zustimmen wird. Vielleicht würde Ihnen eine Auslandsreise ja gerade in diesem Augenblick Ihres Lebens guttun. Vielleicht könnte sie Ihnen helfen, manches in einem anderen Licht zu betrachten.«

»Bis Donnerstagabend«, sagte Fletch.

Nachdem er den Hörer auf die Gabel zurückgelegt hatte, ging Fletch durch sein Hotelzimmer in Dallas zu seinem Koffer und zog seinen Sweater aus.

»Moxie?«
»Fletch?«
»Hallo.«
»He, wir gehen gerade die letzte Szene durch. Irgendwer sagte, daß mich jemand aus Juneau, Alaska, anrufen würde, weiß der Himmel. Ich kenne niemand in Juneau, Alaska.«
»Du kennst mich.«
»Du bist in Juneau, in Alaska?«
»Jawoll.«
»Junge, du machst aber auch alles falsch. Da steuerst du Dallas in Texas an, und wo landest du? In Juneau in Alaska. Typisch Fletch. Linda hat mich ja davor gewarnt, daß du auf dem Heimweg vom Büro in Hawaii Station machst. Aber ihr blieb wenigstens immer noch ein Hackbraten als Gesellschafter.«
»Halt mal einen Moment die Luft an.«
»Gibt's da Leichen in Juneau oder was?«
»Ich war gestern in Dallas.«
»He, Fletch. Du solltest nicht mitten in den Proben anrufen, weißt du? Ich meine, stell dir mal vor, wenn jeder von uns ans Telefon gerufen würde. Dann käme die Premiere nie zustande.«
»Warum bist du denn dann ans Telefon gegangen?«
»Weil ich dachte, daß der liebe, alte Freddy am Apparat ist und wieder mal nach Ophelia schreit oder so was. Nach einer Dame mit eisernen Nerven für seine Sauregurkenzeit-Messerwerfer-Nummer.«
»Ich möchte dich etwas fragen.«
»Was? Ich muß zur Probe zurück.«
»Ist dir irgendwann schon mal irgend etwas begegnet, was dir vollkommen unverständlich ist?«
»Klar. Mein Vater.«
»Ich meine, etwas, das dir einfach nicht in den Kopf will?«
»Klar, mein Vater.«
»Wo sich alle Fakten zu etwas summieren, was schlichtweg nicht möglich sein kann?«
»Klar. Mein Vater.«
»Ich meine es ernst.«
»Ich auch.«
»Ich meine es wirklich ernst, Moxie. Wenn du etwas herausfindest, was absolut nicht wahr sein kann?«

»Nein. Ich glaube kaum.«
»Wenn du in einer solchen Situation wärst, was würdest du tun?«
»Meine Schlußfolgerung mit äußerstem Mißtrauen betrachten.«
»Hm. Das hab' ich probiert.«
»Und, klappt's nicht?«
»Nein.«
»Na denn, ich muß wieder an die Arbeit.«
»Ich habe noch eine Frage.«
»Welche? Wann kommst du nach Hause?«
»Freitagabend wahrscheinlich.«
»Was wolltest du fragen?«
»Wie geht's Rick?«
»Oh, er ist –«
»Ich weiß. Wiedersehen, Moxie.«

Am Donnerstagmorgen vor Tagesanbruch wartete Fletch wieder auf der gegenüberliegenden Straßenseite von Francine Bradleys Apartmenthaus. Obwohl es ein warmer Frühlingsmorgen war, trug Fletch wieder Regenmantel und Hut, ebenso die Fensterglasbrille. Er stand im Eingang einer Reinigung, die noch nicht geöffnet hatte. Zu seiner Überraschung zwitscherten Vögel in New York City. Als der Tag anbrach, konnte er sie zwar immer noch hören, aber noch nicht sehen. Und auch die Sirenen konnte er hören, was nicht überraschend war. Denn gleich, wo und wann, bei Tag oder bei Nacht, man sich in New York befand, heulte irgendwo immer eine Sirene.

Um Viertel vor sechs hielt ein Taxi vor Francines Apartmenthaus. Mit einem kurzen Regenmantel und hohen Stiefeln bekleidet, verließ sie mit flottem Schritt das Gebäude und stieg in das Taxi.

Bis Fletch endlich selbst ein Taxi fand, war ihres bereits einige Häuserblocks in Richtung Innenstadt entfernt. Da jedoch kaum Verkehr herrschte, war es nicht schwer, den anderen Wagen einzuholen. Fletch erzählte dem Fahrer, daß in dem anderen Taxi seine Frau säße, die ihre Brieftasche vergessen hätte.

Sie durchquerten den Central Park mit ziemlich hoher Geschwindigkeit und bogen dann wieder nach Norden ab.

An der Ecke der West 89th Street verließ Francine das Taxi.

Fletch schickte sein Taxi weg und ging langsam auf die Straßenecke zu. Als er dort ankam, sah er, daß Francine etwa in der Mitte des Häuserblocks in eine Allee einbog.

Mit gesenktem Kopf schlenderte er an der Einmündung der Allee vorbei und warf schnell einen Blick hinein. Was er sah, war eine Kuriosität in New York: einen kopfsteingepflasterten Hof, umgeben von Pferdeboxen mit halbhohen Stalltüren, über denen jeweils, mit einer Ausnahme, ein Pferdekopf herauslugte. In den Ecken des Hofes lagen Heuballen. Drei Stallknechte waren mit ihren allmorgendlichen Arbeiten beschäftigt. Einer von ihnen half Francine auf einen Apfelschimmel.

Fletch schlenderte weiter. Als er das Ende des Blocks erreicht hatte, hörte er hinter sich das Klappern von Hufen auf einer harten Oberfläche und sah sich um.

Francine ritt aus der Allee heraus und steuerte auf den Park zu. Ihren kurzen Regenmantel hatte sie ausgezogen.

»Hallo«, sagte sie, als sie ihm die Tür zum Apartment 21M öffnete.

Fletch blickte auf Francines Busen.

Es war kurz nach achtzehn Uhr. Der Pförtner hatte Fletch mitgeteilt, daß er erwartet werde und er Miss Bradley telefonisch ankündigen wolle, daß Fletch auf dem Weg nach oben sei.

»Hallo.«

Francine Bradley hatte frisches Make-up aufgelegt. Sie trug eine Perlenkette und ein blaßgraues Cocktailkleid mit tiefem Dekolleté. Francine Bradley hatte keine großen, aber für eine Frau ihres Alters erstaunlich straff aussehende Brüste, auf die sie, wie Fletch aus dem Schnitt ihres Kleides schloß, stolz war.

»Sie sehen ein wenig müde aus«, sagte sie, als sie die Tür hinter ihm schloß. »Wird meinem Orangensaft-und-Cornflakes-Unschuldslamm etwa das New Yorker Leben zu strapaziös?«

»Ich habe mir die Umgebung angesehen«, antwortete Fletch.

Sie führte ihn ins Wohnzimmer, blieb jedoch in der Nähe des Barschranks stehen. Er ging weiter bis zu dem großen Fenster am anderen Ende des Raumes und warf einen Blick nach unten. Dann schaute er aus dem Fenster.

»Möchten Sie etwas trinken?« fragte sie.

»Jetzt noch nicht.«

»Ich werde wohl auch noch etwas warten.«

Francine nahm auf der Couch Platz. »Sie wirken wirklich müde.« Sie schüttelte ein Kissen auf. »Auch ein wenig befangen.«

»Nein«, sagte Fletch vom Fenster her. »Ich bin nicht befangen.«

»Sicherlich können Sie es gar nicht erwarten, unsere Entscheidung zu hören.«

»Welche Entscheidung?«

»Ich habe zwei oder drei lange Gespräche mit Enid geführt. Natürlich habe ich ihr nichts von all Ihren verrückten Ideen erzählt. Ich erzählte ihr nur, daß Sie hier aufgekreuzt wären und einen verzweifelten Eindruck gemacht hätten und daß ich Sie zum Dinner eingeladen und mir alles angehört hätte. Soweit mir klargeworden wäre, hätten Sie Ihren Job wirklich nur deshalb verloren, weil sie und ich die Nachricht von Toms Tod absichtlich zurückgehalten hätten, bis Enids Position bei Wagnall-Phipps gefestigter gewesen wäre. Sie wären, zum Teil auch durch Charles Blaines Spinnereien und all das, da irgendwie mitten hineingeraten. Kurzum, ich habe Enid erzählt, daß Sie beruflich mehr oder weniger ruiniert wären – und zwar für Ihr ganzes Leben. Ist das mehr oder weniger korrekt?«

»Mehr oder weniger.«

»Sie sagte, daß Sie in der Southworth Prep School gewesen wären und Roberta belästigt hätten. Von Ihrem Besuch bei Tom schien sie nichts zu wissen. Ich erzählte ihr, daß Sie die beiden aufgesucht hätten, um sich zu entschuldigen. Das stimmt doch, oder?«

»Mehr oder weniger.«

»Enid sah schließlich ein, daß wir für das, was Ihnen zugestoßen ist, zumindest teilweise die Verantwortung tragen. Sie schloß sich meiner Meinung an und stimmte zu, daß wir Ihnen da heraushelfen sollten. Finanziell, meine ich.«

Auf der gegenüberliegenden Straßenseite konnte Fletch ein älteres Paar sehen, das in Gartenstühlen unter einem Sonnenschirm auf einer Dachterrasse saß. Zwischen ihnen auf einem kleinen Metalltisch standen ein Martinishaker und ein Teller mit Cracker und Käse. Die Füße des Mannes waren mit einer Zeitung bedeckt. Während er das Paar beobachtete, sagte die Frau irgend etwas, was den Mann zum Lachen brachte.

»Wir wissen natürlich nicht genau, was ein Reporter verdient«, fuhr Francine fort. »Aber wir stellen uns vor, daß Sie ein gutes halbes Jahr brauchen werden, bis Sie wieder Fuß gefaßt haben, bis Sie wieder etwas Interessantes, einen neuen Beruf gefunden haben. Bis Sie wieder zur Ruhe gekommen sind und sich von dieser fixen Idee über uns befreit haben. Für eine Weile herumzureisen, könnte dabei vielleicht von Nutzen sein. Mit dem, was wir Ihnen geben, könnten Sie auch einen neuerlichen Schulbesuch finanzieren.«

Fletch hörte, wie Francine tief Luft holte.

»Was mich betrifft, so bin ich Ihnen natürlich sehr dankbar, daß Sie mir von Tom erzählt haben. Wir waren ja völlig ahnungslos. Enid hat ihn in seiner Wohnung im College aufgesucht und die traurige Wahrheit über ihn entdeckt. Er döste in der Badewanne vor sich hin – genau, wie Sie es gesagt haben. Hatte überhaupt keinen Lebenswillen mehr. Enid übergab ihn umgehend in die Hände von Fachleuten. Es wird natürlich eine Zeitlang dauern«, fuhr sie leise fort, »aber er wird wieder in Ordnung kommen. Auch wenn nichts von alledem, was Sie getan oder gesagt haben, irgendeinen Sinn ergibt, die Tatsache, Fletch, daß Sie uns über Toms Zustand aufklärten, läßt uns ewig in Ihrer Schuld stehen. Aber das ist eine menschliche Angelegenheit...«

Ihre Stimme versagte.

Auf der Dachterrasse gegenüber schenkte der Mann der Frau noch einen Martini ein.

»Also.« Francines Stimme wurde wieder lebhafter. »Enid und ich haben beschlossen, Ihnen als Entschädigung ein halbes Jahresgehalt anzubieten. Wir werden das irgendwie über Wagnall-Phipps regeln, damit es uns nicht allzusehr belastet. Damit können Sie machen, was Sie wollen, damit können Sie fahren, wohin Sie wollen. Und es bietet Ihnen die Chance, Ihr Leben wieder in Ordnung zu bringen.«

»Nein.«

»Wie bitte?«

Fletch sah unverwandt zum Fenster hinaus. »Nein.«

»Ehrlich, Fletch«, sagte Francine nach einer kurzen Pause. »Ist das etwa nicht der wahre Grund, warum Sie Enid und mich aufgesucht haben? Daß Sie das Gefühl hatten, wir schuldeten Ihnen etwas? Machen Sie sich doch nichts vor. In Wahrheit haben Sie doch gehofft, daß wir ein gewisses Verständnis für Ihre Lage zeigen und Ihnen, sagen wir mal, da heraushelfen würden, nicht wahr?«

»Nein.«

»Was ist los? Bieten wir Ihnen zuwenig an? Sie möchten doch, daß wir Ihnen finanziell helfen, nicht wahr?«

»Nein.«

In dem dunkler werdenden Raum war es lange Zeit still.

Fletch sah zu, wie das ältere Paar gegenüber seine Gartenstühle zusammenklappte, die Zeitung, den Martinishaker, die Gläser und den Teller mit Cracker und Käse zusammensammelte und durch die Dachluke verschwand.

Fletch sagte: »Ich bin sicher, daß Melanie Ihrer Wiedergeburt erwartungsvoll entgegensieht.«

Er wandte sich gerade noch rechtzeitig vom Fenster ab, um zu sehen, wie Francines Hände zitterten, wie sie sich krampfhaft bemühte, weder Überraschung noch Panik in ihrem Gesicht zu zeigen. Schließlich gelang es ihr, eine herablassende Miene aufzusetzen. »Worüber reden Sie denn jetzt schon wieder?«

»Über Melanie. Ihr Pferd. Ihr Pferd in Kalifornien. Niemand hat bisher Ihr Pferd verkauft.«

»Was soll das heißen *mein Pferd*?«

»Mir ist das zwar alles völlig schleierhaft.« Fletch, der immer noch vorm Fenster stand, zuckte die Achseln. »Aber Sie sind Tom Bradley.«

»Mein Gott!« stöhnte Francine. »Jetzt ist dieser Mensch total übergeschnappt!«

Fletch, dem seine Verwirrung deutlich im Gesicht geschrieben stand, blickte erneut auf ihren Busen. »Mag sein.«

»Erst erzählen Sie mir, daß Enid Tom umgebracht hat, und jetzt, daß ich Tom sei!« Sie lachte lauthals. »Vielleicht brauchen Sie doch mehr als nur ein halbes Jahr Ferien!«

Fletch, der mit dem Rücken zum Fenster stand, starrte die Gestalt, die da auf der Couch saß, an. »Ich muß zugeben«, sagte er, »daß Sie fabelhaft sind.«

»Enid hat Toms Pferd – Melanie, oder wie es auch heißen mag – nicht verkauft – *ergo* bin ich mein Bruder? Enid war beschäftigt, wie Sie wissen, sehr beschäftigt. Sie mußte sich um eine Familie und um ein ziemlich großes Unternehmen kümmern. Da ist der Verkauf eines Pferdes ja wohl das letzte, worum sie sich Sorgen zu machen hat.«

»Sie reiten«, sagte Fletch. »Ich habe Sie heute morgen beobachtet, in der West 89th Street.«

»Ja, ich reite gern. Mein Bruder ist gern geritten. Macht mich das schon zu meinem Bruder?«

»An dem Abend, an dem wir zusammen gegessen haben«, sagte Fletch, »am vergangenen Freitagabend, haben Sie mir fast die ganze

Zeit über eine lange, verworrene, nicht besonders komische Hintertreppengeschichte erzählt.«

»Ja, und? Es tut mir leid, daß Ihnen meine Geschichte nicht gefallen hat. Ich hatte etwas getrunken. Ich fand sie komisch.«

»Lange, nicht besonders komische Hintertreppenwitze sind typisch für Thomas Bradley. Das habe ich sowohl von Mabel Franscatti und Alex Corcoran als auch von Charles und Mary Blaine erfahren.«

»Tom und ich waren uns in gewissen Dingen sehr ähnlich. Schließlich waren wir Bruder und Schwester. Fletch, sind Sie geistesgestört?«

»Bruder ... Schwester. Sie sind Ihr Bruder.«

»Ich bin auch mein eigener Großvater.«

»Schon möglich.«

»Wie lautet die Pointe dieses Witzes?«

»Die Pointe lautet, daß ich nur ein einziges Stück Papier in der Hand habe, obwohl ich mittlerweile eigentlich schon drei haben sollte.« Er zog aus der Innentasche seines Jacketts Thomas Bradleys Geburtsurkunde heraus und legte sie vor Francine auf den Couchtisch. »Thomas Bradley wurde in Dallas, Texas, geboren.«

Sie nickte. »Danke. Das war mir bekannt.«

»Ich bin in Dallas gewesen, am Sonntag«, sagte er. »Ihre alte Umgebung ist übrigens dem Erdboden gleichgemacht worden.«

Sie zuckte die Achseln. »Alles ist vergänglich.«

»Sie wurden nicht in Dallas, Texas, geboren.«

»Das sagte ich Ihnen bereits. Ich bin in Juneau, Alaska, geboren.«

»Am Dienstag war ich in Juneau, Alaska. Sie wurden auch nicht in Juneau, Alaska, geboren.«

Francine starrte ihn an.

»Und Thomas Bradley ist auch nicht in der Schweiz gestorben.«

Fletch war wieder zum Fenster zurückgekehrt, ließ sie jedoch auch weiterhin nicht aus den Augen. »Demnach habe ich anstelle von zwei Geburtsurkunden und einer Sterbeurkunde nur eine Geburtsurkunde. Und das ist Ihre. Die Bradleys hatten nur ein Kind – einen Sohn mit Namen Thomas.«

»Ich wurde ziemlich weit außerhalb von Juneau geboren, ungefähr hundert Meilen weiter weg –«

»Sie wurden überhaupt nicht geboren, Francine.«

Sie seufzte und wandte den Blick ab. »Mein Gott.«

»Und Tom Bradley ist nicht gestorben.«

»Und Sie vertrauen blindlings irgendwelchen Papierfetzen, Fletcher, irgendwelchen Behörden, Beamten, Sekretärinnen –«

»Und Schweizer Leichenbestattern. Ich vertraue Schweizer Leichenbestattern. Sie haben diese Aktennotizen für die Finanzabteilung selbst ausgeschrieben, Francine, und die Initialen ›T. B.‹ daruntergesetzt, wahrscheinlich sogar völlig unbewußt. Wir haben alle irgendwelche simplen Angewohnheiten, die uns in Fleisch und Blut übergegangen sind. Wir alle tun bestimmte Dinge auf eine bestimmte Art und Weise und halten unbewußt daran fest, gleich unter welchen Umständen.« Er sah sie einen Moment abwartend an. »Richtig?«

»Nein«, sagte sie.

»Francine, würden Sie bitte mal herkommen?«

Sie sah wie ein verängstigtes, störrisches Kind aus.

»Bitte kommen Sie her.«

Sie erhob sich und kam mit zögernden Schritten zu ihm. Der niedrige Tisch trennte sie voneinander.

»Schauen Sie nach unten«, sagte er.

Sie sah nach unten auf das Keramikmosaik, das auf dem niedrigen Tisch lag.

»Fast fertig, nicht wahr?« fragte er.

»Ja.«

»Als ich vor einer Woche zum erstenmal in Ihre Wohnung kam, war es noch nicht einmal halb fertig.«

Den Blick immer noch auf das Mosaik gesenkt, öffnete sie langsam den Mund.

»Ich verstehe.«

»Na, kommen Sie schon, Tom«, sagte Fletch. »Ich will doch nur, wie Sie schon sagten, meine eigene Haut retten.«

Francine wölbte eine Hand wie eine Brücke zwischen Stirn und Kiefer über ihr Gesicht, wirbelte herum und eilte quer durch das Wohnzimmer auf die Diele zu. Sie stolperte in einen Sessel.

Fletch hörte, wie die hohen Absätze ihrer Schuhe über das Dielenparkett hämmerten und sie dann an eine Tür klopfte.

»Enid?« rief Francine. »Enid, Liebes, würdest du mir bitte zur Hilfe kommen?«

»Fletch, glauben Sie an die Seele?«

»Die Seele ist etwas Immaterielles«, antwortete er.

»Soll das eine Anspielung sein?« fragte Francine.

»Natürlich.«

Enid Bradley war von der Diele ins Wohnzimmer gekommen und hatte dabei so zaghaft einen Gesundheitsschuh vor den anderen gesetzt, als wäre sie nicht sicher, wohin sie der Weg führte. »Hallo, Mrs. Bradley«, hatte Fletch sie begrüßt. Sie machte einen besorgten, verwirrten Eindruck und sprach kein Wort.

Francine kam mit forscheren Schritten hinter ihr her und ergriff ihren Arm. Sie setzten sich nebeneinander auf die Couch.

Fletch lockerte Krawatte und Hemdkragen und nahm auf dem Sessel Platz. »Entschuldigung«, sagte er und blickte wieder auf Francines Busen. »Ich verstehe das einfach nicht.« Als er die beiden nebeneinander sitzen sah, stellte er fest, daß Francine die Kleinere von ihnen war. Auf der Fotografie hinter ihm war Thomas Bradley kleiner als seine Frau. »Aber ich muß es verstehen. Ich muß meine Existenz retten.«

Beide Frauen hatten die Hände in den Schoß gelegt. Francine saß aufrechter da. *Enid sieht immer so aus, als fürchte sie sich entsetzlich vor dem, was im nächsten Augenblick geschehen könnte – wissen Sie, als ob sie Angst hätte, daß gleich irgend jemand etwas Unanständiges sagen könnte,* hatte Mary Blaine an jenem Abend in Puerto de San Orlando gemeint. Und Charles Blaine hatte hinzugefügt: *Was ihr Mann ja auch für gewöhnlich tut. Tat, meine ich.*

»Fletch«, fragte Francine, »wissen Sie, was Transsexualität ist?«

»Ich kann nicht sagen, daß ich's verstehe. Ich wäre froh, wenn ich's könnte.«

*Man kann nicht alles verstehen, was passiert,* hatte Roberta, Ta-ta, gesagt, als sie durch die kalifornischen Wälder getrabt waren ... *Man kann natürlich versuchen zu verstehen. Man kann sogar so handeln, als ob man verstanden hätte, auch wenn das noch nicht der Fall ist. Aber gewisse Dinge ...*

»Ein Mann kann in dem Körper einer Frau geboren werden«, erklärte Francine schlicht. »Oder eine Frau in dem Körper eines Mannes.«

»Gibt es denn noch ein anderes Erkennungsmerkmal für Mann oder Frau als unsere Körper?« fragte Fletch.

»Unsere Seelen«, antwortete Francine. »Um Ihren Ausdruck zu benutzen: Es gibt ein immaterielles Ich, das vom materiellen Ich – unserem Körper – unabhängig ist. Ich wurde als Frau in einem männlichen Körper geboren. Das ist die ganze Geschichte. Ich wußte es bereits von meinem zweiten oder dritten Lebensjahr an. Solange ich zurückdenken kann, hatte ich weibliche Bedürfnisse. Ich interessierte mich sehr für Frauenkleider. Ich betrachtete alles mit den Augen einer Frau. Ich liebte Puppen und Babys und Kaffeekränzchen und hochgesteckte Haare. Ich erinnere mich, daß ich meinen Vater völlig fassungslos anstarrte, als er mich zum ersten Mal als *seinen Sohn Tom* vorstellte. Ich war ein Mädchen. Das war alles, was es dazu zu sagen gab. Ich wußte, daß ich ein Mädchen war.«

Francine ging zur Bar hinüber und begann drei Scotch mit Wasser einzuschenken.

»Ich absolvierte die höhere Schule in Dallas als Junge. Ich trug lange Hosen und Sweatshirts und spielte im Uni-Baseballteam. Ich war sogar ein recht guter Halbspieler. Himmel, wissen Sie, was ich jetzt beinahe gesagt hätte? Daß ich wie ein Junge werfen konnte.« Sie lächelte Fletch an. »Ich traf mich mit Mädchen und wurde in der letzten Klasse zum Kassenwart gewählt. Ich wurde ein hervorragender Schauspieler. Mit jedem Wort, mit jedem Gesichtsausdruck verkörperte ich den vollkommenen Mann. Ich hatte alles, was zu einem Mann gehörte, und konnte es bei Bedarf einsetzen. Fragen Sie mich nicht, was wirklich in meinem Kopf vorging, wenn ich mich mit Lucy oder Janey oder Alice auf dem Autorücksitz herumtrieb. Die Mädchen liebten mich hauptsächlich, weil ich soviel Verständnis für sie hatte. Die ganze Collegezeit – die Jungenwohnheime, die Jungengildenhäuser, nun ja, das war ja alles gar nicht so übel. Aber ich fühlte mich wie ein Betrüger – weil ich ein Mädchen war.«

Sie brachte Fletch seinen Drink.

»Können Sie sich einen schlimmeren Konflikt vorstellen, als ein Mädchen in der Gestalt eines Jungen zu sein? Oder eine Frau in der Gestalt eines Mannes? Kein Leben kann schlimmer sein als jenes, das einen in jedem Augenblick, mit jedem Wort, jeder Miene zur Heuchelei zwingt.«

Sie trug die beiden restlichen Drinks von der Bar zur Couch hinüber. Während sie sich hinsetzte, reichte sie einen davon Enid, die ihn sofort zur Hälfte hinunterstürzte.

»Sie berichteten mir«, sagte Francine zu Fletch, »daß Ihnen irgendein neugieriger Nachbar von uns in Southworth erzählt habe, er hätte hören können, wie Enid nachts schrie und tobte. Das war nicht Enid. Das war ich, das war Tom Bradley, der schrie und tobte, um aus seinem Körper herauszukommen.« Francine kostete ihren Drink. »Dann kam jener Sonntagmorgen, an dem ich alles schluckte, was sich im Arzneischrank fand. Ich wollte lieber sterben, als mit dieser

Heuchelei, diesem Leben, diesem Theaterspielen, diesem quälenden inneren Konflikt weiterzumachen.« Francines freie Hand ergriff Enids freie Hand und hielt sie fest. »Enid versprach, mir bei der Umwandlung zu helfen. Enid ist meine beste Freundin und meine größte Liebe.«

Fletch fragte Enid: »Wußten Sie schon vorher darüber Bescheid?«

»Natürlich«, sagte Enid.

»Seit Jahren?«

»Ja.«

»So etwas kann ein Ehemann seiner Frau auf Dauer wirklich nicht verheimlichen«, sagte Francine. »Ich heiratete in dem Glauben, ich könnte durchhalten, könnte dieses Theater ewig weiterspielen. Aber es gelang mir nicht. Wissen Sie, Fletch, ein Mensch wie ich wird den Verdacht nicht los, daß jeder Mann – sogar Sie – lieber eine Frau wäre. Ich weiß, daß das nicht wahr ist. Nur sehe ich nicht ein, warum es wünschenswert sein sollte, ein Mann zu sein.«

»Warum haben Sie überhaupt geheiratet?« fragte Fletch.

»Weil ich«, antwortete Francine, »einen sehr ausgeprägten Mutterinstinkt hatte. Eine Heirat war für mich die einzige Möglichkeit, Kinder zu bekommen. Können Sie das verstehen? Außerdem liebte ich Enid sehr.« Sie hielt immer noch Enids Hand fest. »Ich kann nicht verlangen, daß Sie das verstehen.«

»Sind Roberta und Tom Ihre eigenen Kinder?«

»Selbstverständlich.« Francine lächelte. »Ich sagte ja bereits, daß alles an mir dran war. Also gab es auch keinen Grund, warum ich keine Kinder haben sollte – als Vater.«

»Mannomann«, stöhnte Fletch.

Francine lächelte wieder. »Brauchen Sie erst mal eine kleine Atempause?«

»Enid«, sagte Fletch, »ich war der Meinung, daß Sie ihn umgebracht hätten.«

»Ich habe mich selbst umgebracht«, sagte Francine, »auf die einzige Art, die mir ein Weiterleben ermöglichte. Manchmal, junger Freund, müssen wir eben radikal handeln, wenn wir überleben wollen.«

Wieder ertappte sich Fletch dabei, daß er auf Francines Busen starrte.

»Ja«, sagte Francine, »vor Beginn der operativen Umwandlung habe ich zwei Jahre lang Hormonspritzen bekommen. Sie machten meinen Körper weicher, veränderten seine Konturen, vergrößerten meinen Busen.« *Ich hab' nur meiner Frau gegenüber mal erwähnt, daß er den Eindruck machte, als würde er schrumpfen,* hatte Alex Corcoran in der Bar des Golfclubs gesagt. »Ich unterzog mich außerdem einer zweijährigen intensiven Psychotherapie, um sicherzugehen, daß meine Entscheidung kein Fehler war.«

Im Zimmer war es allmählich völlig dunkel geworden. Doch machte keiner von ihnen Anstalten, eine Lampe einzuschalten.

»Operation?« fragte Fletch.

»Ja«, antwortete Francine. »Operation.«

Fletch erinnerte sich an die Bewegung, die Tom jr. in seiner Badewanne vollführt hatte: Er hatte so getan, als steche er sich ein Messer in den Unterleib und wühle mit der Klinge darin herum.

»Eine Operation habe ich noch vor mir«, sagte Francine glücklich. »Dann kann ich wieder nach Hause fahren.«

»Als Francine Bradley.«

»Ja. Als Francine. Ich werde es sicher schaffen. Sehen Sie, nach all diesen Jahren des Theaterspielens brauche ich mich nun nicht mehr zu verstellen. Ich bin wirklich Francine. Tom war ich nie.«

»Sie haben mich überzeugt.«

»Enid und ich haben im Laufe der Zeit sorgfältig an der Legende gebastelt, daß es da eine Francine gab. Toms Schwester, smart, sachkundig, genauestens über Wagnall-Phipps informiert, die die Firma übernehmen würde, falls Tom jemals irgend etwas zustoßen sollte.«

»Ihre Kinder – Ta-ta und Tom – kennen die Wahrheit, nicht wahr?«

»Ja«, sagte Francine. »Wir waren der Meinung, daß sie alt genug wären. Sie hatten meinen Kummer, meine Höllenqualen ja zur Genüge miterlebt. Aber Tom war wohl noch nicht alt genug. Natürlich setzt eine derartige Sache den Vätern und Söhnen immer härter zu als den Töchtern. Ta-ta kann meine freiwillige Umwandlung in eine Frau verstehen, weil sie selbst eine ist. Bis Sie es mir erzählten, Fletch, wußten wir ehrlich nicht, in welch großen Schwierigkeiten Tom steckte. Er muß sich sein eigenes Leben aufbauen, wissen Sie. Und ich das meine.«

Fletch stellte fest, daß er seinen Scotch, ohne es zu merken, ausgetrunken hatte. »Und Sie haben einfach weiterhin diese Aktennotizen für Blaine geschrieben und mit ›T. B.‹ unterzeichnet, ohne sich dessen jemals bewußt zu werden.«

Durch die Dunkelheit hörte er Francine seufzen. »In gewisser Beziehung ist das der schlimmste Teil einer solchen Umwandlung. Alle diese Kleinigkeiten. Änderung des Namens auf Bankkonten,

Kreditkarten, bei der Sozialversicherung. Immer wieder taucht noch irgendeine Sache auf, die man bisher vergessen hatte. Wenn man richtig gestorben und durch die ganze nachlaßgerichtliche Mühle gedreht wurde, gäbe es weniger Schwierigkeiten. Vor einigen Monaten wurde ich wegen Übertretung der Geschwindigkeit auf dem Connecticut Throughway angehalten. Und da war ich, eine blonde Frau mittleren Alters in Cocktailkleid und Stöckelschuhen, die mit dem Führerschein von Thomas Bradley herumfuhr. Zur einen Hälfte wies ich mich als Francine aus, zur anderen als Thomas. Der Polizist war völlig perplex, der arme Kerl. Er nahm mich aufs Polizeirevier mit, und ich erzählte ihnen die Wahrheit. Und wissen Sie was? Die verstanden mich. Es dauerte zwar eine Weile, aber sie waren sehr verständnisvoll und höflich. Nun ja, heutzutage müssen sie das auch sein. In den Vereinigten Staaten gibt es ja mittlerweile Tausende von uns. Gott sei Dank, hat man uns noch nicht statistisch erfaßt. Zu viele von uns verstecken sich noch hinter ihrer Maske. Aber wir existieren. Diesen Strafzettel wegen Geschwindigkeitsübertretung habe ich übrigens immer noch. Ausgestellt auf den Namen Francine.« Sie lachte. »Das Bußgeld habe ich mit Vergnügen bezahlt. Ich liebe alles, was mir beweist, daß ich Francine bin. Endlich bin ich Francine! Natürlich ist es nicht das gleiche«, fuhr sie mit größerem Ernst fort, »ob ich in Connecticut einen Strafzettel wegen zu schnellen Fahrens erhalte oder von Ihnen in der Zeitung entlarvt werde.«

»Ich glaube, es wäre besser, wenn Sie Charles Blaine in die ganze Geschichte einweihten«, sagte Fletch ruhig.

»O nein«, entgegnete Francine. »Wie sollte Charles jemals Verständnis dafür aufbringen? Er ist so gradlinig, so engstirnig.«

»Er und Mary sind aufgeschlossener, als Sie denken«, sagte Fletch. »Da gibt es nämlich jemanden, der sie positiv beeinflußt – Marys Tante.«

»Ach ja, Happy«, sagte Francine. »Wie ich diese Frau früher gehaßt habe! Sie ist so durch und durch Frau und so glücklich, eine Frau zu sein, so lebensbejahend. Jetzt werde ich sie wohl nicht mehr hassen müssen.«

In die Dunkelheit platzte Enid mit der Frage: »Was werden Sie jetzt tun?«

»Ich?« fragte Fletch zurück.

»Wir haben niemanden umgebracht«, ereiferte sich Enid. »Wir haben nur gelogen, das ist alles. Haben Sie die Absicht, uns, die

Firma zu ruinieren, nur weil wir gelogen haben? Wir haben das Recht auf ein Privatleben, wissen Sie. Francine hat ein Recht darauf, ihr Leben in der für sie einzig möglichen Form zu leben.«

Mit mehr Gelassenheit sagte Francine: »Vergeben Sie uns, Fletch, daß wir dieses komplizierte Netz von Lügen aufgebaut haben. Aber Sie wissen ja, daß die Gesellschaft eine Sache wie diese nicht akzeptiert. Es würde der Firma schaden. Man würde mich für eine Mißgeburt halten. Qualifizierte Leute würden die Firma verlassen. Alex Corcoran hätte keine Möglichkeit mehr, jemandem, der sich gerade auf dem Weg zur Hölle befindet, einen Feuerlöscher zu verkaufen.«

»Werden Sie in der Zeitung über uns schreiben?« Enid klang den Tränen nahe.

»Ich würde meinen Chefredakteur gerne über alles informieren«, sagte Fletch. »Ich hätte nämlich gerne meinen Job zurück.«

»Er wird es drucken, ganz bestimmt!« rief Enid.

»Nein, nein«, beruhigte sie Fletch. »Jede Zeitung kennt eine Menge Geschichten, die sie nicht druckt. Frank Jaffe hält gerade so eine Geschichte unter Verschluß, bei der es darum geht, woher die Bundespolizei ihre Dienstfahrzeuge zu beziehen pflegte. Und diese Geschichte hier liegt erst recht nicht im öffentlichen Interesse. Daß aus Tom Francine wurde, geht keinen Menschen etwas an, außer Francine selbst.«

Francine knipste die Lampe neben der Couch an. Sie lächelte strahlend. »Ihre Hartnäckigkeit hat uns völlig überrascht, Fletch«, sagte sie. »Mexiko, New York, Dallas, Juneau und wieder New York – puuh!«

»Wir hätten nie geglaubt, daß Sie sich das leisten könnten«, sagte Enid beinahe lächelnd.

»Konnte ich auch nicht«, sagte Fletch. »War – äh – so 'ne Art Darlehen.«

Francine stand auf und ging mit ihrem Glas zur Bar. »Können wir Sie irgendwie entschädigen?«

»Ich werde schon zurechtkommen, denke ich.«

»Francine, Liebes.« Enid hielt ihr Glas hoch. »Ich habe schon so lange nichts mehr zu trinken.«

Lachend kam Francine zurück, holte Enids und Fletchs Gläser und ging damit zur Bar zurück.

»Genaugenommen war das Ihr Fehler«, sagte Fletch.

»Was denn?« fragte Francine gleichgültig.

»Als ich Sie zu Hause aufsuchte«, sagte Fletch zu Enid, »da haben Sie mir vor allem Geld angeboten. Bieten Sie einem Reporter niemals Geld an.«

»Sonst?« fragte Francine von der Bar her.

»Sonst schnappt er zu«, sagte Fletch. »Und beißt sich an Ihnen fest.«

»Thomas Bradley ist nicht tot«, sagte Fletch, als er in Frank Jaffes Büro marschierte. »Er ist quicklebendig und lebt in New York in einer anderen *persona.* Aber das Wichtigste ist, daß er Wagnall-Phipps leitet. Er war es, der die Aktennotizen geschrieben und unterzeichnet hat. Ich habe ihn rechtmäßig und korrekt zitiert. Ich will meinen Job wiederhaben.«

Als Fletch am Freitagnachmittag durch die Lokalredaktion gegangen war, waren Buhrufe und Pfiffe laut geworden. Jemand hatte gerufen: »He, da kommt ja Fletch! Zurück aus dem Jenseits! Wieder mal!« Andere hatten geschwiegen und sich abgewandt.

»Janey«, sagte Fletch im Vorzimmer des Chefredakteurs, »ist Frank da?«

»Ja, er ist da«, sagte sie. »Und warum bist du da?«

»Bitte sage ihm, daß ich hier bin, um ihm etwas Wichtiges mitzuteilen.«

»Und das wäre?«

»Nichts Druckreifes.«

Man ließ Fletch über eine Stunde in Frank Jaffes Vorzimmer warten. Alle möglichen Leute kamen auf dem Weg in oder aus Franks Büro an ihm vorüber. Obwohl sie Fletch kannten, bedachten sie ihn lediglich mit finsteren Blicken und schwiegen. Nur ein alter Reporter sah ihn freundlich an, nickte ihm zu und sagte: »Hallo, Fletch.«

»Hallo.«

»Biste okay?«

»Vergnügt wie 'n Bäcker beim Frühstück.«

»Prima.«

Als Fletch hereingekommen war, hatte Frank Jaffe mit einem Seitenblick von seinem Schreibtisch zu ihm hochgeschaut und gesagt: »Sehr gütig von mir, dich zu empfangen.«

»Ja, ausgesprochen gütig«, hatte Fletch geantwortet, während er die Tür hinter sich schloß.

Mit immer noch spöttischer Miene hörte Frank sich nun Fletchs Erklärung und Forderung an und schnaubte dann verächtlich.

»Wurde auch Zeit, daß ich mal was Amüsantes höre.« Frank sah auf seine Uhr. »Später Freitagnachmittag. Hast du eine Story?«

Unaufgefordert nahm Fletch auf einem der beiden Stühle vor Franks Schreibtisch Platz. Während Fletch redete, schweiften Franks permanent verschleierte Augen zunächst geistesabwesend umher, ließen dann Ungeduld erkennen über das, was der Prolog zu einer ziemlich langen Geschichte zu sein schien, dann Neugier, als Fletch sämtliche von ihm benutzten Flugzeuge aufzuzählen begann, dann Verwirrung, als die von Fletch vorgetragenen Fakten immer noch keinen Sinn ergeben wollten... Fletch erzählte ihm von seinen Besuchen bei den Bradleys, bei Enid, Roberta und Tom jr., von seinem Gespräch mit ihrem Nachbarn, von seinem Freund im Büro des District Attorney, der nachgewiesen hatte, daß Thomas Bradley nicht in der Schweiz gestorben und die Asche in seiner Urne keine menschliche Asche war, von seiner Reise nach Mexiko, um sich mit Mary und Charles Blaine zu unterhalten, nach New York, um sich mit Francine Bradley zu unterhalten, nach Dallas in Texas, nach Juneau in Alaska und wieder nach New York...

Frank Jaffes Gesicht lief rot an, als Fletch von seiner entscheidenden Unterhaltung mit Francine am Abend zuvor in New York berichtete und beschrieb, wie Francine und Enid Händchen haltend nebeneinander auf der Couch gesessen, tapfer gegen ihre Angst angekämpft und sich schließlich offen zu ihrem Problem bekannt hatten.

»Mein Gott«, sagte Frank. »Eine Mordstory ohne Mörder. Das ist ja wirklich ein tolles Ding, was du mir da auftischst, Fletch. Das können wir unmöglich drucken.«

»Ich bin froh, daß du das sagst. Ich haben den Bradleys nämlich hoch und heilig versprochen, daß wir die Story nicht abfahren.«

»›Wir‹? Wer ist ›wir‹? Sprichst du etwa immer noch im Namen der *News-Tribune*?«

»›Wir‹ als Journalisten, Frank. Ich werde die Story nicht schreiben, und du wirst sie nicht bringen. Klar?«

»Natürlich nicht.« Frank strich mit trockener Hand über seine auf Wangen und Kinn sprießenden Bartstoppeln. »Nicht ohne ihre Einwilligung.«

»Und die wirst du nie bekommen.«

»Vermutlich nicht. Die Bradleys würden zuviel verlieren, wenn wir die Story veröffentlichen. Wagnall-Phipps wäre schneller von der Bildfläche verschwunden als ein Tropfen aufm heißen Stein. Was Thomas Bradley – ich meine, was Francine Bradley getan hat, berührt das öffentliche Interesse in keiner Weise. Jeder Mensch hat das Recht auf sein Privatleben.«

Frank Jaffe ließ seine wäßrigen Augen lange auf Fletch ruhen. Fletch war klar, daß der Chefredakteur – seinen Worten zum Trotz – mit der Geschichte liebäugelte. Und ihm war ebenso klar, daß Frank Jaffe allen Grund hatte, das Recht jedes Menschen auf ein Privatleben zu verteidigen. Denn schließlich machte er dieses Recht ja für sich selbst geltend – und für Clara Snow.

Fletch grinste seinen Chefredakteur an. Und einen Moment später grinste Frank zurück.

»Trotzdem eine irre Geschichte«, sagte Frank.

Er rückte seinen Drehstuhl wieder ordentlich an den Schreibtisch heran. »Du hast also das Bradleysche Haus aufgebrochen und betreten. Das hast du doch gesagt, oder?«

»Ich habe überhaupt nichts aufgebrochen. Die Tür zum Swimmingpool war nicht verschlossen.«

»Du hast es aufgebrochen und betreten«, beharrte Frank. »Erheben die Bradleys irgendwelche Forderungen gegen dich?«

»Ich habe nicht die Asche eines Menschen gestohlen – ich habe die Asche eines Perserteppichs gestohlen.«

»Weshalb warst du so sicher, daß es sich nicht um die Asche von Tom Bradley handelte?«

»Ich war keineswegs sicher. Ich habe es lediglich gehofft. Weshalb ich das getan habe? Du wußtest lediglich, daß ich gesagt habe, ich hätte Aktennotizen jüngeren Datums und mit den Initialen ›T. B.‹ unterzeichnet gesehen. Ich dagegen wußte, daß ich sie tatsächlich gesehen hatte. Hinzu kommt natürlich, daß Enid Bradley nicht zögerte, mir Geld anzubieten, damit ich verschwinde.«

»Die erfolgversprechendste Methode, die Neugier eines guten Reporters anzustacheln.« Fred grinste. »Oder einen schlechten zu bestechen.«

»Ehrlich, Frank, ich war mir meiner Sache nicht sicher, selbst gestern abend noch nicht, als ich in Francines Wohnung stand – bis sie mir ein halbes Jahresgehalt anbot, damit ich abhaute und die Finger von ihrem Fall ließe. Erst in diesem Augenblick habe ich mich entschlossen, ins kalte Wasser zu springen.«

»Da hattest du die Sache immer noch nicht durchschaut?«

»Wie sollte ich denn? Hier war eine Frau in mittleren Jahren – ich meine, eine Frau, Frank, eine richtige Frau, eine mit Busen – und dort ein verschollener Mann in mittleren Jahren, Vater von zwei Kindern –«

»Oh, diese Naivität der Jugend.«

»Hättest du's etwa besser gewußt?«

Frank grinste und deutete mit dem Kopf zur Wand hinüber. »In der Lokalredaktion sitzt ein Knabe, der früher Elizabeth hieß.«

»Das ist doch nicht dein Ernst?«

»Mein vollster. Du kennst ihn gut. Das sind eben die Wundertaten der modernen Wissenschaft.«

Fletch schüttelte den Kopf. »Meine Orangensaft-und-Cornflakes-Unschuld werde ich mir wohl nicht mehr lange bewahren können.«

»Wenn es die menschlichen Besonderheiten nicht gäbe, Fletch, hätten du und ich nichts mehr, worüber wir schreiben könnten.« Frank hatte die Unterarme auf die Schreibtischplatte gelegt und die Hände gefaltet. »So ganz nebenbei: Woher kriege ich eigentlich eine Bestätigung für die Story, die du mir erzählt hast? Was nicht heißen soll, daß ich sie für eine Erfindung von dir halte.«

»Ruf Enid Bradley an. Wir sind gestern abend zusammen zurückgeflogen. Wir sind Freunde. Du kannst sogar Francine Bradley in New York anrufen.«

»Mach' ich«, sagte Frank. »Mach' ich.«

»Frank, bekomme ich jetzt meinen Job wieder?«

»Klar. Melde dich Montag früh.«

»Und meine Spesen. Die Recherchen haben mich eine Stange Geld gekostet, Frank. Wirst du mir meine Spesen erstatten?«

»Kein Gedanke.«

»Warum nicht?«

»Keine Story.«

»Menschenskind, Frank!«

»Warum sollten wir Spesen für eine Story erstatten, die wir nicht drucken können?«

»Dann könntet ihr mir aber wenigstens das Gehalt für die letzten beiden Wochen nachzahlen.«

»Können wir nicht.«

»Könnt ihr nicht?«

»An der Tatsache, daß du Mist gebaut hast, Fletch, ist nicht zu rütteln. Du warst aufgefordert, für einen wesentlichen Bestandteil einer Story, die du für diese Zeitung geschrieben hast, Beweise beizubringen, und diese Beweise konntest du nicht umgehend beibringen.«

»Aber ich habe sie doch beigebracht.«

»Erst zwei Wochen später. Und wir können deine Story nicht öffentlich rehabilitieren. An der peinlichen Lage, in der sich die Zeitung befindet, ändert sich also nichts. Du kannst von Glück sagen, daß du deinen Job wiederhast.«

Fletch war aufgestanden und hatte sich über den Schreibtisch gebeugt. »Willst du damit sagen, Frank Jaffe, daß ich, um eine lausige, zwölf Absätze lange Story über eine ebenso lausige, unbedeutende, korrupte Firma für die nicht minder lausigen, kotzlangweiligen Wirtschaftsseiten zu schreiben, hätte herausfinden müssen, daß der Verwaltungsratsvorsitzende wegen Geschlechtsumwandlungsoperationen von der Bildfläche verschwunden ist?«

»Yeah«, sagte Frank. »Genau das will ich damit sagen.«

»Weißt du, was du bist, Frank?«

»Laß mich raten. Ein Wort mit neun Buchstaben?«

»Scher dich zum Teufel, Frank!«

»Melde dich am Montag«, sagte Frank Jaffe. »Und schreibe nie wieder irgendwas, was du nicht auf der Stelle beweisen kannst.«

»Fahr zur Hölle, Frank Jaffe.«

»Bleib sauber, Fletch.«

Mitten in einem sich ausbreitenden Tümpel des Schweigens ließ sich Fletch an seinem Schreibtisch in der Lokalredaktion nieder. Irgend jemand hatte ein Schild mit der Aufschrift R.I.P. auf seinen Schreibtisch gestellt.

Fletch nahm das Schild und ließ es in den Papierkorb fallen. Dann lächelte er allen anderen Reportern, die an ihren Schreibtischen um ihn herum saßen, freundlich zu.

Laut genug, damit alle um ihn herum es hören konnten, fragte Al: »Hast du endlich vor, deinen Schreibtisch auszuräumen, Fletch?«

»Nein, das habe ich nicht vor.«

»Was denn dann?«

»Wollte mich nur mal vergewissern, ob er noch da ist. Ich brauche ihn am Montag.«

Das Schweigen wurde so eisig, daß man es mit einer Spitzhacke hätte zerschlagen müssen. Selbst der Polizeifunk verstummte.

Randall, der Reporter für religiöse Themen, fragte: »Soll das etwa heißen, daß Frank dich wieder eingestellt hat? Dir deinen Job zurückgegeben hat?«

»Das soll es heißen«, antwortete Fletch. »Genau das soll es heißen.«

Alle um ihn herum wechselten Blicke – vielsagende Blicke, wütende Blicke.

»Bis Montag also«, sagte Fletch und stand auf. »Schönes Wochenende allerseits.«

Er durchquerte die Lokalredaktion. An der Tür zum Flur drehte er sich nochmals um. Eine offensichtlich als Delegation entsandte Gruppe von Redakteuren und Reportern stürzte in Franks Büro. Mittendrin in der Meute war Clara Snow zu sehen.

Fletch wußte, daß die Delegation ihren Sturm auf das Büro des Chefredakteurs für eine Protestaktion gegen seine Wiedereinstellung hielt. In Wahrheit waren sie jedoch als Journalisten hinter einer Story her – gleich, welche Story Frank von Fletch gehört haben mochte.

Aber Fletch wußte auch, daß Frank ihnen die Story nicht erzählen würde.

Lachend verließ Fletch das Gebäude.

Eine junge Polizeihostess steckte ihm gerade einen Strafzettel an den Wagen.

Er nahm ihr den Zettel ab, bedankte sich und küßte sie leicht auf die Wange, was sie tief erröten ließ.

Fletch stand gerade unter der Dusche, als er die Türglocke zu hören glaubte. Aber er kümmerte sich nicht weiter darum. Kurz darauf hämmerte es so laut an der Wohnungstür, daß selbst Schlafende in einem brennenden Haus davon wach geworden wären.

Fletch schlang sich ein Handtuch um die Hüften und öffnete die Tür.

Zwei Männer standen im Flur – ein kleiner, sorgfältig gekleideter mit bösartigen, funkelnden Augen und ein großer, nicht sorgfältig gekleideter mit bösartigen, funkelnden Augen.

»Sie haben sich in der Tür geirrt«, sagte Fletch. »Hoffe ich wenigstens.«

»Irwin Maurice Fletcher?«

»Tja, wenn Sie mich schon so nett fragen.« Fletch erinnerte sich dunkel, daß sich der große Mann, als Fletch hereingekommen war, in der Halle des Apartmenthauses aufgehalten und ihn beobachtet hatte, als er seine Post abholte, und dann mit ihm im Lift nach oben gefahren war. Fletch war flüchtig der Gedanke gekommen, daß der Typ wie ein sehr routinierter Jahrmarktsringer aussah und man vielleicht ein interessantes Interview mit ihm machen könnte.

Jetzt dachte er allerdings, daß es wohl klüger wäre, auf ein Interview zu verzichten.

Der kleine Mann sagte: »Ich bin James St. Eustice Crandall.«

»Eustice?«

»Sie haben etwas, das mir gehört.«

»Ich?« Die beiden Männer schoben sich wie Lokomotiven in die Wohnung. Und Fletch wich wie ein halbnackter, verschwitzter Streckenarbeiter vor diesen Maschinen zurück. »O ja. Hab' ich. Gewissermaßen.«

»Was soll das heißen ›gewissermaßen‹?« fragte der Kleine.

Der Große schloß die Wohnungstür.

Fletch zog das Handtuch fester um die Taille.

»Dürfte ich einen Beweis dafür sehen, daß Sie wirklich James St. Eustice Crandall sind?«

»Sicher«, sagte der Kleine. »Sicher. Das ist nur recht und billig.«

Er nahm einen Führerschein aus seiner Brieftasche und reichte ihn Fletch.

Der hielt ihn in der Hand und starrte so lange wie möglich darauf.

»Was ist los?« wollte der kleine Mann wissen.

»Ist bestimmt nur ein Irrtum vom Amt, aber in Ihrem Führerschein steht James Reilly.«

Der kleine Mann schnappte ihm den Führerschein weg, stopfte ihn achtlos in die Brieftasche zurück, nahm einen anderen Führerschein heraus und klatschte ihn Fletch in die Hand.

»Aha!« sagte Fletch, während er ihn studierte. »James St. E. Crandall sind Sie auch noch! Sieht man. Die Bilder stimmen überein.« Er gab den Führerschein zurück. »Muß prima sein, wenn man eine Spaltfrucht ist. Dann kann man sich selbst am Rücken kratzen.«

»Beeilung, Mann«, sagte der Kleine. »Ich will meine Brieftasche.«

»Aber klar doch«, sagte Fletch und ging rückwärts ins Wohnzimmer. Der Große folgte ihm, immer in Reichweite seiner Faust. »Ich habe mich schon gefragt, wieviel Finderlohn Sie wohl in Betracht ziehen?«

»Wofür?«

»Dafür, daß ich Ihre Brieftasche gefunden und Ihnen zurückgegeben habe.«

»Von wegen! Die hab' ich mir selbst holen müssen.«

»Ich habe inseriert«, sagte Fletch. »In zwei Zeitungen.«

»Einen Scheißdreck haben Sie. Hab' kein Inserat gesehen.«

»Wie haben Sie mich denn dann gefunden?«

»Durch die Polizei von San Francisco. Irgend so ein Hoteldirektor hat Sie angezeigt. Haben mir erzählt, daß Sie mit meinen Piepen abgehauen wären. Haben mir sogar ein Bild von Ihnen in der Zeitung gezeigt, wo Sie grad so 'ne alte Dame von einer Brücke schubsen oder so was. ›Das ist der Kerl‹, haben sie gesagt. Sie Mistkerl, Sie.«

»Ach, du liebes Lieschen.«

Die Augenränder des kleinen Mannes färbten sich rot. »Ich hab' die ganze Woche auf Sie gewartet! Her mit der Brieftasche!«

»Kein Finderlohn?«

»Hau mir doch ab mit dem Scheiß!«

»Wär mir ein Vergnügen.« Der Große verdeckte die Wohnungstür völlig. »Ich dachte ja nur, daß ein Finderlohn von ungefähr dreitausendneunhundertzweiundachtzig Dollar eigentlich recht nett wäre.«

»Nett! Hört euch das bloß an!« Der Kleine bohrte Fletch seinen Zeigefinger in die Brust. »Dir das Fell über die Ohren ziehen, das wär nett!«

»Das ist genau der Betrag, der fehlt.«

Dem kleinen Mann fielen fast die Augen aus dem Kopf. »Fehlt?«

»Ich habe ihn ausgegeben.«

»Was fällt dir ein, mein Geld auszugeben? Du elender Dreckskerl, du!«

»Ist was Unvorhergesehenes passiert, verstehen Sie. Mußte ein bißchen in der Gegend herumfahren.«

Der Kleine schüttelte den Kopf und gab sich sichtlich alle Mühe, in vernünftigem Ton zu sprechen. »Hören Sie zu, Junge, das sind meine Spielgelder, kapiert? Wissen Sie, was das bedeutet?«

»O nein! Doch nicht dieses Syndrom!«

»Das ist mein gesamtes Kapital. Mein Geschäftsanteil. Das ist exakt die Höhe meines Gewinns aus einem speziellen Geschäft. Ich brauche die gesamte Summe. Jeden einzelnen Cent. Sonst komme ich in Teufels Küche.«

Fletch seufzte. »Ach, du liebes Lieschen.«

»Ich habe mein gesamtes Kapital verloren!« jammerte der Mann.

»Irgendwo auf der Straße. Ich kann in diesem speziellen Geschäft kein anderes Geld verwenden. In den letzten beiden Wochen haben Sie mich ein Vermögen gekostet!«

»O ja«, sagte Fletch.

»Zwei-, dreihunderttausend Dollar vielleicht.«

»Jaja. Sicher.«

»Ich muß jeden einzelnen Cent davon zurückhaben! Dasselbe Geld, das ich gewonnen habe!«

Fletch drehte sich etwas mehr zur Seite, um ein Standbein zu haben, falls er einen Schlag abfangen mußte. »Mir fehlen dreitausendneunhundertzweiundachtzig Dollar.«

»Welches Recht hatten Sie, mein Geld auszugeben?«

»Keines«, gestand Fletch.

Die kleine Faust des kleinen Mannes versetzte Fletch einen harten Schlag an die Schulter. Der große Mann rührte sich nicht, verpestete nur weiterhin die Umgebung mit seinem Knoblauchatem.

»Du holst mein Geld zurück! Jeden verdammten Cent davon! Oder Lester wird mit deinem Schädel Basketball spielen!«

»Lester«, sagte Fletch in vollem Ernst, »ich glaube, was der Mann sagt.«

Und an den kleinen Mann gewandt, sagte er: »Ich glaube, daß ich Ihnen das Geld ersetzen, wiederbeschaffen kann. Aber es wird eine Weile dauern.«

Der Kleine warf sich wutschnaubend in einen Sessel. »Sie haben eine Stunde Zeit.«

»Enid?« Obwohl er Lester den Rücken zukehrte, während er ins Telefon sprach, konnte Fletch den Knoblauch riechen. »Fletch.«

»Hallo, Fletch. Was macht die Zeitverschiebung? Haben Sie sich schon von Ihren strapaziösen Flugreisen erholt? Sie müssen sich doch wie ein Tennisball in Wimbledon fühlen.«

»Mir geht's den Umständen entsprechend gut.«

»Ihr Chefredakteur, Mister Jaffe, hat angerufen. Ich habe ihm alles erzählt – vertraulich natürlich.«

»Vielen Dank. Hören Sie, erinnern Sie sich, daß ich Ihnen und Francine erzählt habe, daß das Geld für all diese Reisen so eine Art Darlehen gewesen ist?«

»Ja.«

»Nun, die Gangster, die mir diese Art Darlehen gegeben haben –« Genau unterhalb seines rechten Rippenbogens durchzuckte Fletch plötzlich ein stechender Schmerz. »– ich meine, die Weisen aus dem Morgenland, von denen ich mir's geholt habe, sind hier und fordern es zurück, unverzüglich.«

»Fletch, haben Sie sich etwa mit Kredithaien eingelassen? Oh, mein Lieber, hätten Sie doch nur ein Wort gesagt.«

»Das hole ich jetzt ja nach.«

»Wieviel?«

»Sagen wir mal dreitausendneunhundertzweiundachtzig Dollar in glatten, neuen Tausenddollarscheinen. Und in größter Eile.«

»Ich komme, so schnell ich kann. Wo wohnen Sie?«

Fletch nannte ihr die Adresse und sagte dann: »Enid, das ist keine Erpressung.«

»Ich weiß, Fletch. Wir haben Ihnen genügend andere Gelegenheiten dazu geboten. Ich werde gleich dasein.«

Nachdem er aufgelegt hatte, fragte Fletch, während er sich die rechte Seite massierte: »Dürfte ich mir ein paar Klamotten überziehen?«

»Unnötig, sie kaputtzumachen«, sagte der Große. »Würden höchstwahrscheinlich doch nur ganz voll Blut.«

»Richtig«, sagte der kleine Mann im Armsessel. »Die können Sie ruhig sauberlassen. Dann hat wenigstens noch 'n anderer was davon. Die Heilsarmee zum Beispiel.«

Sie warteten eine gute Stunde. Während dieser Zeit rührte sich der große Mann nicht von seinem Posten, den er neben Fletchs Platz auf der Couch bezogen hatte.

Lester schien ein Faible für Fletchs Ohren zu haben. Jedesmal, wenn Fletch ihn ansah, nickte er Fletchs Ohren zu und feixte. Nach den noch deutlich sichtbaren Gebißspuren zu urteilen, hatte man Lesters eigenen Ohren offensichtlich übel mitgespielt.

Fletch versuchte sich abzulenken.

Auf dem Couchtisch lag zwischen etlichen Rechnungen auch ein Brief vom Bürgermeisteramt. Darin stand:

*Lieber Mister Fletcher:*

*Mit diesem Brief möchten dieses Amt und der Herr Bürgermeister persönlich ihr äußerstes Mißfallen darüber ausdrücken, daß Sie es unterlassen haben, zur Überreichung Ihrer Auszeichnung als ›Guter Bürger des Monats‹ am vergangenen Freitag zu erscheinen. Der Herr Bürgermeister und die Presse hatten Ihrem Erscheinen erwartungsvoll entgegengesehen. Ihr mangelndes Interesse (Sie haben es nicht einmal für nötig befunden, dieses Amt frühzeitig davon in Kenntnis zu setzen, daß Sie nicht anwesend sein können) hat in nicht unbeträchtlichem Maße dazu beigetragen, den gesamten Plan der Guter-Bürger-des-Monats-Auszeichnung des Herrn Bürgermeister zu gefährden.*

*Der Herr Bürgermeister hat mich beauftragt, Sie davon zu unterrichten, daß Ihre Auszeichnung widerrufen wurde.*

*Hochachtungsvoll*
*Das Amt des Bürgermeisters*

Fletch schielte zu seiner Wohnungstür und sagte mit zaghafter Stimme: »Hilfe, Polizei!«

Da es ihm nicht gelang, an etwas anderes zu denken, fragte Fletch den kleinen Mann: »Als ich Sie aus der Halle des Park Worth Hotels anrief und Ihnen erzählte, daß ich Ihre Brieftasche gefunden hätte, warum sind Sie da nicht gleich heruntergekommen und haben sie sich abgeholt? Ich meine, wo Sie doch so versessen darauf sind?«

»Das waren nicht Sie.«

»Natürlich war ich das.«

»Nee«, widersprach der Kleine entschieden. »Das war dieser andere Bursche, verstehste? Der wußte nämlich, daß ich die Brieftasche mit den fünfundzwanzig Riesen hatte. Und diesem Kerl schuldete ich gerade zu der Zeit mehr als nur die fünfundzwanzig Riesen. Der wollt mich bloß reinlegen, damit ich in die Halle runterkomme. Ich hab' einen anderen Freund meine Hotelrechnung bezahlen lassen und bin zum Hinterausgang raus.«

»Aber Sie wußten doch, daß Sie Ihre Brieftasche verloren hatten.«

»Ich hab' gedacht, daß sie im Wagen wär. Ich hatte sie unterm Sitz gelassen. Muß rausgefallen sein. Oder Sie oder der andere Kerl haben sie geklaut.«

Fletch seufzte. »Wissen Sie denn jetzt, daß ich es war, der – versucht hat, Ihnen Ihr Geld zurückzugeben?«

Der kleine Mann grinste. »Ich weiß, daß Sie's nicht waren.«

»Weshalb?«

»Da finden Sie fünfundzwanzig Riesen in bar und versuchen, sie mir zurückzugeben? Na, kommen Sie. Halten Sie mich etwa für bekloppt?«

Fletch dachte einen Moment nach und antwortete dann: »Sie sollten keine persönlichen Fragen stellen.«

Als es an der Tür klingelte, setzte sich Lester spornstreichs in Bewegung, um sie zu öffnen. Er sprach kein Wort: »Fletch? Sind Sie in

Ordnung?« ließ sich Enids Stimme vernehmen. Lester knallte die Tür zu. Als er sich umdrehte, hielt er vier Eintausenddollarscheine in der Hand.

»Klar!« schrie Fletch. »Danke!«

»Häßliche alte Schachtel«, sagte Lester.

Der kleine Mann sprang auf Lester zu und riß ihm das Geld aus der Hand. Er zählte die vier Scheine fünfmal nach.

»Wo ist der Rest?« fragte er Fletch.

Fletch stand auf, ging in die Schrankkammer neben dem Schlafzimmer, holte die Brieftasche aus ihrem Versteck in Moxies Handtasche und kam damit ins Wohnzimmer zurück. Er warf sie dem kleinen Mann zu.

Als er sie aufgefangen hatte, sah er Fletch voller Entrüstung an. Mit seinem Spielgewinn durfte man nicht so respektlos umgehen.

Auch die restlichen einundzwanzig Scheine zählte der kleine Mann fünfmal nach. Dann steckte er die vier Eintausenddollarnoten sorgfältig und liebevoll in seine Brieftasche und verstaute die Brieftasche in seinem Jackett.

Bevor er die Wohnungstür öffnete, sagte der kleine Mann: »Nimm ihn in die Mangel, Lester. Schlag ihm den Schädel ein. Soviel Ärger, wie der mir gemacht hat. Und vier von diesen Scheinen –« Er tätschelte seine Brieftasche durch die Anzugjacke hindurch, »– sind noch nicht mal die Originalscheine! Das wird mich teuer zu stehen kommen, darauf kannst du Gift nehmen! Du Dreckskerl!«

»Lester?« fragte Fletch. »Kennen Sie schon den von dem kurzsichtigen Tierarzt und dem Gartenschlauch?«

Fletch hatte richtig beobachtet: Lester hatte ein Faible für Ohren. Zwar traktierte er auch andere Körperteile von Fletch mit seinen Fäusten, aber die meisten dieser Schläge zielten nur darauf ab, Fletchs Unterarme wegzuprügeln, die er schützend um seinen Kopf gelegt hatte. Zuerst schlug Lester mehrmals auf Fletchs linkes Ohr ein, dann mehrmals auf sein rechtes Ohr und dann abwechselnd auf das linke und das rechte Ohr.

Vielleicht wäre der große Mann seines Auftrags ja schon früher überdrüssig geworden, hätte Fletch ihm nicht einen so harten Schlag an die Nase verpaßt, daß sie zu bluten begann.

Der Kleine kam zurück, steckte seinen Kopf durch die offene Wohnungstür und sagte: »Los, Lester, komm! Der Aufzug wartet.«

Sich die Nase am Ärmel abwischend, marschierte Lester hinaus und schloß die Wohnungstür hinter sich.

Vom Fußboden aus – dem einzigen Ort, wohin er sich vor der Begeisterung, mit der Lester seinen Job zu Ende brachte, hatte flüchten können – hörte Fletch, wie die beiden, der Kleine und der Große, den Flur hinuntergingen und die Aufzugtüren zuglitten.

»Des Finders Pech«, sagte Fletch.

Das schrille Klingeln in seinem Kopf veränderte leicht seinen Ton, wurde harmonischer, wiederholte sich, woraus Fletch schloß, daß das Telefon läutete. Er lag immer noch auf dem Fußboden und atmete immer noch stoßweise, während er an der Telefonschnur zerrte. Das Telefon polterte in zwei Teilen auf den Boden, doch Fletch hörte das Poltern nicht. Er zog die beiden Teile des Telefons zu sich heran.

»Hallo?« rief er hinein.

»O Fletch, du bist ja zu Hause.«

»Was is mit der Brause?«

»Warum brüllst du denn so?«

»Moxie?«

»Fletch, Rick hat mich gebeten, in seine Bude mitzukommen.«

»Mitgenommen? Wer hat dich mitgenommen?«

»Hör auf zu brüllen. Ist verdammt schwer gewesen. Ich war jeden verdammten Tag und jede verdammte Nacht mit ihm in diesem Stück zusammen, und du weißt ja, daß wir nicht *Major Barbara* geprobt haben, ich meine, Paul hat uns wie ein total Irrer probieren lassen, bis die Nacktszenen klappten, und ehrlich, Fletch, Rick ist phantastisch und sehr nett, perfektes Timing, und wie, glaubst du wohl, soll ein Mädchen diese seelische Belastung aushalten können? Du warst ja nicht gerade häufig anwesend, weißt du.«

»Wie issn Rick?«

»Fletch, bist du taub? Warum schnaufst du denn so? Hast du Gymnastik gemacht?«

»Wann kommst du nach Hause?«

»Holst du mich ab?«

»Von was halt' ich dich ab?«

»Mein kleiner gelber Wagen ist verschwunden, der, der so hübsch Tüt-tüt machte. Ich hatte ihn vorm Theater geparkt, und als ich rauskam, war er nicht mehr da. Ich hab's der Polizei erzählt, aber die scheint das nicht groß zu kümmern.«

»Ich werde dich abholen.«

»Okay, hör zu, Fletch, wirst du von jetzt an zu Hause bleiben? Ich meine, kein Mädchen kann eine solche seelische Belastung aushalten.«

»Lastzug? Warum denn 'nen Lastzug anhalten? Wassn fürn Lastzug? Ich komm' dich abholen. Wird ein paar Minuten dauern. Bin grad unter der Dusche.«

»Ach, deswegen brüllst du so.«

»He, Moxie? Ich hab' meinen Job wieder.«

»Das ist ja wunderbar.«

»Was? Klar. Bin gleich da. Wart nur auf mich.«

Fletch legte den Hörer auf, rollte sich herum und setzte sich auf. Der Fußboden schaukelte. Die Wände schwankten. Seine Augen wollten nicht länger offenbleiben. Sein Magen beklagte sich, daß er nichts zu erbrechen hatte.

Fletch beschloß, daß es wohl besser wäre, wenn er noch einen Moment ruhig auf dem Teppich liegenbliebe, bevor er sich das Blut abwusch, sich anzog und ans Steuer wagte. Vorsichtig rollte er sich noch einmal herum, auf den Bauch, bettete seine zerschundene rechte Wange behutsam auf seinen zerschundenen rechten Unterarm.

Und schlief ein.

## Nachwort

Es fällt schwer, über Gregory Mcdonald nicht in Begeisterungsstürme auszubrechen. Er ist, wie Jeffrey Meyerson einmal schrieb, »eine der echten Entdeckungen der 70er Jahre«, und davon gibt es nicht eben viele. Dem Charme seiner Bücher, der Gewitztheit seiner Figuren verfielen selbst die gestrengen Juroren der Mystery Writers of America beim alljährlichen Edgar-Allan-Poe-Award-Ritual auf Anhieb. Für sein erstes Buch »Fletch« (1974; UB 10238) erhielt Gregory Mcdonald 1975 seinen ersten *Edgar,* für sein zweites Buch »Confess, Fletch« (1976; deutsch »Gestehen Sie, Fletch«, UB 10247, früher unter dem Titel »Mörder sucht passenden Sündenbock«) 1977 seinen zweiten *Edgar,* für sein drittes Buch »Flynn« (1977; deutsch »Nur Sterben ist schöner«, UB 1950) 1978 eine *Edgar*-Nominierung – eine Erfolgsserie, die einmalig ist in den Annalen der Kriminalliteratur.

Solcher Erfolg verpflichtet. Grauenhafte Vorstellung: Gregory Mcdonald – er wäre ja nicht der erste, der seines Helden überdrüssig wird – schickt Fletch in den Ruhestand, damit der die mühsam ergaunerten drei Millionen endlich einmal genießen kann. Ein Krimi-Leser-Leben ohne Fletch und seine Abenteuer? Eine Schreckensvision! Glücklicherweise wird sie so schnell nicht wahr. Mcdonald hat sich unterdessen neue Fletch-Geschichten einfallen lassen (die bei Ullstein in Vorbereitung sind).

Trotzdem hat Mcdonald stets danach getrachtet, kein Gefangener seines Erfolges zu werden. Mit einem gleich großen Unabhängigkeitsstreben ausgestattet wie Fletch, ebenso mißtrauisch gegenüber Normierungen und Konventionen wie jener, möchte er sich nicht auf eine einzige Figur festlegen lassen, nicht einmal auf das Signum des Nur-Krimiautors. Darum hat er auch einen »Briefroman« geschrieben, »Love among the Mashed Potatoes«, 1978 (der Roman, »Running Scared«, sein Debüt als Schriftsteller, war schon 1964 erschienen – eine Jugendsünde, die sich mittlerweile ihren Platz in der modernen amerikanischen Literatur erobert hat und beständig neu aufgelegt wird). Und die Kriminalliteratur hat er noch um andere Figuren zu bereichern versucht. Das ging überraschend gut mit dem Bostoner Inspector Francis Xavier Flynn, wahrscheinlich, weil er ein Geistesverwandter von Fletch ist; in »Gestehen Sie, Fletch«, taucht er erstmals auf und erhielt dann mit »Nur Sterben ist schöner« sein eigenes Buch (ein weiteres ist bei Ullstein ebenfalls in Vorbereitung). Das ging einigermaßen daneben mit der politisch angehauchten Entführungsgeschichte »Who Took Toby Rinaldi?« (1980; deutsch »Toby ist verschwunden«, UB 10138) – gemessen allerdings, diese Einschränkung muß man machen, an den Fletch-Romanen.

Nun ist deren Rezept freilich nicht ohne weiteres zu übertragen. Zwar schimmern auch in der Toby-Geschichte Mcdonalds Witz und seine spitzbübische Freude an grotesk verdrehten Situationen durch. Voll entfalten indes kann Gregory Mcdonald seine spezifischen Talente offenbar nur im Verein mit Fletch, und nicht zufällig wohl weisen Fletch und sein Schöpfer in Biographie und Geisteshaltung einige Gemeinsamkeiten auf.

Gregory Mcdonald wurde 1937 in Shrewsbury, Massachusetts, geboren und studierte an der Renommier-Universität Harvard. 1966, 29 Jahre alt, ging er als Reporter zum »Boston Globe« und blieb dort sieben Jahre auf den Tag genau, die letzten drei Jahre davon als Chefkritiker und verantwortlicher Redakteur für Kunst und Literatur. In Harvard war er der erste, der in Bluejeans auf den Campus kam (»ein fürchterlicher Skandal«, sagt er), beim »Boston Globe« war er der erste, der gegen den Vietnam-Krieg schrieb – und dafür von Gewerkschaftsmitgliedern gehörig verprügelt wurde; ein halbes Jahr lang traute er sich nicht mehr in die Redaktion und schickte seine Stories mit der Post.

Als Irwin Maurice Fletcher die Szene betritt, ist er 29 und Starreporter einer Zeitung, der eine Drogengeschichte hautnah recherchiert und barfuß durch die Redaktionsräume schlurft; in den späteren Büchern erleben wir ihn als Kunstkritiker (mit immer noch wachem Reporterinstinkt). Allein schon die Namensgebung ist hinterhältig genug: ein »fletcher« ist ein Pfeilemacher – in Schottland leitet sich aus diesem Gewerbe ein Familienname her. Wie viele Serienfiguren war Fletch anfangs nicht als solche geplant. Doch seines besonderen Charakters wegen ist er für nahezu jegliches Abenteuer tauglich (die unabdingbare Voraussetzung, sonst würde die Figur bald im Schema erstarren), und kleinere Ungereimtheiten in Biographie und logischen Anschlüssen lassen sich mit ihm spielend-spielerisch umschiffen. Zugute kommt dem auch Gregory Mcdonalds Weltsicht. Als seine philosophischen Lehrmeister nennt er Kant, Kierkegaard, Sartre und

Camus: »Ich glaube«, sagt er, »unser Leben besteht darin, fortwährend die Grenzen unserer Existenz zu erproben und immer freier und freier und freier zu werden.« Und weiter, grob zusammengefaßt: viele Dinge seien nicht das, als was sie im Augenblick erscheinen; viele Rätsel ließen sich nicht sofort lösen.

Diese Philosophie macht Mcdonald zu einem dramaturgischen Bauprinzip. Während sonst der Kriminalroman dazu tendiert, alle (von ihm selbst aufgeworfenen) Fragen befriedigend zu beantworten, Aufklärung restlos zu verschaffen, läßt Mcdonald manche Rätsel bestehen. Er liebt es, seine Geschichten abrupt abzubrechen statt sie zu einem runden Ende zu führen (mit gutem Recht besteht er darauf, seine Bücher eher Novellen als Romane zu nennen). Er treibt ein diabolisches Spiel mit einer Hand, die herrenlos im Vorgarten liegt und von der keiner weiß, woher sie stammt (»Nur Sterben ist schöner«). Er leistet sich eine handlungstragende Figur wie Flynn, die zwar eine genau beschriebene Biographie hat, deren gegenwärtige Funktion jedoch nie hinreichend erklärt wird. Im Gegensatz dazu Fletch: ein Mann ohne Innenleben und Vergangenheit; was es mit dem Bronze-Stern auf sich hat, dem Fletch immer gerade noch entfliehen kann und der ihm in gewissen Kreisen mächtige Reputation verschafft, also für die Biographie Fletchs und für das Bild, das sich andere von ihm machen, doch einige Bedeutung haben muß, erfährt man nicht.

Solche Verrätselungselemente legen nicht so sehr die Formprinzipien des Krimis nahe als vielmehr Mcdonalds Ansichten von der Realität menschlicher Existenz. Diese Philosophie prägt auch die Figur Fletch. Fletch ist in das gängige Typen-Arsenal nicht einzuordnen. Er ist Täter, Detektiv und Opfer gleichermaßen und zumeist auch in einem – hierin die Neuauflage eines Raffles oder Arséne Lupin. Von diesen unterscheidet ihn freilich vieles. Zwar ist auch er eine absichtvoll stilisierte Kunstfigur, doch nicht geschaffen zur bloßen Unterhaltung des geneigten Lesers, sondern als ein Medium, das sich durch die Unwägbarkeiten des Lebens schlägt und es dem Leben mit gleichen Waffen heimzahlt.

Mit »gerissen« ist Fletch nur unzureichend beschrieben. Er ist mit allen Wassern gewaschen und scheut vor nichts zurück, auch nicht vor Grausamkeiten (z. B. die Zuhälter-Episode in »Vermögen bringt Ärger«), und allzuviel Mitleid mit seinen Mitmenschen kann man ihm nicht gerade unterstellen. Welche Widrigkeiten sich ihm auch entgegenstellen: Fletch ist immer Herr der Situation, weit vorausplanend und eine Spur ideenreicher, skrupelloser als alle, die ihn benutzen wollen. Scheinbar fügt er sich resignierend in Ausweglosigkeiten und läßt sich als Marionette mißbrauchen; in Wahrheit jedoch ist er es, der die Fäden zieht. Fletch betrachtet die Welt im allgemeinen und das Leben im besonderen desillusioniert. Er führt keinen idealistischen Kampf als Weltverbesserer, sein Leben ordnet er nach seinen eigenen, egoistischen Grundsätzen. Er leidet nicht an sich und an der Welt, er handelt – wie es ihm gerade paßt; allemal abseits aller Konventionen. Was er denkt, wie er fühlt: es bleibt sein Geheimnis. »Postcinematic, postexistential, postpsychiatric, postideologic, postrevolutionary« bezeichnet Mcdonald seinen Helden (eine Kennzeichnung, die auch auf Flynn zutrifft): ein Mensch, der durch die 68er Revolution gegangen ist und seine individuellen Lehren daraus gezogen hat.

Das sind nachgerade alle Anzeichen eines Superhelden, und irgendwie ist Fletch auch einer. Doch das stößt nie sauer auf. Nicht nur, weil Mcdonald mit Hilfe dieser Figur auch amerikanische Gegenwart kritisch unter die Lupe nimmt – den Drogenhandel etwa, den der örtliche Polizeichef organisiert (»Fletch«), und »Vermögen bringt Ärger« ist eine scharfsinnige und bitterbös satirische Analyse des amerikanischen Journalismus mit seinen Eitelkeiten, Starallüren und auf Intrigen beruhenden Machtverhältnissen. Vor allem ist es Fletchs Charme, dem sich niemand entziehen kann, seine Lässigkeit, seine Nonchalance, sein Nonkonformismus. Und vor allem nicht seinem Mundwerk. Soviel vielsagende Lakonie, gepaart mit Witz und Frechheit, hatte die Kriminalliteratur bis dato noch nicht erlebt. Fletch redet sich aus kniffeligen Situationen nicht heraus, an seiner Lakonie prallen alle Angriffe wirkungslos ab – das genaue Gegenteil von vielen Helden des modernen Kriminalromans. Mcdonald hat diese Form des Dialogs zur unerreichten Meisterschaft getrieben. Das sind nicht nur – die Handlung vorantreibende oder sie auflockernde – geschliffene, schlagfertige, pointierte Dialoge, wie man sie von anderen Autoren kennt. Bei Gregory Mcdonald sind die Dialoge die Handlung selbst und darum wie diese auch kunstvoll zugespitzt und absurd überhöht. Aber, Hand aufs Herz, würde man sie jemand anderem abnehmen als diesem Windhund Fletch?

Rudi Kost

# Ullstein Krimis

»Bestechen durch ihre Vielfalt«
(Westfälische Rundschau)

Dick Francis
*Galopp in Gefahr* (10229)

Ed McBain
*Der Greifer* (10230)

Hitchcocks Kriminalmagazin,
Band 154 (10231)

Ross Thomas
*Umweg zur Hölle* (10232)

Alan Scholefield
*Terror in Berlin* (10233)

Peter Schmidt
*Eiszeit für Maulhelden* (10234)

Hitchcocks Kriminalmagazin,
Band 155 (10235)

Robert B. Parker
*Spenser und das gestohlene Manuskript* (10236)

Simon Gandolfi
*Spezialauftrag für France* (10237)

Gregory Mcdonald
*Fletch* (10238)

Hitchcocks Kriminalmagazin,
Band 156 (10239)

James Hadley Chase
*Alles hat seinen Preis* (10240)

Jim Thompson
*Gefährliche Stadt* (10241)

Raymond Chandler
*Spanisches Blut* (10242)

Hitchcocks Kriminalmagazin,
Band 157 (10243)

Rex Stout
*Jedermanns Bombe / Kennzeichen wilde Rose / Tödliche Zigarren* (10244)

Ian St. James
*Die Balfour-Verschwörung* (10245)

Rick Boyer
*Untiefe* (10246)

Gregory Mcdonald
*Gestehen Sie, Fletch!* (10247)

Hitchcocks Kriminalmagazin,
Band 158 (10248)

Brian Freemantle
*Deakens Krieg* (10249)

Alan Furst
*Tödliche Karibik* (10250)

Ross Thomas
*Urne oder Sarg, Sir?* (10251)

Hitchcocks Kriminalmagazin,
Band 159 (10252)

Krimi-Brummer
Drei Romane in einem Band (10253)

Gavin Lyall
*Auftrag für Major Maxim* (10254)

Gregory Mcdonald
*Fletch und die Witwe* (10255)

Loren D. Estleman
*Detroit Blues* (10256)

Hitchcocks Kriminalmagazin,
Band 160 (10257)

ein Ullstein Buch